今夜無神 3

完結篇

GOOD NIGHT

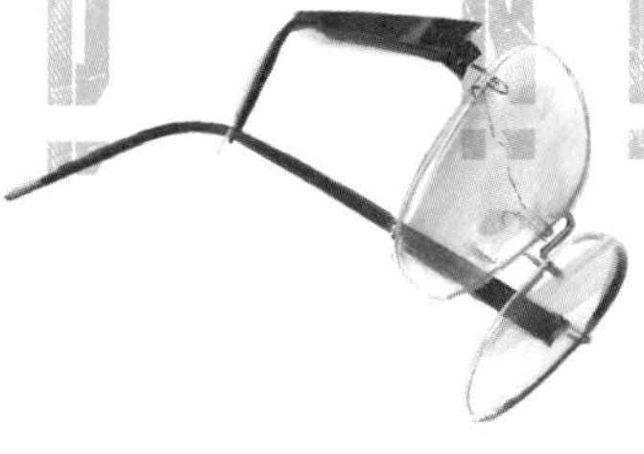

季南一 著

目錄

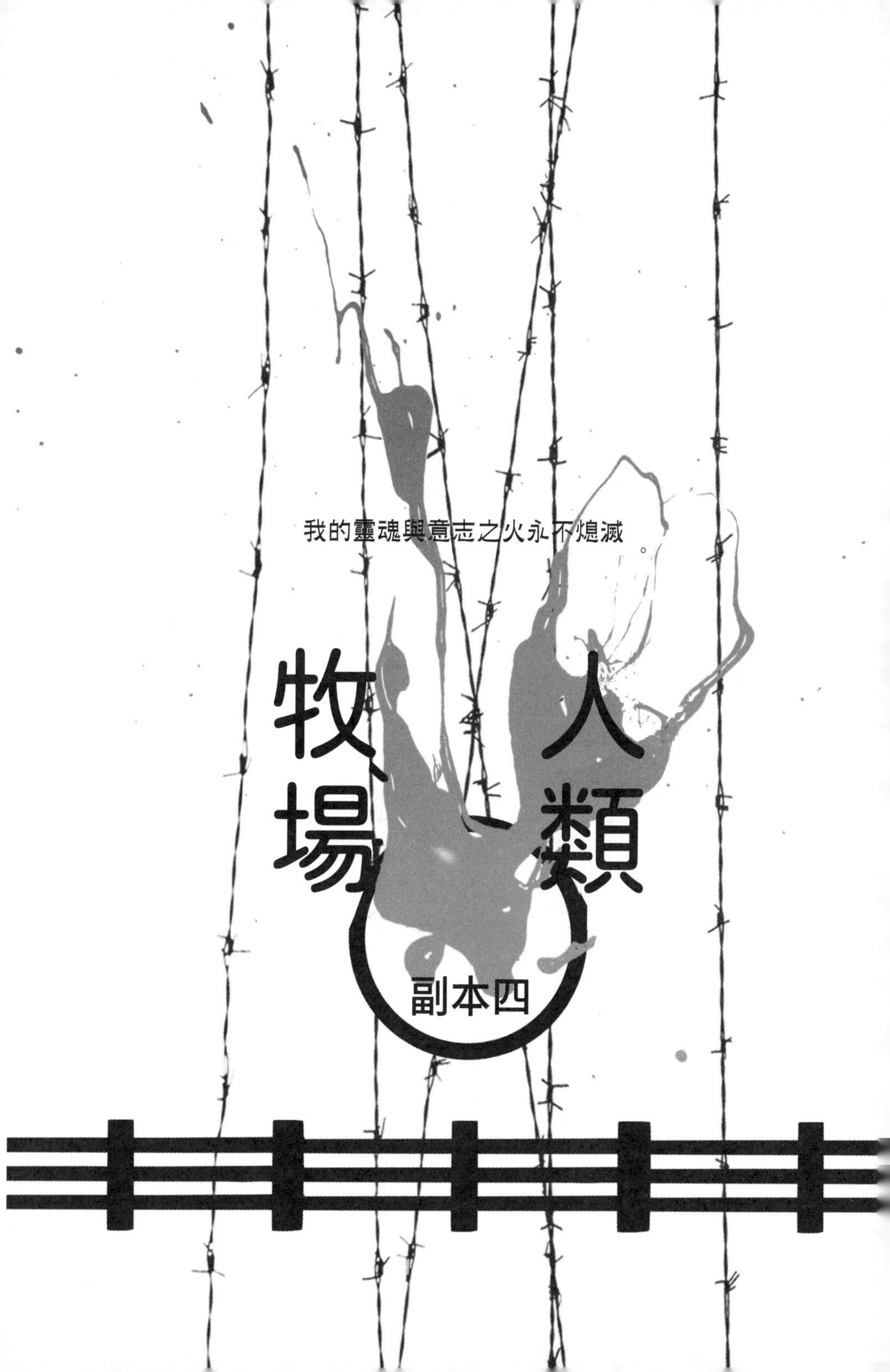
我的靈魂與意志之火永不熄滅。
人類牧場
副本四

遊戲大廳：副本根源

江蘿看著出現在大廳最中央，已經奄奄一息的言晃，直接撲到他身邊哭到崩潰，連一句完整的話都說不出來。「言……言晃，沒……沒有你，我……我該怎麼辦！我……我只有你一個親人了！你不……不要死，好不好？你不要拋棄我，好不好？我害怕……」

如果言晃也死了，她不知道自己留在這個世界上還有什麼意義。

周圍的其他玩家不知道該用什麼樣的表情來面對現在的情況，也不知道他們還能做些什麼。

在這一次人類牧場的副本中，欺詐者的表現完全超乎所有人的想像，他那變態的能力看似是言出法隨，但眾人在他多次的實況中，也大概猜出了他的天賦隱藏能力。

欺詐者第一次使用天賦是在F級副本孵化之都，他改變了副本中的關鍵人物——謝父的行為邏輯，之後經歷的兩個副本，也證明他只能將自己的天賦使用在人類身上，改變他們的認知與行為。然而在這一次的副本中，他的天賦有了明顯的升級，最明顯的變化就是在他改變了非生物的狀態……

生物與非生物，如果都可以被一個人任意改變的話，那這人豈不就是……創世神？更何況，欺詐者最後還真的創造出了一個新的世界，雖然讓他生命力幾乎完全透支，但不可否認，這種力量強到可怕。

當這樣恐怖的力量出現在他們面前時，他們的第一反應並不是畏懼，而是期待——期待著言晃能走到哪一步？因為擁有這種力量的玩家是保留著自己做人底線的欺詐者，是副本歷史上最特別的新人，是他們陪伴著，親眼看著他一步一步成長起來的新人王。

他們知道欺詐者的為人，所以相信他會善用這份力量。

這時，從人群中走出來一個相貌俊秀的男人。

「請……請讓我試試，我的天賦擁有一定的療癒能力！欺詐者現在還有一口氣，這種傷在現實中絕對無法治好，但在副本裡，還有一線生機。」

江蘿立刻在腦中搜索面前這個人的資訊。

這位主動要求給言晃治療的人，名喚楊景，天賦是聖泉守護者，擁有治療能力。雖說本身實力並不強，但是他的治療方式是直接對傷者進行生命力的灌輸，堪稱「萬靈藥」。所以他在副本裡也算是小有名氣，很多人下副本都願意帶他，也算是讓自己的生命多一份保障。

在進行了好幾次推算，確認這個人不會傷害言晃後，江蘿才點了點頭，哽咽著說：

「麻煩你了。」

楊景搖搖頭，直接對著言晃施展自己的天賦。

在場的玩家都感覺到了從楊景身上湧出的蓬勃生命力，但言晃絲毫沒有要醒來的跡象，甚至連呼吸的頻率都沒有改變。

直到楊景精神力消耗過度，面色蒼白地收回天賦，言晃也沒有一絲好轉。

「他的身體在排斥我的力量！」楊景難以置信地看著言晃。

眾人一聽，全都愣住了。這不合理啊！生命力被排斥在外，說明此人已經不是活人了，現在的欺詐者明明還有一口氣啊！

「我來試試。」

「我也來。」

擁有治療能力的玩家們一一上前嘗試，可是最終都因為被言晃排斥而失敗。有些人甚至拿出了治療道具，結果還是沒有用。

江蘿更加失望，用手擦了擦眼淚。「難道就一點辦法也沒有嗎？」

「倒也不是沒有辦法。」有人遲疑地開口說。

此話一出，瞬間吸引了所有人的目光，江蘿更是眼睛發亮地看著他問：

「什麼辦法？」

那人猶豫了一會兒才說：「在副本裡，有一個人的力量很特別，她的治療方式完全超出我們的理解範疇——她是直接對人的靈魂進行治療。只不過靈魂得到醫治後，肉身會跟著一起進入重生。這種重生是真正意義上的重生，肉身會短暫地蛻變回到胚胎時期，然後開始迅速發育，而且記憶不會產生半分變化，堪稱是——起死回生。」

江蘿聽著他的話，表情越發茫然。這麼厲害的人，為什麼她的資料庫裡沒有？

「這人是誰？」

「『塔羅』的副會長——皇后。」那人低聲說，「所有玩家中唯一一位沒有出入副本痕跡的人。」

江蘿全身一震，竟然是皇后！

皇后並不是她的真名，而是她的代號。她是副本中最神祕的一個人，沒有人知道她什麼時候進入的副本，也沒有人知道為什麼她能成為副本最強公會「塔羅」的副會長，因為她本人並沒有任何出入副本的紀錄，甚至連新手副本都沒闖過！

這樣一個神祕的人，會願意救一個非親非故的人嗎？難道真的只有這一個辦法了嗎？江蘿有些遲疑，可是當她的視線重新落回言晃身上時，所有的遲疑與顧慮瞬間煙消雲散。

言晃的時間不多了，必須趕快接受治療，不管了，哪怕到時候跪下來求皇后，也一定要讓她救言晃！江蘿下定決心，剛想將言晃扶起來背到背上，就聽見背後傳來一道威嚴無比的聲音：「妳要去哪裡？」

江蘿一愣，接著又有一道極為溫柔的女音傳來：「如果是想找我的話，我就在這裡。我的確有能力治療欺詐者。」

江蘿轉過身，一眼便看到了「塔羅」中最尊貴的兩位人物，心裡遏制不住地產生了些許緊張。

「妳能救他？」江蘿吞了吞口水，勉強維持著聲音的穩定，「你們想要什麼？」

江蘿很清楚，天下沒有免費的午餐，先不說言晃一手造成了「塔羅」兩位會長候選人的死亡，單單是他們主動找上門來，就足夠讓人警惕了。

國王瞇了瞇眼睛，難得露出幾分笑意。「我們『塔羅』，不救外人。」江蘿聞言，陷入思索，表情十分糾結、掙扎，彷彿在短時間內經歷了一次堪比世界大戰的內心交戰，最終咬緊牙關，艱難地說：「好，只要你們能夠救活言晃，我願意加入！」

周圍一片安靜，在場玩家們無語又複雜的目光全都落到了江蘿身上。他們實在無法理解計算師怎麼會在糾結後還說出這種話，明眼人一看就知道「塔羅」想要的是欺詐者。

江蘿並未在意在場眾人的目光，而是抬頭看著國王，表情十分認真。

國王那張俊美的臉上出現了明顯的詫異，旋即雙手抱在胸前，不慌不忙地開口：「我們不要妳。」

江蘿傻住了，一臉難以置信。「我可是計算師啊！我不僅會推算未來，我的腦子還特別靈光，我可是你們打著燈籠都找不到的潛力玩家！你們竟然不要我？」

江蘿心裡不是不明白國王的意思，可是這件事她不能自作主張地替言晃答應。她心裡抱著一絲小小的僥倖，反正國王也沒有明說讓誰加入，如果自己加入了「塔羅」，那言晃對「塔羅」而言，也就不算是外人了！結果人家根本不稀罕自己。

國王輕嗤一聲。

一旁的皇后朝著國王無奈地笑了笑，上前兩步，溫柔地摸了摸江蘿的腦袋。「放心吧，我會救他的。至於是否加入，決定權在欺詐者自己手裡，我們任何人都無權干涉。」

緊跟著皇后的說明，國王冷聲補充：「但也別把我『塔羅』當成什麼慈善機構，如果他醒來後選擇不加入『塔羅』，那便是欠了我『塔羅』一個人情。這種程度的人情，可不好還。」

皇后瞟了他一眼，低聲說：「好了，你收斂些，別嚇唬小孩子。」

國王眉眼微垂。「知道了。」

江蘿看著面前的局面，明白皇后絕對有十足的把握救醒言晃，懸著的心終於放了下來。救言晃這件事本來就是一場交易，無論被誰救，都是人情。總之，一切還是等言晃醒過來再說。

「謝謝妳。」江蘿看著皇后認真地說。

國王召喚出權杖，往地面一捶，言晃、江蘿、皇后和國王本人便被一層散發著神聖氣息的圓球所籠罩。

待圍繞著他們的圓球消散之後，江蘿才發現他們到了一個十分奇妙、漂亮的地方。這裡是一片散發著螢光綠的森林，靜謐又美好，面前一棵高大的神樹彷彿支撐起了這一方的天與地。翡翠色的樹幹底部長出無數新根層層纏繞在一起，密不透風；在茂密的枝葉間，金黃色的水滴狀液體若隱若現。

一來到這裡，江蘿覺得自己的狀態越來越好。她悄悄查看了一下自己的屬性面板，發現她的各個屬性的數值都在緩慢提升。

這種力量，不像是遊戲大廳能有的。

江蘿偷偷打開系統的聊天介面，詢問「百道」的肖塵修，是不是副本公會的所在地都有這樣神奇的力量。

結果對方回覆：恭喜妳，妳現在已經進入「塔羅」最神祕的根據地了。

「塔羅」最神祕的根據地？江蘿錯愕，她的腦中突然有了一個猜測，剛想詢問，卻發現自己的系統當機了，聊天介面直接消失。

國王冷睨了她一眼。「很好奇這是哪裡？」

江蘿收起聊天介面，臉不紅心不跳地「嗯」了一聲，抿抿唇，不確定地問：「這裡是副本？」

「副本。」國王重複，臉上露出了幾分玩味的笑。「看來妳也不算太蠢。這裡的確是副本，A級副本源泉之世，不過現在，這裡已經沒有神了。」

江蘿頓時警惕起來。「你把這裡的神殺了？」

國王點頭說。「對啊，殺了。死的時候還在苦苦哀求我放過他，但我怎麼會放過呢？於是我把他千刀……」

還沒說完，國王的後腦杓便被皇后伸手拍了一下。

「不是說了不要嚇唬小孩子嗎？」皇后溫婉的聲音中帶了些無奈。國王有些尷尬，小聲嘟囔：「外人面前也不知道留點面子給我。」皇后笑說：「那你倒是正經點啊！」

國王「哦」了一聲，旋即看向江蘿。江蘿正在努力憋笑，可是一對上國王的視線，沒忍住，「噗嗤」一聲笑了出來。

國王直接伸手敲了敲她的腦袋說：「你們對『塔羅』的誤解是不是太深了一點？『塔羅』的存在可沒你們想像中那麼簡單……」

江蘿被他的話提起了好奇心，眨眨眼，忍不住催促：「說啊？怎麼不繼續說了。」

國王掃了她一眼，冷笑一聲。「剩下的等欺詐者醒來再說。」

江蘿瞪他，不服氣地說：「難道我不配？」

國王嚴肅又誠懇地點頭。

江蘿撇撇嘴，懂事地不再追問，而是看向皇后，帶著幾分恭敬地問：「現在可以進行治療了嗎？」

皇后微笑說：「當然可以。」

語音落下，皇后的身體以肉眼可見的速度發生著驚人的改變——她的耳朵開始一點點拉長，變成尖尖的樣子，黑白分明的雙眸被綠色浸染，一頭淺金色的長髮如瀑般披散下來，柔順地垂在肩後，背後多了一對薄如蟬翼的金絲翅膀，美得讓人忘記呼吸。

江蘿脫口而出：「精靈？妳……妳是副本裡的……」

皇后看著她，嘴角向上翹起，伸出食指放在自己的唇邊，溫柔地說：「噓，這可是一個小祕密，不要告訴別人喔。我的確不是你們那個世界的人類。這個源泉之世是我的副本，是屬於我的世界，用你們的話來說，我就是這個副本的神。」

江蘿瞪大了眼睛，張大了嘴巴，不敢置信地說：「妳是這個副本的神？可是妳明明像其他玩家一樣，可以自由進出遊戲大廳啊……」

皇后笑意更濃，國王更是滿臉不屑。

江蘿有些害怕地後退兩步，將言晃擋在身後。副本的玩家和神合作，這可不是一件小事，但是現在，他們直白地將這個祕密告訴了她，甚至還想讓言晃加入……江蘿努力克制著自己的恐懼，開始偷偷推算國王的面板，同時不忘問：「你們……想做什麼？為什麼想讓言晃加入？」

國王使用天賦的次數並不多，再加上他打副本的時候都會花積分拒絕實況，A級副本更是一次都沒給人看過，所以見過他使用天賦的人少之又少，而她也是根據國王剛進入副本時的實況，推出來的。

國王應該是第一批進入副本的玩家，真實名字不詳，自從創建公會「塔羅」後，便被副本玩家尊稱為「國王」。他能力極強，各屬性值都極高，天賦是神授君權，似乎可以修改規則。

或許這就是他能夠打出ＴＥ線的原因，不過這種程度的力量使用出來，副作用也會很大吧。江蘿正在思索，突然驚呼一聲，單膝跪地，用手捂住了眼睛。

好痛，痛死了，雙眼就像是要爆掉一樣。

國王瞥了她一眼。「好奇心會害死貓！」

江蘿抹去眼角流出的血，大口呼吸，心裡發抖。這位國王果然深不可測，不愧是連神都能收入麾下的男人。這樣一個強悍的男人，為什麼會願意出手救言晃？為什麼會願意告訴她皇后的祕密？這個人情，到底該怎麼償還？江蘿內心滿是憂慮。

「妳可以讓我先治療他，拖得太久，對他沒有好處。」皇后並沒有在意兩人之間的交鋒，而是揮動著翅膀，來到江蘿面前。

江蘿回頭看了看呼吸極其微弱的言晃，抿了抿唇，還是讓出了位置。國王見狀冷哼一聲，開口解釋：「副本的存在會讓已死之人變得特殊，這一點妳知道吧？」

江蘿看著他，明白了這是要給她解釋的意思。「我知道。」

國王繼續說：「如果神的願望始終不變，副本將會無數次重啟，直到能夠實現他們願望的人到來。如果神的願望在無數次的重啟中發生了改變，屬於他們的副本就會隨之變化，最終透過副本影響到現實世界。而如果神在無數次重啟中，透過自我的努力實現了願望，副本就不會崩壞，神也會徹底掌控此副本，成為它真正的主人。

「妳有沒有發現，每一個副本世界都是一個單獨存在的小世界，而這樣的小世界也無時無刻不在影響著我們所處的現實世界。現實世界與副本世界的關係，猶如主幹與枝條，既獨立又相互影響。」他壓低聲音說：「既然每一個副本世界都有一位神，那麼，現實世界呢？」

江蘿悚然一驚，後背發涼，汗水一點一點往外冒，不敢置信地看著他。

國王微微一笑，又恢復了正常的語調。「至於娜莎為什麼能夠從副本裡走出來……A級的每一個副本，其名稱都是某某之世，因為那些副本裡的神，全都依靠自我的力量實現了自己的願望。毫無疑問，這是極為困難的，因為在副本中，神都不曾攜帶自己的記憶，只有結局來臨時，神才能找回屬於自己的記憶。或許是因為A級副本裡的神到最後也只能依靠自己去完成願望，所以他們絕大部分都是憎惡副本玩家的，覺得他們毫無作用，畢竟並不是所有人都是欺詐者。我建立『塔羅』的原因，就是想找到副本的根源……」

江蘿舔舔唇，聲音發澀。「你想找的根源，就是現實世界的神……」

「沒錯。」國王表情帶著幾分沉重。「雖然很不想承認，但或許我們也是那個名為『現實』世界裡的一個NPC。」

江蘿握緊了拳頭，這個認知讓她的腦袋幾乎爆炸。如果一切都如國王所言，那活在現實世界裡的每一個人，他們經歷的那些事，感受到的情感，又算什麼呢？

江蘿抬頭看著國王。「為什麼神的願望發生了改變，副本會隨之變化？那些神，最後會怎麼樣呢？」

「當神恢復記憶後，他們就會想起自己在副本裡重複了無數次的痛苦遭遇，當這些痛苦的記憶進入腦海中，有的神依舊能保持理智，完成自救；有的神則會因此心性大變，拋棄自己的願望，開始報復那些傷害他的人。神作為副本世界的最強者，他的報復，一向是凶狠殘暴的，這會導致副本開始崩壞，從而影響到現實世界。」國王掃了一眼江蘿。「因此那些導致副本崩壞的神會被我們殺掉。妳沒有忘記欺詐者剛剛經歷的副本吧？」

江蘿搖頭。

「如果欺詐者沒有通過『人類牧場』，那『人類牧場』的神就會一直在沒有答案的問卷中徘徊。一旦她的願望開始動搖，現實世界就會受到波及，也會逐漸出現真正的『人類牧場』，這種『人類牧場』並不一定是動物飼養人類，也有可能是人類飼養人類，但毫無例外，那一定會為保持平衡的世界帶來惡性影響。」國王說。「神的確可憐，他們都有著悲慘的命運，但我們畢竟是活在現實裡的人，也有自己要守護的東西，權衡之下，我只能選擇站在現實的立場，了結他們。換個角度來看，這對他們而言，又何嘗不是一種治療呢？

「不要認為副本是偉大慈善家送給妳的禮物。世界自誕生以來便是矛盾共存體，副本的存在永遠是一把雙刃劍。如果想要解決掉這個矛盾，我們就要用自己的力量建立一個全新的世界。為了達成這個目的，我們需要找到一個人。」國王的目光落到了正在接受治療的言晃身上。「一個可以改變非生物和生物，擁有力量能創造世界的人。」

江蘿猛地瞪大了眼睛。這不就是——言晃嗎？

「『命運之輪』告訴我，欺詐者是一位極其重要的人物。我也曾在一個名為真理之世的特殊類A級副本中，見到了一幕我永遠不敢想像的畫面……」國王閉了閉眼，輕聲說。

「你在副本中看到的畫面……和言晃有關，是嗎？所以你才想要邀請言晃加入『塔羅』。」江蘿是個很聰明的女孩，她不相信國王會無緣無故地將「言晃」和「在真理之世中見到的畫面」扯上關係，所以最大的可能就是——國王在真理之世中的經歷和言晃有很大關係。

「妳確實很聰明。」國王誇讚了她一句。「我之所以想要邀請欺詐者進『塔羅』，是因為我從他身上看到了找到副本根源的希望，當他在『人類牧場』中創造出一個新世界的時候，我更加堅信不疑。『塔羅』裡的每一個人，都有必須實現的願望，這些願望必須依靠副本維持，我們想要尋找副本的根源，就是為了讓自己的願望徹底實現，不用一直依靠副本。

「這，就是我想做的事，也是『塔羅』存在的原因！」

言晃感覺自己身處在一片無盡的黑暗之中，周圍什麼都沒有，空蕩蕩的只剩他自己一個人。

他不知道自己現在在什麼地方，也不知道自己是死是活，不過他現在還有自我意識，或許就意味著他還沒有死。既然沒有死，那他就要趕快逃離這裡，找到新的出路。

他埋頭往前走，漸漸地，從步行變成了快跑。

他不知道自己跑了多久，也不知道自己跑了多遠，直到他聽見耳邊傳來了江蘿的哭喊聲，才停下腳步。

「江蘿，江蘿！」他大聲呼喊江蘿的名字，可是沒有得到回答。他有些氣餒，就在這時，有一束微弱的光穿透了黑暗，纏上了他的手腕，似乎是想要帶他踏上那條能夠通往外界的路。

他順著光的方向奔跑，一路上，他聽到無數聲音從四面八方傳來，只是這些聲音都無法讓他醒來。

後來，言晃聽見了國王和江蘿的對話，明白了國王選擇救他的原因。他不知道現實世界有沒有神的存在，但他不想死，他明白副本只是暫時抑制了他腦內癌細胞的擴散，並沒有徹底醫治他，既然「塔羅」想要尋找副本根源，徹底實現自己的願望，那就和他的想法不謀而合，而且，與其欠下這種勢力一個人情，還不如加入，反正也能退出。

打定主意後，言晃放下了心。

漆黑的世界突然變亮，言晃猛地停下腳步，伸手蓋住下意識閉起的雙眼，緊接著，無數聲音回蕩在這空間之中。

「為什麼我會遇到這樣的事情？我只是想要走出我的世界，他們為什麼議論我？為什麼侮辱我？為什麼侵犯我？為什麼殺害我……難道我不能被保護嗎？難道我連反抗都是錯的嗎？我究竟是人，還是什麼？」

「我不想去那裡了，求求你……我不需要知識，不需要一切！我只想好好活下去……我只是不喜歡打球，不喜歡出汗，我只是喜歡漂亮，為什麼這個世界接受不了我？求求你們，放過我，我不會出去了，我不會離開了……」

「我們沒害人！我們躲著他們……我們一直小心翼翼地保護自己，讓自己不被欺負，可是，我們跑不過……他們就藏在我們生活的每一處，伺機而動。」

一句又一句充滿了苦澀與絕望的話語，化作帶血的鎖鏈，自虛無處而來，直衝言晃而去。言晃想要躲開，身子卻像是被定在了原地一般，動彈不得，只能眼睜睜看著鎖鏈將他纏繞、鎖緊。

忽然，蒲公英飄過，纏繞在言晃身上的鎖鏈消失了，世界重新歸於黑暗。言晃癱坐在地上，大口呼吸著。

面前出現一團明亮卻不刺眼的白光，言晃抬頭看著面前的瘦弱少年，少年的面貌似乎沒有任何變化，依舊如初見時那般，戴著一副厚厚的黑框眼鏡，遮住自己的半張臉。

他微笑看著言晃。「言先生，這是我最後一次幫你了喔。希望你以後在幫助別人之前，一定要多關心自己。世界上總有許多讓你無能為力的事情，但唯有自己平安無事，才有餘力盡己所能地幫助更多人。以後，千萬要小心謹慎才行啊！」

話音落下的瞬間，謝扶沐的身體開始一點點破裂。

言晃瞳孔一顫，伸出手想要觸碰少年。可在他即將觸碰到少年的剎那，少年的身體也徹底破碎，消失在原地。

——A級道具「謝扶沐的守護」已破碎。

——恭喜玩家「欺詐者——言晃」重獲新生。

金色的光覆蓋了整個世界。言晃愣在原地，呆呆地看著謝扶沐消失的地方，良久，他收回手，低下頭。

「再見了，謝扶沐……」

言晃站起身，想要離開，就在他剛想抬腳的瞬間，向後看了一眼。

在金色的世界中，有一處僅存的黑暗，那裡坐著一個男人。他百無聊賴地低著頭，把玩著自己的手指，似乎是察覺到了什麼，他抬頭看向言晃，接著嘴角微微一翹。

言晃身軀一震，下意識後退兩步，不敢置信地看著男人，因為——

那張臉和自己一模一樣！

言晃想要去看看那是什麼情況，可就在這時，他眼前一黑，失去了意識。

▶

「哇哇哇——」

言晃再次聽到聲音，便是嬰兒的哭啼。只不過，這聲音似乎是從他自己嘴裡發出的。

他費力地睜開眼睛，就見巨大化的江蘿無比興奮地低頭看他，聲音極為洪亮。

「言晃醒了！」

見言晃醒來，皇后心神一鬆，疲憊感瞬間襲來，全身的光芒開始變暗，翅膀停止了揮動，不受控制地自半空中栽倒下去，幸好國王及時發現，在第一時間就抱住了她。

看著皇后慘白的面容，國王嘆了口氣說：「辛苦了，娜莎。」

皇后搖了搖頭，目光落到言晃身上。「他的情況的確很特殊。若非他背包裡那男孩殘餘的靈魂耗盡了一切，保住言晃的最後一口氣，恐怕我也無能為力。」

江蘿聞言，臉上的笑容瞬間僵住了。「是謝扶沐！那他……」

皇后閉了閉眼，算是默認。

「那……那怎麼辦啊?!」江蘿有些不知所措。謝扶沐對言晃的意義不一般，若是言晃知道謝扶沐為了保護他而徹底消失，一定會傷心自責的。

國王捏著眉心。「放心吧，那道具本身就是一抹念想，並不是那男孩真正的靈魂。在欺詐者成功打通TE結局後，那靈魂便已經得到了解脫。只是現在，他報完恩了。」

是的，他報完恩了。

言晃看到，在自己的背包裡，那漂亮的藍寶石項鍊，此時已經布滿了各式各樣的裂紋，失去了原來的光澤。

道具：謝扶沐的守護（已損壞）

品質：A

屬性：幸運＋1

道具介紹：命裡有時終須有。即便是別離，也是我們共同經歷的一環，是珍貴的寶藏。言先生，請你永遠記得我。

言晃心中的情緒無比複雜，他取出項鍊，用嬰兒狀態的小肉手握緊，然後看著江蘿。

江蘿心領神會，直接在腦內搭建了精神橋樑。

「小蘿，麻煩妳幫我戴上項鍊。」言晃說。

這是他第一次戴項鍊，同時也會是他戴上的最後一條項鍊。

江蘿幫他戴好後，他輕輕撫摸著藍寶石上的裂紋，片刻後，將目光轉向一旁的國王。

國王知道他想問什麼，直接說：「你這樣的狀態頂多維持一週。在這一週之內，你會失去所有的屬性數值與能力，就像一個普普通通的人，無比脆弱。」

言晃呼出一口氣，在腦海中告知江蘿，讓她與國王在腦內對話。

「謝謝。關於你提出的條件，我答應了。」言晃說。「我會加入『塔羅』，在不違背我自身原則的情況下，我也會遵守『塔羅』的規矩。」

國王面露微笑，伸出自己那比言晃的臉還要大的右手，愉悅地說：「合作愉快。」

言晃無語。心想為什麼突然覺得國王這麼憨呢？

國王不知道言晃心中所想，不然一定不會平靜地詢問江蘿是否也要加入「塔羅」。雖然江蘿仍對國王當初拒絕她加入公會時的嘲諷生氣，但是此刻見言晃同意加入，也不敢挑釁國王，直接點頭表示同意。

「既然兩位都同意，那便要有一個相應的代號。以後計算師的代號便是『星星』，而欺詐者的……」國王看向言晃，露出意味深長的眼神。「便是『愚者』。」

言晃一愣，愚者？

江蘿好奇地問：「為什麼言晃的代號是愚者？是說他是愚蠢的人嗎？」

國王簡直要被江蘿的解釋氣笑了。「當然不是！小丫頭，看事情不能只看表面。愚者雖然是他人眼中的傻子，但那是因為他們的思想異於常人，或者說絕大部分人不同。他們有一套自己獨特的思維模式，這樣的人不會被常規思維所控，也不會固守世俗的規矩，這樣的人，才能創造無限的可能性。欺詐者初到這個世界，因為各項匪夷所思的舉動而被玩家們嘲諷，覺得他像個傻子，結果證明，他們錯了。欺詐者一直都是那個突破規則、打破限制，將不可能變成可能的人，他在副本中創造了太多奇蹟。從他身上，我看到了愚者才有的精神；從他身上，我看到了找到副本根源的希望。」

——恭喜第一百期新人王「欺詐者——言晃」加入副本第一公會「塔羅」，代號「愚者」。

——恭喜玩家「計算師——江蘿」加入副本第一公會「塔羅」，代號「星星」。

在大廳中的人們聽到系統突然發出的通知，一時間竟是不知道自己該慶幸欺詐者安然無恙，還是該震驚欺詐者和計算師都加入了「塔羅」。

「欺……欺詐者沒事了？還加入了『塔羅』？還附帶一個計算師?!」

「總覺得『塔羅』在謀劃什麼大事啊！」

「不會是……開啟S級副本吧?!」

沒有人知道接下來會發生什麼，但他們隱隱有些預感，副本的天，快要變了。

不過，這一切與言晃和江蘿都沒有關係。

為了保證言晃的安全，也為了好好調理言晃的身體，國王和皇后都建議讓言晃留在源泉之世——這裡生命力充沛，能夠盡快恢復他的狀態。

江蘿覺得自己正好可以趁言晃修養的時候多下幾個E級副本，提升一下自己的實力。結果，「塔羅」早就把她安排得妥妥當當了。

國王對江蘿直接下令：「妳現在弱成這樣還想著E級副本？這一週，妳必須完成三個C級難度的副本。我會安排合適的人手幫妳，副本也已經幫妳選好了。」

江蘿一聽，眼睛瞪得極大。言晃單刷一個D級本就差點死了，何況只有她一人？而且還是三個！

「你自己都說我很弱了，竟然還準備三個C級本給我?!你這是剝削、壓迫、不近人情！」

國王懶得聽她廢話，直接安排人手強制執行。

至於言晃，國王並沒有要求他做什麼，畢竟他現在這個狀態什麼也做不了，只是隨口問了一句：「OE結局，會有道具掉落嗎？」

看上去已經長到三歲大的言晃「嗯」了一聲，然後將自己得到的道具展示給國王看。

國王看到的第一眼，直接失態。「離譜！」

但國王畢竟是一個見過世面的大人物，很快就學會了安慰自己。「副本都是這樣的，神對玩家的認可度越高，玩家能得到的道具就越強。很多道具並不能單純以品質來看，它們能夠展現出來的價值，完全取決於它們對玩家的認可。

「說實話，你是我進入副本以來遇到的最有意思的人。你很矛盾，但所有的矛盾出現在你身上時，我竟然又感覺到了融洽。不過，不可否認的是，副本需要你這樣的人，而我，更是需要副本的人。」

言晃的目光落在國王身上問：「你追求的願望是什麼？」

國王不假思索回答：「身為一國之王，本王自然是心繫天下，心繫太平。」說完，自己先笑了起來。

但言晃不認為國王在開玩笑。他平靜地問：「你在現實世界中，到底扮演著一個什麼樣的角色？」

國王一愣，目光從苦澀到逐漸平靜。「我只是芸芸眾生裡最普通的一個人。」

在組隊隊員的輔助下，江蘿僅僅花了六天時間就把國王安排給她的任務完成了，期間她每次從副本出來都是七竅流血，渾身傷痕，昏迷不醒，然後被國王安排的人第一時間抬上擔架，離開大廳。

在江蘿甦醒後，她會警告每一個人，不允許他們把她這副慘兮兮的樣子告訴言晃，要是讓她在言晃面前丟臉了，她絕對要讓所有人好看。接著，她會穿上自己最喜歡的裙子，把自己打扮得漂漂亮亮的，去見言晃。

言晃此時已經成長到青年模樣，只是各項屬性數值還未恢復，但他並不打算繼續待在這裡，而是選擇跟江蘿一起回到現實。

江蘿無比興奮，小嘴嘮叨個不停。「真的好久沒回家了，要我幫你做一頓大餐嗎？我在飢餓社會學會了很多做菜的小竅門，到時候露一手！」

言晃果斷拒絕。「不用了。算上今天妳已經整整十天沒去上課了，身為妳的監護人，我必須對妳負責。所以，妳好好上課去！」

副本世界的惡性回饋

站在校門口的江蘿略顯焦躁地推了推言晃。「好了好了，我現在都到校門口了，還能跑了不成？你快回去休息吧。」

「這不好說，」言晃拿出手機，點了點，遞給江蘿。「妳可是幹過這種事的。」

江蘿茫然地接過手機，看著手機裡的影片，震驚地瞪大眼睛，趕快解釋。「我那是為了下副本，迫不得已才這麼幹的，平日裡我可是乖得很！」

「好好好。」言晃敷衍地點點頭。「不管是什麼原因，我決定今天送妳到教室。」

江蘿一呆，拒絕的話還未說出口，就被言晃雙手握住肩膀，一轉，被他推進了學校大門，一路向著教室走去。

兩人走到教學大樓附近時，就聽到了朗讀聲，言晃抬頭，第一眼便看到教學大樓每層走廊上都站滿了拿著書的孩子。

言晃有些詫異。「現在規定每天早上都要在教室外面站著讀書？」

江蘿也是滿臉茫然。「不知道啊。以前老師們只會讓想睡的學生去走廊上讀書，從來沒有讓這麼多人出來過。」

言晃細細看了看，眉頭一皺。「站在外面的，似乎全是女孩子。」

「什麼?!」江蘿吃驚地看去，發現果然如言晃所說，外面站著的全都是女孩子，她的臉瞬間沉了下來。「這到底是怎麼回事？」

「先別著急，我們先去妳的班級看看。」

言晃帶著江蘿向她的教室走去。路上，言晃仔細觀察了一下其他教室的情況，發現那些教室裡坐著的全都是男生，每個班級的老師也都在自己的班級裡來回踱步，並沒有什麼異常。

江蘿也注意到了這個情況，在腦內和言晃說：「不對勁。我記得這幾個班的班導全都是女生，早自習也一直都是她們負責的，但是現在一個也沒看到，而且還全都換成了我不認識的男老師。」

言晃抿著唇，心裡突然有了一個不太好的猜測，但是他無法確定這個猜測是否準確。「再進去看看吧。」

很快，他們來到了江蘿所在的班級。

「我們班上的老師也換了。」江蘿在腦海中對言晃說。

站在教室講台上的西裝男人在看到言晃的一瞬間，先是一愣，接著才注意到他身邊的江蘿。

西裝男人冷哼一聲。

「書包放好之後站到走廊上去。學堂重地，女生還是少踏足為妙。」

一句話，讓言晃和江蘿的眼神瞬間一變。

言晃表面上還是維持著溫和笑容，推了推眼鏡。「老師如何稱呼？賈老師呢？」

西裝男高傲地抬起自己的下巴。「叫我許先生就好。賈老師不會再來學校了，她已經被開除了。」

言晃的臉上適當帶了幾分詫異與不解。「開除了？怎麼這麼突然？」

「這只是剛剛開始。現在我們學校要實施精英教育，研究表明，女性並不適合在教師這個方向上發展，她們性格過於優柔寡斷，而這種優柔寡斷不利於帶給學生正確的引導。所以，以後我們學校再也不會有任何女老師出現。」

西裝男上上下下打量著江蘿。「你家孩子曾經翻牆蹺課，也不知道這麼粗鄙的行為，到底是誰教她的？我覺得你們家的家教有問題。不想讀書可以不讀，成績好不是你們三番五次曠課的理由，不過女子無才便是德，若是不想上可以直接退學。行了，好話言盡於此，放好書包就出去吧。」

「你說什麼?!你再說一遍！」江蘿可不是會忍氣吞聲的小女孩。

許先生轉過身來，憤怒地說：「妳還敢吼師長？手伸出來！」他手裡拿著一把教尺，隨時準備拍下。

言晃立刻將江蘿扯到身後，微笑說：「許先生，小蘿今天脾氣比較大，還請你不要跟她一般見識。我能請問一下，學校的新規定是從什麼時候開始的嗎？」

許先生面對言晃的時候，臉色明顯好了許多。「行了，看你也是個知書達禮的人，我就不跟你們一般見識了。學校的新規定是五天前開始的，期間也有很多家長像你們一樣對此抱有質疑態度，但這並不能改變什麼，現在的教育還是存在問題，不然也不會出現那麼多的社會敗類。反觀古時候，多少文人雅士、豪傑英雄，這證明只有最嚴格、最傳統的教育，才能夠培養出最好的人才。那些質疑這項教育理念的人也不知道怎麼想的，你可要看好你家孩子，別讓她像那些人一樣……小小年紀不好好讀書，長大了還能做什麼？不過，女的也沒什麼好學的，反正到最後都是找個男人嫁了，在家相夫教子就夠了。現在這個社會把女性的法定結婚年齡訂那麼高，真是不理解。」

坐在門口的男生怯懦地發言。「許老師，別說了。我媽媽說要尊重大家，不能隨便評價別人。」話剛說完，許先生的教尺便直接甩到了他的臉上。

「啪——！」

男生瞬間就捂著臉哭了出來。

許先生毫不在意，嚴肅地說：「課堂上不許胡言，不想學可以滾出去。真是不識好歹，給你們受教育的機會就要好好珍惜，好好感恩師長，不明白嗎？」

言晃沉著臉，鏡片有些反光。「許先生？」

許先生聞言轉過頭來，就看到一個拳頭向著他迎面揍來，揍得他鼻血直流。

「不會說話，可以閉嘴。」言晃甩了甩手，拉起江蘿。「小蘿，我們走。」

周圍的學生看到這一幕，眼裡投來羨慕的目光。

許先生在後面罵罵咧咧，言晃當作沒有聽見，直接帶著江蘿離開了。

一直走到校門口，江蘿才輕聲問：「這是副本的影響嗎？」

言晃冷聲說：「十有八九是。」

瘦弱的男生穿著一件白色的背心，青紅相接的臉已經被眼淚和鼻涕覆蓋了一層薄薄的水光，他蜷縮在牆角，身體一抽一抽的，眼裡盡是痛苦，哀求著面前將他包圍的三個混混。「放過我……求求你們，不要再打了……」

三個混混的臉上全是冷漠與嘲諷，有人甚至吐口水在白背心男生的臉上，惡劣地嘲諷：「現在知道求饒嗎？你要是早點給我們錢，就不會挨這頓打了。」

白背心男生瑟瑟發抖，哽咽著。「我真的沒錢了……我已經把所有錢都給你們了……求求你們，放過我吧……」

一個混混「呸」了一聲，蹲下身，狠狠搧了他一巴掌。「沒有錢，你不會和你爸媽要嗎？再不然你就去偷、去搶，總之，老子要是見不到錢，就打死你！」

「我真的沒錢，我已經把這個月的生活費都給你們了……」白背心男生依舊哭泣著重複，似乎並沒有將混混的話聽進耳朵裡。

混混有些不耐煩了，站起身，對著男生的肚子踢了過去。其他兩個混混見狀，也對著男生拳打腳踢。

就在這個時候，閃光燈閃了一下，他們下意識回頭，接著又是一閃。三人這才反應過來，惡狠狠看著面前用手機對準他們的青年，青年戴著一副黑框眼鏡，臉上帶著溫和的笑容，柔柔弱弱的樣子，看起來人畜無害。

「你竟然敢拍照，是不是找死？」

言晃笑容不變，卻揚了揚手機。

「剛剛你們做的一切我全都拍下來了，而且也已經報警了。」

三個混混面色發黑，旋即你看我我看你，二話不說就朝著言晃揮拳打去。

「要你多管閒事！」

下一秒，言晃手中出現了一把泛著寒光的菜刀，菜刀在他手中靈活地轉著圈，明明滿身殺氣，他的面色依舊溫柔。

三人頓時停住腳步，嚇得臉色發白。「你……你要幹什麼？」

言晃歪歪頭，笑看著他們。「你們覺得呢？」

三人嚇得倒在地上，剛想往外跑，就聽到從巷子外傳來的警笛聲，還有一個少女天真爛漫的聲音。「警察叔叔，那些人就在裡面喔。」

最後所有人全部被帶到了警局，警方也在第一時間打電話給男生的父母。

江蘿看了看捧著紙杯、低著頭的男生，臉上帶了幾分擔心，想了想，她向一位警察叔叔借紙筆，寫下兩行字，再把紙折好遞給言晃。「幫我送給他吧。」

言晃沒有多問，只是摸了摸江蘿腦袋，走到男生面前，將紙條遞給他。

男生身子顫了顫，沒有抬頭也沒有接。

言晃伸手，溫柔地摸了摸男生的頭。

「收起來吧，是那個帶警察過來的女生給你的。」

良久，男生才顫顫巍巍地伸手接過，輕聲吐出「謝謝」兩個字。

言晃摸了摸白背心男生的頭，輕聲安撫說：「以後他們不會再過來了，你安全了。」

白背心男生的眼淚因為這句話，「唰」的一下就掉了下來。

很快，男生的父母就趕了過來，一看到自家孩子的慘狀，母親便先哭了出來，父親先去了解情況，而後感謝了言晃和江蘿，便帶著男生離開了。

直到走遠後，男生才打開紙條——

「面對壞人，要勇敢說不！如果自己沒有辦法解決，就向老師、家長，還有警察叔叔尋求幫助吧！」

男生抓緊了紙條。「我知道了，謝謝妳。」

回到家後，兩人直接進入副本，找到國王，將白天在校園裡發生的事告訴了他。

國王聽完後沉著臉，斷定地說：「這確實是副本的惡性回饋。」

言晃其實還挺想吐槽一下的，自己剛剛知道什麼是「副本的惡性回饋」，沒想到立刻就遇上了，這算不算是教了他理論後又讓他來一次實踐？

不過現在可不是吐槽的時候，還是要趕快想想這件事該怎麼處理。言晃問：「能查到是哪個副本造成的惡性回饋嗎？」

國王點頭。「當然。」

言晃滿臉期待地看著國王。這一週，他見識了「塔羅」內部的真正實力，對每個人都有基本的認識了，但唯獨對這位國王，還是不夠了解。

國王抬起手，打開了公會的聊天面板。

國王：@全體成員，查一查燕市實驗學校的副本源，查到記得跟我說。

言晃和江蘿看到這麼接地氣的方法，瞬間就呆住了。

國王剛想說話，就見兩人一臉呆滯的樣子，臉上的表情瞬間一變，頗為嫌棄地看著兩人。「你們什麼眼神？」

兩人不約而同地別過臉。「沒什麼，挺好的。」

國王哪能不明白他們的想法，嗤笑一聲。「別嫌方法土法煉鋼，這方法效率最高。」

說完，公會的聊天面板上就有一條女祭司的新消息彈出。

兩人一噎，還真是。

副本名稱：歧視之世

副本級別：B

副本人數：5人及以上

副本類型：複合型副本

副本介紹1：在阿娘村中，每一個家庭都必須接受洗禮，每一個孩子都必須得到認可，每一個孩子都該圓滿一生——出生、成長、結婚、生兒育女、死亡。

副本介紹2：有人說百花齊放是美，有人說百家爭鳴是道，又有人說我們需要制定最完美的標準，學習如何成為一個標準的「人」。在標準學校裡，我們每個人都需要學習如何成為「標準」，標準學校的宗旨就是讓每一個人都能成為社會的驕傲、成為維繫正常的標準。

副本完成期限：15天

副本狀態：已崩潰，惡性進化程度80%

看完這個副本資訊後，國王的眉頭緊皺起來。「B級、歧視之世、複合型副本……這個副本不簡單啊！」

言晃和江蘺也緊張起來。這麼多因素都出現在一個副本裡，充分說明了這個副本的可怕。

複合型副本，是副本中極為稀有的一種類型，由兩個或兩個以上有共通之處的願望串連起來的副本世界。這類副本通常採分關式，玩家只有逐個完成所有的關卡，才能成功通關。如果有一個關卡失敗，那麼整個副本就會被判定失敗。

更何況，這個B級副本的副本名已經變成歧視之世，這就意味著這個副本擁有達到A級副本的潛力，或許等到惡向進化程度達到百分之百，這個副本就會徹徹底底變成A級副本。

國王沉著臉告訴他。「你在現實世界裡所見到的惡劣現象，會隨著副本的惡向進化不斷擴散，直到這個副本成功通關。這個副本十分棘手，可能一不小心，這個副本就會在你們闖關過程中進階成A級，A級副本的高難度會讓你懷疑人生。如果你打算挑戰這個副本的話，得提前準備好逃命的道具，我記得你手裡還有『背棄之人的眼淚』吧？」

言晃指著江蘿掛在脖子上的項鍊。「在這裡。」

江蘿伸手護住脖子上的項鍊，像一隻護食的小獸一般，用圓溜溜的大眼睛瞪著國王：「為什麼要逃？你到時候和我們一起去不就行了？如果副本真的進化成A級，你直接斬殺裡面的神不就好了？」

國王一個白眼翻過去。「說得容易，妳以為A級副本的神那麼好殺？我上一次打真理之世，差點沒把命丟在那裡，傷勢到現在還沒完全恢復。」

言晃提議。「可以讓皇后把你變回小孩啊！」

國王苦笑。「我倒是想，不過，留存在我身體裡的這股力量太過強橫，娜莎根本抵抗不了，而且她也做不到。」

狀態：永生，法則

永生：效果已隱藏

法則：受真理之世影響，生命法則紊亂

國王說：「法則的力量我只能用我的天賦一點點磨掉，那位神很強……其實我並沒有真正通過真理之世，是那位神放過了我。」

言晃和江蘿的臉色頓時一變。

國王的實力有多麼強大，他們大概是能夠猜到的，連他都這麼說，可見A級副本有多可怕，而且他現在這情況的確沒辦法跟他們一起進去。但如果放任不管這個副本，現實世界的情況就會越來越糟糕！

江蘿忽然好奇問：「你不是有個永生狀態嗎？如果我們殺了你，你會不會涅槃重生啊？」

這話氣得國王直接動手敲了一下她的腦袋瓜。

「永生可不是什麼好東西，它是詛咒！只是，這種詛咒很特殊而已。」

江蘿「哦」了一聲。

永生是詛咒？

言晃思考了片刻後還是毫無頭緒，就放棄了，現在比較重要的還是「歧視之世」。

這是個即將進階到A級的複合型五人副本，所以在人選上必須達到能力互補，他和江蘿負責腦力，現在還需要一個攻擊、一個防禦、一個治療。在「塔羅」中，著重防禦的就是代號為戰車、天賦為巨人的菲洛；治療能力最強的是皇后，但是很顯然，皇后的身分註定她是不可能陪他們下副本的；那就只能退而求其次，選擇代號為節制、天賦為美食家的劉玲；至於攻擊……言晃皺了皺眉，在「塔羅」，他還真沒找到攻擊力比林七強的人。

「不用擔心，」江蘿的聲音在腦海裡響起，「我有個人選。」

「誰？」言晃問。

「公會『百道』的格鬥家——肖塵修。」

「妳確定他會來？」

「當然。」江蘿十分篤定。

「戰車和節制可以借我一用嗎？」言晃問國王。

「當然可以。剩下的一個你打算找誰？」

「『百道』的格鬥家。」

國王點了點頭。「那人不錯。」

「百道」和他們「塔羅」雖然理念不合，但彼此也是互相尊重的，更何況現在這個副本已經開始崩壞並且進化，「百道」自然也想出一份力。

天下穩則爭，天下亂則合，以求，家天下。

——副本載入中……

副本名稱：歧視之世

副本級別：B級

副本人數：5人及以上

副本類型：複合型副本

副本介紹1：在阿娘村中，每一個家庭都必須接受洗禮，每一個孩子都必須得到認可，每一個孩子都該圓滿一生——出生、成長、結婚、生兒育女、死亡。

副本介紹2：有人說百花齊放是美，有人說百家爭鳴是道，又有人說我們需要制定最完美的標準，學習如何成為一個標準的「人」。在標準學校裡，我們每個人都需要學習如何成為「標準」，標準學校的宗旨就是讓每一個人都能成為社會的驕傲、成為維繫正常的標準。

副本完成期限：15天

副本狀態：已崩潰，惡向進化程度82％

——副本載入完畢

——副本第一階段：阿娘村

——友情提示：在阿娘村中，每個孩子都需要保護好自己，同時也要保護好自己的母親，如有一方死亡，則視為副本個人失敗。

副本五

歧視之世

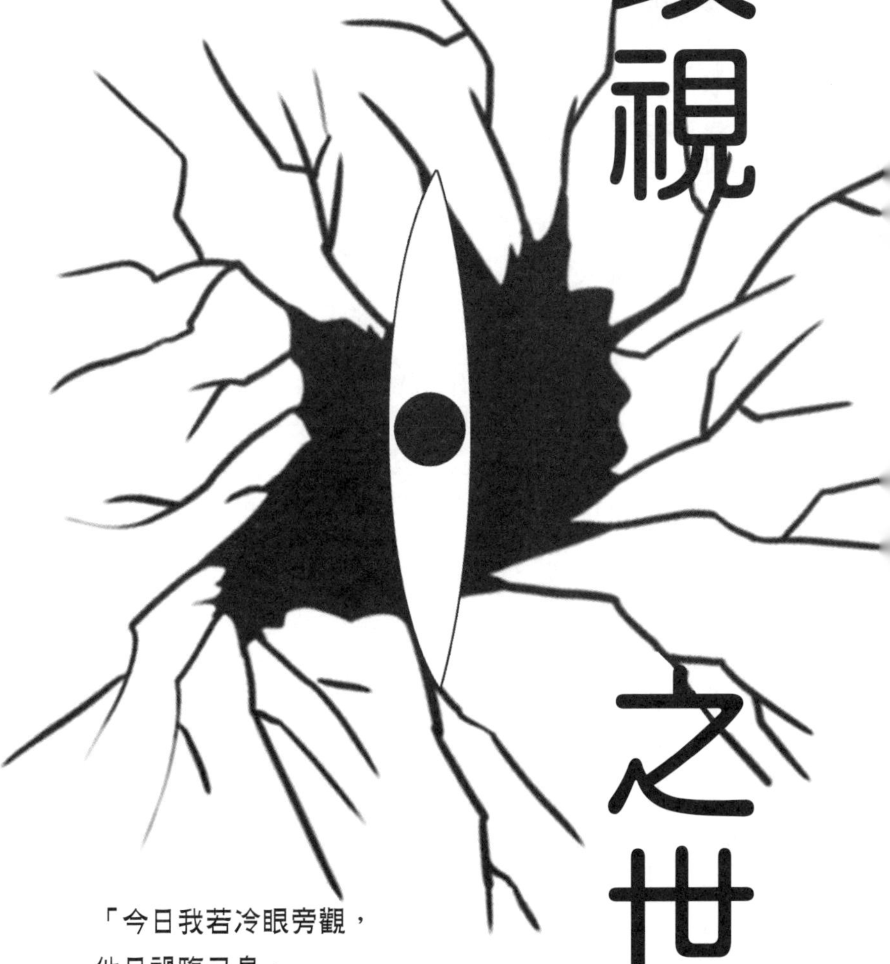

「今日我若冷眼旁觀，
他日禍臨己身，
則無人為我搖旗吶喊！」

第十六章　阿娘村

一陣天旋地轉之後，言晃只感覺周圍傳來一陣徹骨的寒意，讓他下意識蜷縮起自己的身子，抱住雙臂以求更多的溫度。就在當他抱住自己雙臂的瞬間，突然發現到不對勁，立刻睜開了眼睛。

他此時正趴在地上，身上的衣服完全擋不住地面的寒氣，加上有不少灰塵從屋梁上掉落，讓他覺得呼吸難受，不得不乾咳了兩下。

「吵什麼？大半夜不睡覺，想幹什麼！」

一道凶狠的男音傳來，言晃抬頭，結果一個枕頭迎面而來，狠狠打在他的腦袋上。若是平時，這點力量絕對不會撼動他分毫，可是他現在不但覺得痛，就連腦袋也歪了一下，一時有些愣住。這時才發現，他現在的身形，又變成了一個小孩子。

一位女人從旁邊連滾帶爬地過來，什麼也沒說，只是伸手把他抱在自己的懷裡，牢牢地護著，輕拍著他的背，柔聲哄他。「不怕不怕，晃晃不怕啊，阿娘會保護你的。你阿爹只是今天在外面喝了一些酒，所以才會動手的。不怕不怕啊，乖。」

這樣的溫暖和撫慰是他從來沒有感受過的，讓他忍不住將自己小小的身軀往阿娘懷裡縮。

阿娘一邊抱著他，一邊朝著床上的人喊：「孩子只是做了個惡夢，所以才弄出了點動靜，不過就是個小事，你打孩子幹什麼？言真，你有沒有一點良心啊！」

躺在床上的言真聽到這話不高興了。「妳是不是又想挨打了？妳別忘了這個家誰才是當家的！你們吃我的穿我的，要是再敢惹我，我就把你們揍一頓，然後轟出家門！」

阿娘咬著牙，輕輕撫摸著言晃的頭，似乎在哽咽。「沒事晃晃，今晚我們去外面睡，不要吵他，好不好？」

借著夜視能力，言晃能夠清楚地看到面前這個女人的相貌。她面容憔悴，雙眸無神，但是眉眼間和他確實有幾分相似，讓他心裡一下便生出了親近之意。

他點點頭，拉起了阿娘的手。「聽阿娘的。」

阿娘牽著言晃的手，輕手輕腳地推開了房門，坐到了門口的屋簷下，然後將他抱入懷中。

寒風吹過，言晃不自覺地瑟縮了一下。阿娘摸了摸他的頭，轉了個身，用自己的後背擋住了肆虐的寒風，將言晃放在她和牆壁的中間。

即便自己凍得瑟瑟發抖，她還是笑著問：「晃晃現在好些了嗎？還冷嗎？」

言晃搖搖頭，伸手握住阿娘的手說：「不冷。」然後偷偷在系統商城買了件禦寒的道具。

阿娘不再說話，像是在思考什麼，片刻後，她才開口：「晃晃，你不要怪阿爹，阿爹他只是喝了點酒，才變成這樣的，等明天他醒過來就沒事了，到時候你就假裝什麼事都沒有發生過，知道沒有？」

言晃並沒有馬上給出答案，而是和阿娘對視著。「阿爹經常打阿娘嗎？」

阿娘沒有回答言晃的問題，而是淺笑著說：「晃晃，你現在年紀還小，不明白，等長大以後就知道了……男人在外打天下，是很累的。」

言晃說：「再累也不能打人，阿爹這麼做是不對的。」

阿娘沒有說話，心裡也不覺得阿爹有什麼不對，畢竟這在村子裡並不是什麼罕見的事，家家戶戶都這樣。不過，她沒有說出來，而是將言晃重新摟進懷裡，輕輕拍打著他的背，想哄他入睡。

言晃順從地閉上眼，開始在腦海中分析現在的情況。

他現在只是一個孩子，面板上的三維屬性除了智力沒有變，其他都被砍了一半，其他幾人的情況應該和他一樣。根據剛剛的情況可以看出，這個村子裡的人，似乎對女性不太友善，也不知道江蘿和劉玲現在怎麼樣了，特別是江蘿，她本來就是個孩子，也不懂得隱忍，若是遇到這種情況，恐怕人都要爆炸了。

言晃放鬆身體，放緩呼吸，做出一副熟睡的模樣。漸漸地，阿娘的拍打越來越輕，呼吸聲也越來越重，等到確定阿娘徹底睡熟後，他才輕輕地從阿娘懷裡離開，然後從系統商城買了一件棉大衣，蓋在了阿娘身上。

言晃踏出家門後，第一眼就看到了村口的石碑，他走過去查看，發現石碑上刻著三個巨大的字——阿娘村，而在「村」字的下面，還有一些模糊的字跡。

阿娘村，阿娘好，阿爹每天起得晚。
阿娘村，阿娘妙，阿爹每天睡得早。
小金足，大屁股，阿爹喜把娃娃抱。
娃娃哭，娃娃鬧，娃娃每天要撒嬌。
娃娃哭，娃娃鬧，娃娃每天要學好。
小丫頭，大哥哥，娃娃全都湊一對。
湊了一對生個寶，娃娃又來當阿娘。
娃娃生個男娃娃，明日燈籠高高照。
娃娃生個女娃娃，沿著水路找不著。

娃娃……

娃娃……

阿娘村，阿娘好，阿娘吃飯不用愁。

阿娘村，阿娘好，阿娘在家活得好。

倒數第三、四句的字跡實在是太模糊了，即便言晃湊近了看，也還是完全看不清。不過從整體來看，這似乎是一首打油詩，好像是寫在阿娘村的生活。

言晃圍著石碑轉了兩圈，沒有發現其他東西，於是將這首打油詩默默記在心裡，決定還是先去找其他人。

剛往村子裡走了兩步，言晃就聽到了一聲熟悉的尖叫。

江蘿！

言晃立刻向著聲音傳來的地方跑去。

院子裡，一個男人抓著一個女人的頭髮，女人不顧頭皮被撕扯的痛楚，不斷哀求男人。「求求你放過小蘿吧，不要打她……她還小，還是個孩子……她承受不住的，會死的……我求求你了，放過她好不好？她可是你的孩子啊……」

女人那一聲聲卑微的請求，比撕心裂肺的嘶吼更加刺耳，但依舊無法打動鐵石心腸的男人。

「妳也說了她是我的孩子，那我揍我家孩子為什麼不行？這個死丫頭，剛剛竟然還敢攔我，簡直是找死！敢挑戰老子的威嚴，無法原諒！妳給我讓開！」

他一腳踹開女人，向著江蘿走去。

江蘿全程陰沉著一張臉，一雙眼睛盯著男人。「你確定要這麼做嗎？」

「怎麼，妳還敢反抗妳阿爹？」

「為什麼不敢？」

她剛才見阿爹打阿娘，簡直是要氣炸了，直接像個小炮彈一樣衝了過去，擋在阿娘身前。她本來想召喚出道具，揍一頓這個所謂的阿爹，但沒想到系統道具根本無法召喚。不等她思索原因，阿爹就被她這行為氣得火冒三丈，伸手就想揍她，還是阿娘眼疾手快將她一把扯過，護在了身後。

但現在，阿娘被阿爹踹昏迷了，護不住她了。

看著步步逼近的男人，江蘿也開始往後退，同時，她背在身後的右手閃過代碼，可是下一瞬，代碼消失。江蘿瞳孔驟然一縮。怎麼回事？我的天賦呢？為什麼連天賦都無法使用了？

這一瞬間的驚訝讓她沒能及時避開男人伸過來的手，她被抓住了右臂。看著阿爹的手掌高高舉起，江蘿下意識閉上了眼睛，就在這時，院子的大門被人用力推開，言晃走了過來，他的眼神異常冰涼，臉上的笑容卻天真無邪。「叔叔，你們在做什麼啊？」

言晃的出現像是一個意外，讓男人錯愕不已。「言晃？你一個小孩子大半夜不在家，就不怕被村神抓走嗎？還不趕快回去！」

言晃只覺得他是在嚇唬小孩，並沒有在乎，而是指著江蘿。「小蘿都哭了。叔叔，你不能欺負小蘿喔。」

男人冷嗤一聲。「這是我生的，我愛怎麼樣就怎麼樣。倒是你，隨隨便便插手別人家的家事，還真是越來越沒有家教了。」

言晃臉上的笑容因為他的話漸漸消失。「叔叔，你的話讓我感到不太舒服，我認為叔叔應該向我道歉。」

「道歉？」男人鬆開了江蘿，站到言晃面前，彎下腰看著他的雙眼。「你也配？」

言晃二話不說，直接召喚出了「家庭和睦之刀」，右手揮刀砍了過去。

幾秒後，只聽「咚」的一聲，男人捂著脖子倒在了地上，面上帶著驚駭、恍然和難以置信，不過此時的他，再沒有機會爬起來質問了。

江蘿鬆了一口氣，趕快將發生在自己身上的奇怪事情一一告知。「為什麼我們都變成小孩子了？為什麼你可以使用道具，但是我不行？而且我的天賦也被限制了。」

「或許是因為副本限制。我剛進入副本時，我的阿爹就用枕頭砸了我的腦袋，明明我的數值是高於正常人的，一般人大概只有用石頭砸我都不一定會覺得痛，但他只用枕頭打，我卻痛得要命，這很不正常。」言晃快速分析，「直到剛剛看到妳在妳阿爹面前無法使用任何手段的時候，我心裡突然有了一個猜測——孩子無法對自己的阿爹造成傷害。所以只要面對自己的阿爹，那麼道具和天賦，就都會被限制，無法使用，但只要不是自己的阿爹，這個限制就不會發生作用。」

江蘺嘗試在腦內和言晃溝通，結果一次便成功了。「你的推測應該是對的。既然是因為阿爹，副本才會限制我們這個……難道阿爹就是這個副本的神？

「如果是這樣，那我們五個人交換著把他們殺死，是不是就可以通過這個副本了？」江蘺皺著眉，有些遲疑。「可是，真的有這麼簡單嗎？這可是B級副本啊！」

言晃也覺得不太可能，但眼下他們掌握的資訊實在是太少了，而這又是他們目前唯一發現的一處切入點。

這時，旁邊傳來女人的哭聲——是江蘺的阿娘。她此刻已經清醒過來，跪爬著來到江蘺阿爹的身邊，一邊哭一邊用雙手捶著地，越捶越狠，任憑地上的小石子劃破她的手，捶得滿手都是血。

「阿娘。」江蘺心中不忍，湊到她身邊扶起她。

江蘿的阿娘直起身子，直勾勾盯著言晃，一雙紅通通的眸子在夜色中格外嚇人。

「啊……」

言晃話未說完，就被她緊緊掐住了肩膀，歇斯底里地搖晃著，嘴裡不停喊：「你毀了我們的家！你毀了我們的家啊！」

言晃頭腦一震，繼而反手抓住江蘿阿娘的肩膀，盡力安撫著她的情緒，試圖讓她平靜下來，低聲說：「冷靜點，阿姨，冷靜點。如果我不殺了他，他會害死小蘿，會害死妳的！我是在幫妳。」

「你把他殺了，殺了……你讓我們母女倆在村子裡怎麼活啊！在阿娘村，男人就是天，男人就是地……我們吃的飯吃的菜，全得靠他們！衣服，家用，哪裡不花錢？他死了，我們母女倆怎麼辦啊！要是有人問，問我們母女倆他怎麼死的，我怎麼說？我說他要打小蘿，然後被你殺了嗎？那小蘿以後怎麼辦？大家會罵她是掃把星，罵她小小年紀不學好，勾引別人幫她殺人，她一輩子的清譽都被你毀了！以後還怎麼嫁出去？還有誰要她？一輩子都毀了……你毀了我們的家啊！」

江蘿的阿娘不聽言晃的解釋，而是哭得撕心裂肺，雙手握著言晃的肩膀不斷前後搖動，眼淚順著臉頰大滴大滴往下掉。

言晃站在原地，有些不知所措。江蘿也面色複雜，只能盡力安慰自己的阿娘。

這時，江蘺阿娘擦了擦眼淚，推了言晃一下。「你走吧，不然待會兒村神來了就不好辦了，日子還得過……日子還得過……」

她嘴上說著「日子還得過」，面色已如死灰，難看到了極點。江蘺皺著眉，朝著言晃擺了擺手，在腦海中對他說：「你先回去吧，雖然不知道那所謂的村神到底是什麼，但絕對不是什麼好東西。這個副本的ＮＰＣ戰力看上去都不是很高，那就一定會有一個高戰力的東西來補足空缺。我會好好看著我阿娘，不會讓她做傻事的。」

阿娘村的思想落後，奉行「男人為天」，在這樣一個世界裡，如果家裡的男人死了，女人很有可能不會獨活，甚至有可能帶著孩子一起去死。

如果江蘺阿娘在這個時候想不開，那可就麻煩了，畢竟系統的友情提示告訴他們，孩子必須保護好自己和阿娘，如果江蘺的阿娘死了，那江蘺就會被判定出局。

言晃自知自己繼續留在這裡不太好，叮囑了江蘺兩句後，便轉身離開。就在他剛剛踏出院子，突然一陣陰風乍起，拂過身體的時候讓人覺得涼颼颼的，他微微皺眉，眼神冷冽如刀，看向不遠處的竹林。

竹林之中瀰漫著一股氤氳的霧氣，隱隱約約間，透出一道縹緲的身影。言晃凝神一看，發現那是位穿著大紅新娘服的女子，她面色慘白，唇色卻紅豔如血，雙眼亦漫出血紅之色，此時她正靜靜看著他，讓人不寒而慄。

這難道是——村神？

言晃繃緊了身子，滿身戒備，將「家庭和睦之刀」緊握在手中。

眨眼之間，那身影便出現在言晃面前，一雙死白色的手直逼他的脖子而來。言晃神色一凜，右手向上一擋，正好護住自己的脖子。對方反應很快，右手一抬，指甲瞬間變長，向著言晃雙眼刺去。言晃連忙側身，對方的手從他眼前劃過。也因此，言晃發現她的五指上分別戴著五個顏色不同的戒指，從大拇指到小拇指分別是赤、橙、黃、綠、藍。

對方見一擊不成，又迅速改變策略，右手成拳，攻向他的腹部。言晃趕快去擋，發現對方的力氣極大，只是一拳就讓他後退了幾步。

對方的攻擊動作雖然僵硬，但是力量極大，憑藉現在的他根本無法招架……如果她真的是村神，恐怕她真正可怕的地方還沒有完全展露。

見對方還要攻來，言晃趕快做出防禦姿勢，沒想到一把藍色巨劍擋在了自己上面，江蘿側頭大喊：「言晃快跑！」

言晃當即開啟「王的夜行衣」的潛行功能，加速逃跑。

江蘿的阿娘見到江蘿用巨劍擋住村神，趕快抱住江蘿，聲音顫抖著說：「收……收起來。」江蘿抿抿唇，順從地將巨劍收回。

阿娘將她往院子裡推了推，自己則發著抖跪下，對著女子拜了拜。「村神，小蘿還小，無意冒犯，還請村神不要見怪……不要見怪。」

然而村神就像是完全聽不到她的聲音一般，直直朝著言晃的方向追去。江蘿見狀心裡焦急，想要衝出去，卻被阿娘攔腰抱住，輕聲呢喃：「沒事的，沒事的……別怕，別怕……」

村神的速度極快，並且還會精確地朝著言晃奔跑的方向揮出手，每一次出手都會將言晃面前的東西切斷，就好像是貓捉老鼠一般逗弄著言晃。

言晃也意識到夜行衣的潛行狀態對村神毫無作用，她還是能夠發現他，這是為什麼呢？要知道作為新人王的獎勵道具，「王的夜行衣」的潛行功能不容小覷，就算是B級副本的神，也不可能次次發現他。

言晃將這件事記在了心裡，而後他拿出了「幻象模擬器」，試圖創造一個幻想世界，對她進行干擾。沒想到「幻象模擬器」的面板上出現一行字——使用對象不存在，請重新確認。

言晃皺眉，這又是怎麼回事？使用對象不存在？難道這個人是我幻想出來的？不，不對，江蘿既然也可以看到她，說明她是存在的，不是我幻想出來的……難道，這裡是幻境？

言晃為了確認想法，直接轉身往回跑。

村神似乎不理解言晃的行為，直接在原地停下了，靜靜地看著他跑到自己的不遠處。

言晃見她不動，便一步一步慢慢挪到她面前，一邊走一邊偷偷觀察，越看，他心裡的古怪感越多。這村神好像有點眼熟，但又說不上來哪裡眼熟。

見她沒有要傷害自己的意思，言晃大著膽子，伸手戳了戳她的手指，同時仗著自己現在是個小孩子，直接揚起一個乖巧可愛的笑容。「姐姐真好看，不會傷害我的，對吧？」

村神沉默了。

下一秒，她直接揮手打在言晃臉上，將他的眼鏡打飛了出去，長長的指甲劃過他的臉，留下五道血痕。

言晃痛得厲害，捂著臉，咬緊牙關轉身就跑。該死，竟然判斷錯了，這麼痛怎麼可能會是幻境！可是，為什麼「幻象模擬器」顯示使用對象不存在？

他還沒想出原因，就覺得屁股一痛，接著整個人被踢飛出去，最後落在地上滾了好幾圈才停住，他趕快爬起來，咬著牙朝著自家跑去。

接下來，村神不再手下留情，每一下都精確地抓在言晃的後背上，雖然痛但並不致死，偏偏這種停不下的折磨才是最要命！讓他不得不再一次加快腳步。

突然間，村神停止了攻擊，他一抬頭，原來是到家了。

他的阿娘醒了，他的阿爹也在外面，只是面前的場景並沒有讓他產生死裡逃生的愉快，只覺得無比憤怒。

阿娘緊緊護著自己的頭，蜷縮在地上，不斷掙扎著哭泣，隱約間能從她的呻吟聲中聽出幾個字眼。「晃……晃……不……不見了……」

阿爹並沒有在意阿娘說什麼，只是不耐煩地吼著她。「妳想幹什麼？啊？三番兩次吵我睡覺，妳是不是活膩了，陶信？妳是一秒鐘不打就難受是不是！」

「沒……沒有。」

「沒有？」他蹲下身，用力扯著她的頭髮，迫使她抬起頭。「那妳大半夜的不睡覺，想幹什麼？」

阿娘下意識抓著他的手腕，放聲大喊：「晃晃丟了，晃晃丟了……我找不到晃晃了！萬一晃晃又像佳佳一樣丟了怎麼辦？求求你，我求求你，你讓我去找找晃晃好不好……」

「妳別跟我提佳佳，那小女孩，丟了就丟了，女孩子留著能幹什麼？賠錢貨！」男人不耐煩地鬆開了手，站起身居高臨下地看著她。「阿娘村就這麼大，言晃那小子能跑到哪裡去？要妳瞎操心？他又死不了！他有本事就別回來，死外面算了！妳要是再吵我睡覺，老子弄死妳！」說完又朝著阿娘的後背狠狠踢了一腳，啐了一口，這才回屋。

言晃雖然火氣上頭，但他知道，面對阿爹，他根本不是對手，也護不住阿娘。而阿娘大概是為了找他才會把阿爹吵醒，然後被他打。

且不論阿娘死了他任務就失敗了，單單看見阿娘被打，那心裡的憤怒也足以讓他想要反抗阿爹，只不過在大人面前，小孩子是沒有任何反抗餘地的，而且，如果不是因為他偷偷跑出去，阿娘或許就不會被打。這麼久以來，言晃第一次產生這麼大的愧疚感。

他朝著阿娘走去，伸手扶起後緊緊抱住了她，把頭埋在脖頸間，悶聲說：「阿娘，對不起。」

阿娘看見言晃，整個人都激動起來，拍著他的後背小聲哭著。「晃晃，你總算回來了……回來就好，回來就好，你要是走丟了，我怎麼辦啊？阿娘就只有你了……」

言晃聽著這話，只覺眼底泛酸。

他是個孤兒，小時候幹盡騙人的事，經常會被人追著打，哪怕被打得半死不活，也沒人管。

那時候，孤兒院的院長和老師都沒在認真經營，他們只想把好心人捐贈的錢，全部據為己有，最終能落到孩子們手裡的，也就只有一些書、筆記本和文具等雜物，這些對他們而言沒什麼用處的東西。

院內的職員每天只會煮點稀飯，頂多加兩把青菜，導致孩子們營養不良，一個個看起來又瘦又小。言晃是裡面最大的孩子，從小就懂事，為了讓這些同樣被遺棄的弟弟妹妹吃飽，才會走上歪路只為了賺錢。

也算是有利有弊吧，院長知道他有這本事之後，再也沒管過孤兒院的孩子們。

他見不得這些孩子可憐兮兮的樣子，也就一直管著了。

他也曾整天看著在學校門口，孩子們被爸爸媽媽接送上下學的溫馨畫面，說不羨慕是假的，可是他沒有家人，連名字都是自己取的。

原本別人也是隨意稱呼他，直到看了太多家庭，幼小的心靈產生了某些奇特的情緒，也說不上為什麼，他就想給自己起個名。

起了名字就是有家的人了吧。他想，可是，叫什麼呢？然後他想到了「謊言」二字，反過來就叫「言謊」，還興致勃勃地幫弟弟妹妹們也取了名字。

倒是後來，曾幫助過他的店老闆覺得這名字不好，不吉利，因此改成了言晃——一言九鼎的言，為人明晃的晃。老闆想讓他做個光明磊落的人。

只可惜，老闆不到兩年就去世了，大家都說是被言晃剋死的。

後來言晃長大了，沒人收養他，孤兒院也趕他出去，於是他遊蕩於各地，沒正經事做。後來，為了活下去，他偽造了自己的一切。

言晃永遠成不了老闆期望的人，他沒辦法做個光明磊落的人，因為他必須要靠謊言才能活下來，否則他早就死在了被趕出去的那天，哪裡還有後來的金牌銷售？

所以到後來，他也曾猶豫過，要不要讓江蘿和自己一起生活。或許是自己淋過雨，又或許是知道孤身一人的苦，他最後還是同意了。

兩個被拋棄的人，蜷縮在一起取暖。

他曾以為自己不會感受到母愛，可是當阿娘出現在他的面前，用她那弱小的身軀保護著他、念著他的時候，他突然從她身上感受到了一種可以依賴的感覺。

「阿娘，對不起，我以後再也不亂跑了。」

阿娘拍了拍言晃的後背，輕輕笑著說：「傻孩子，你不用說對不起，阿娘只是擔心你，沒有責怪你。阿娘希望你能多出去走走，但是要記得跟阿娘說，說了，阿娘就沒那麼擔心了。」

「好。」

言晃有一瞬間真的想要賴在這裡，儘管這裡不太美好，但起碼有個好阿娘。

母子倆就這麼依偎著睡著了，直到早上，言晃才被阿娘喚醒。「晃晃，晃晃，該起來了，小蘿來找你啦。」

言晃迷迷糊糊地睜開眼，就看見了一臉慌張、氣喘吁吁的江蘿。江蘿面色難看到了極點，滿臉寫著「我有話要跟你說」。

言晃說：「阿娘，我跟小蘿昨天約了今天出去玩。我先出門了！」

「洗個臉刷個牙再走啊！」

這時言晃已經拉著江蘿跑遠了。

直到跑到一處小橋邊，言晃才停下，確定四下無人後才問：「出什麼事了？怎麼急成這樣？」

江蘿彎著腰大口喘氣，汗水使她的頭髮緊緊貼在頭皮上，她抹了把額頭浸出的汗水，深呼吸了一下說：「我……我阿爹他……他復活了！」

言晃露出了幾分詫異，聲音也不由得沉了幾分。「這是怎麼回事？」

江蘿搖了搖頭，表示自己也不清楚到底為什麼。

「昨晚我阿娘以為我睡著了，就準備自殺，好在我早有預料，所以裝睡了一整晚，我在她打算自殺的時候開始說夢話，表現出一副做惡夢的樣子，刺激她的母性。她為了安撫我，就一直抱著我，後來她就睡著了。我以為這件事就這麼結束了，也就睡了過去，結果今天早上我就被外面的動靜吵醒了。」

她說到這裡的時候，眼底浮現出厭惡，咬著牙繼續說：「我出去一看，發現我阿爹，竟然在……欺負我阿娘。」

阿娘村的女性都很不幸，但她們身上從來不缺少母愛，作為一個被拋棄的人，很容易從她們身上感受到自己從未感受過的感情，也很容易和她們產生某種共鳴。

言晃思索著原因，突然，他腦子裡閃過一條資訊。「阿爹每天起得晚……」

江蘿疑惑問：「你在說什麼？」

言晃將阿娘村村口石碑上的資訊告訴了江蘿，江蘿也反應了過來，面色一變。「每天起得晚……就算起得晚，也是每天都要起，所以，他們每天都會復活?!」

「我不確定。」言晃說，「不過我們可以驗證一下。」

江蘿看著他，認真地說：「我明白了，我會配合你的。」

「我就知道小蘿最聰明了。」言晃忍不住稱讚。

確定好今晚的計畫後，兩人便打算分頭行動，一人去找其他人，一人嘗試破解村口石碑上的其他資訊。

其實回顧那首打油詩，描述的故事就像是一個輪迴。孩子長大、結婚、生子，然後自己的孩子長大、結婚、生子……看起來沒有特殊之處，但誰也說不好每一句有什麼樣的深層含義，畢竟如果不是昨晚錯殺了江蘿的阿爹，他們也不會聯想到「每天起得晚」會代表復活。

言晃想了想，對江蘿說：「這裡面那句『娃娃生個女娃娃，沿著水路找不著』，我覺得有些特殊，妳可以注意一下。」

江蘿直接拿出了一個撈魚網。「那我去河裡撈撈，或許能撈到什麼線索。」

「行。」言晃表示沒問題，「如果遇到問題我們隨時在腦內溝通。」

江蘿比了個「ＯＫ」的手勢。

言晃先去找了美食家劉玲。一是因為她是女孩，先確定她的安全；二是因為她的天賦能力能夠增強其他人的狀態，讓他們的各方面都能盡快恢復。

因為阿娘村不大，所以很快就能找到人。

即便知道女孩子在阿娘村過得不好，言晃看到劉玲時，還是被她此時的狀態嚇到了。

劉玲原本是一個長相可愛，有些許圓潤的女孩，臉上總是掛著笑容，見人就送零食，算是「塔羅」中為難得討喜的人了，如今她整個人卻瘦得像皮包骨，宛如鹹魚一般倒在地上，面朝天空，感受不到一絲活氣。

「劉……劉玲？」言晃有些遲疑地喚道。

劉玲聽到聲音後歪了歪頭，看到言晃眼睛一下就亮了，乾巴巴地說出幾個字：

「救……救救我，我要餓死了。」

言晃趕快從系統商城裡買下一塊能最快讓人恢復飽腹感的高密度軟麵包，接著扶起劉玲，撕下一塊麵包，送到她的嘴裡。但劉玲現在的飢餓狀態太過嚴重，竟然連咀嚼的力氣都沒有，言晃只好又從系統商城裡買下一瓶水，餵她喝了一口，讓水把麵包吞下去，然後再撕一塊麵包餵一口水，如此重複了四五次後，劉玲的狀態才恢復過來。

言晃剛想開口，旁邊就有一道乾啞的聲音傳來。「謝謝你啊，晃晃，你真是個好孩子。」這嗓音彷彿撕裂一般，實在算不上好聽。

言晃轉過頭，便見對方那張滿是褶皺的臉上露出一絲呆滯的微笑，一雙眼空洞無神，若非她的呼吸還算正常，誰也不會覺得她像一個活人。

言晃心下緊張，面上卻笑著點點頭。「阿姨好。」

劉玲的阿娘笑著，目不轉睛地盯著言晃手裡的麵包。

「好好好，謝謝晃晃，幫了大忙。」

言晃從她的眼神中注意到了自己手裡的麵包，立刻將其分成兩半，一半留給劉玲，另一半遞給劉玲阿娘。

「阿姨，妳家裡條件不好，我阿娘讓我送點吃的給妳們。」

劉玲阿娘一聽，推辭了兩句，最後還是把麵包接過，含著淚咬了起來，只覺得心裡無比溫暖。「謝謝晃晃，謝謝你阿娘了，老是讓你們照顧，我都有點不好意思了。」

言晃在她伸手接麵包時便注意到她的右手無名指上戴著一枚翠綠色的戒指，而昨晚村神的無名指上，也戴著一枚顏色一樣的戒指。

難道是巧合？言晃暗暗記下了這一點，面上卻不露聲色，而是壓低聲音說：「劉阿爹還是……」

他沒繼續往下說，但對方順著他的話開始給出資訊。

「唉，別提了，他還是老樣子，就賴在家裡。你說說，誰家男人這樣啊！女人在這世道本就找不到工作，自家好不容易種點地，結果今年收成還不好，沒得吃……唉。」她罵了好幾句，最後掩著淚，轉身又拿著鋤頭走了。「算了算了，我也不煩你們了，你們兩個孩子自己去玩兒吧。」

她走後，言晃還在盯著她的背影看。

旁邊的劉玲恢復得差不多了，見言晃一直盯著阿娘的背影看，有些好奇。「欺詐者，你一直看著我阿娘做什麼？是她有什麼特殊之處嗎？」

言晃抿著唇，左右看了看，最後拉著劉玲去了旁邊的小竹林，將目前已知的資訊同步給了劉玲。

劉玲捂著嘴倒吸一口氣。「你是說，我娘可能就是那個村神？」她並不是戰鬥型玩家，自身戰力很低，如果讓她正面遇到村神，要麼村神不動她，要麼她必死無疑，就算有保命的道具，也擋不住村神就在她家啊！

言晃搖搖頭。「這也只是猜測，畢竟妳阿娘手中也只有一個戒指。」

劉玲這才好受一點。

言晃又問：「妳這邊是什麼情況，天賦被限制了？」

劉玲沉著臉，點點頭。「是，被限制了。我在進入這個副本後，第一時間感覺到的就是強烈的飢餓感，無論是我想要打開系統商城買食物，還是想要使用自己的天賦變一些，都不行，直到後來了解我的家庭情況。才知道我阿爹是個只知道貪圖玩樂的人，從來不工作，家裡大大小小的開銷全是我阿娘一人支撐，因此，我就猜測這或許就是我無法打開系統商城的原因，這是阿娘村對我的限制。

「今天得知你和江蘺遇到的事情之後，我就能夠肯定了。我在這個副本的飢餓感是外界的十倍，還好你來得及時，不然我就死了，而且不管我怎麼哭、怎麼鬧，我阿娘都只是輕描淡寫地安慰我，就像是她早已習慣了我這樣。」

言晃的手指摩挲著。劉玲被限制的原因，也是受了阿爹的影響，因為阿爹好吃懶做，所以孩子也無法獲得食物，而且她說自己哭鬧，這難道對應的就是「娃娃哭，娃娃鬧，娃娃每天要撒嬌」嗎？這代表了什麼呢？娃娃為什麼哭，為什麼鬧，又為什麼撒嬌？言晃看了眼劉玲。是因為不舒服嗎？為什麼會不舒服呢？

因為餓，因為吃不飽，因為阿爹的隨意毆打……所以才會哭鬧，而與之對應的下一句「娃娃每天要學好」的意思會不會是——在這種環境之下孩子要自己學會適應？

不過這只是猜測，具體情況還要等所有人都集合，同步各家資訊後，再進行分析。

他剛剛收到江蘿的消息，說是格鬥家肖塵修和巨人菲洛已經和她碰面了，現在就差他們兩個了。

言晃回覆了一句後，看向劉玲。「我們先去跟其他人會合。」

劉玲點了點頭，雖然此時她的天賦依舊不能使用，但至少身體恢復力氣了。

正當兩人準備離開時，言晃的腦海中突然出現一陣急促的呼叫聲。「村……村神！言晃，我們撈到村神了！你快過來！」

言晃傻住了。

撈？

「你們別急，我們馬上過去！」

等言晃和劉玲兩個人來到橋邊時，江蘿等人正坐在一個穿著深紅新娘服的女子旁邊，熱烈討論著。

他們的表情看起來十分嚴肅，江蘿更是在拍照保留現場原貌後，進行了詳細解析。

無論怎麼分析，都證明這人已毫無生命跡象，就是一具屍體，如果真的是死物，那昨天晚上她見到的又是什麼呢？村神對應的到底是不是那「生個女娃娃，沿著河邊找不到」

的女娃娃呢？

「小蘿。」言晃的聲音打斷了他們的交談。

「言晃，」江蘿招了招手，「你快看。」

言晃和另外兩人打了聲招呼後，才開始蹲下來觀察這具屍體，無論是長相還是身上的衣服，都和他昨天晚上見到的一樣。他視線下移，發現對方右手沒有那五枚戒指。

「戒指呢？」言晃問。

江蘿詫異，不解地問：「什麼戒指？」

言晃簡要說了戒指的事情，江蘿卻搖了搖頭。「沒有，撈出來的時候就沒有戒指。」

言晃說：「我不可能看錯！」

他昨晚看到的一切並不是一瞬間，而是和村神對峙了很長時間。肖塵修似是想起了什麼，開口：「你說的五色戒指，我好像看見過，不過只見到了一枚。我阿娘今天早上梳妝的時候，我看到她的食指上戴著一枚橙色戒指。」

「剛才我在劉玲阿娘的手上也見了一枚綠色戒指，戴的位置和村神一模一樣。」言晃摸著下巴若有所思。「五枚戒指五個人……會不會這戒指，我們的阿娘手上都有一枚？」

其他人對視一眼，也點了點頭。這個可能性是最大的，但目前不知道戒指的存在到底代表著什麼，也不知道這具突然出現的女屍到底是誰，更不知道村神是如何出現的，和阿娘們有什麼關係。

目前依舊疑點重重，但可以肯定的是，阿娘們一定是切入點。眾人繼續同步彼此的資訊。

肖塵修的阿爹好賭，敗光了家裡的所有財產，還讓其他人凌虐他的阿娘。他衝上去阻止，但是因為天賦被限制，身體也大不如前，被人一拳給打暈了。

菲洛遇到的事情也讓人憤慨，他阿爹不讓他阿娘進門，像對待畜生一樣對待他的阿娘，並且灌輸菲洛一些相當奇葩的觀點。

菲洛不認同他阿爹的行事風格所以反駁，卻被他阿爹狠狠打了一頓，關了禁閉，如今也是偷偷翻窗跑出來的。

不得不說，阿娘村的環境，真是壓抑啊！母親備受欺辱，孩子無能為力，父親則像是一座無法越過的高山，擁有絕對的力量以及完全自我的理性，壓榨家人身上的價值。

資訊同步完畢之後，眾人決定嘗試一次言晃的計畫，在今天交換殺死他們。

言晃昨晚已經殺了一次江蘺的阿爹，雖說目前來看江阿爹似乎並沒有什麼擁有記憶的表現，但為了保險起見，言晃還是決定去殺菲洛的阿爹。最好對付的是劉玲阿爹和江蘺阿爹，所以讓兩個女孩交換對付。菲洛對付肖塵修阿爹，肖塵修對付言晃阿爹。

分配好任務後，肖塵修低頭看著面前的屍體問：「這具屍體怎麼處理？把她重新丟回河裡？」

言晃扶了一下自己的眼鏡。「我覺得這樣好像不太禮貌。」

肖塵修不是「塔羅」的，和欺詐者平日裡也沒有交集，但這並不妨礙他崇拜言晃，更何況如今好不容易能親眼見到他，自然不能放過在他面前刷存在感的機會，所以他眨著一雙狗狗眼，期待地看著言晃問：「那你準備怎麼做？」

言晃微微一笑說：「可以將她放到六角井中，進行封印。村神到了晚上才攻擊亂跑的孩子，如果今晚村神還能行動，就證明村神另有其人。」

江蘿聞言，卻皺起眉。「六角井……」

言晃問：「怎麼了？」

江蘿說：「我剛剛好像見到這種井了。」

「副本裡有這種井？在哪裡見到的？」言晃略感詫異。

江蘿點點頭，指著旁邊的河說：「就是在這裡。我第一次沿著這條河什麼都沒撈到，之後我重新分析了這裡的資料圖，發現河的下面有一口井，這具屍體就是在井裡發現的，然後讓我給撈了出來。」

言晃接收到江蘿給的資料圖之後，緊盯著面前這條河流。「這無疑是有人刻意為之，我們下去看看，說不定會有新發現。」

菲洛疑惑問：「這要怎麼下去啊？我可沒有類似避水珠那樣的道具。」

言晃笑著說：「不需要。井上之水，開；井中之水，出。」

他一言既出，河水直接以井為分界線，分至兩側，開出一條路來，井中的水也噴湧而出，四散開來。最後，井的位置徹底空了出來。

其他人都看傻了，即便已經在上個副本的實況中看到了欺詐者天賦的變化，但是現場再看一次，還是覺得好震撼。

言晃沒有理會他們的目瞪口呆，一邊往下走一邊說：「走吧。」

幾人連忙收回心神，跟了上去，一直來到井邊，圍住，向下看去。井的內部不算狹窄，但也容納不下五個人在裡面自由活動，在這種情況下，團隊裡的兩位智力型玩家就不得不出動了。

言晃往井裡丟了塊石頭，在聽到落地聲後，江蘿迅速說：「根據目前的空氣阻力係數和自由落體規律來計算，井的深度大概有十三公尺。」

這個深度還挺深的，言晃讓江蘿利用天賦具現出了一把梯子，放到井裡。

肖塵修看著即將下井的江蘿和言晃，認真說：「我們會幫你們守好外面的，如果發生什麼意外，第一時間叫我們，我們會立刻支援你們。」言晃和江蘿應了一聲，開始往下爬，快到井底的時候，言晃才低頭向下看了看，卻發現底下乾乾淨淨的，什麼都沒有。

言晃覺得事情有些不太對，在落地之後，和江蘿認認真真對井底搜索了一番，結果發現這裡除了沙礫，其他什麼都沒有。

肖塵修聲音傳來。「情況如何？」

言晃喊：「未發現異常。」

肖塵修問：「要上來嗎？」

「再等等。」說完，言晃轉頭看向江蘿。

江蘿皺著眉。「不會真白來一趟吧？」

言晃用腳踩了踩地上的沙礫，意味深長地說：「再仔細找找，說不定線索在我們腳底下呢。」

江蘿尬笑兩聲。「是嗎？那你挖開試試？」

結果言晃還真讓她資料化了兩把鏟子，率先挖了起來。江蘿跟著挖了幾下之後說：「沒必要再往下挖了吧？」

言晃停下動作，低頭看著地面說：「恐怕還要繼續挖。」

江蘿定睛一看，發現言晃的鏟子挖出了一塊腐朽的木質材料，她吃了一驚。「這還真能挖出東西來？離譜！」

「行了，趕快挖出來，看看這到底是什麼吧。」

兩人很快將上方的土鏟到一邊，露出了它本來的面貌——一具棺材。

江蘿熟練解析了成分，旋即面色一沉。「這是桃木棺！」

「桃木棺，六角井……也不知這棺中人做了何種錯事，竟然被如此對待！」言晃神色也很不好看。「能取出來嗎？」

「不好取。這棺材放置的位置是特別設計的，棺木上下都是井壁，我們想要取棺木，就得把井破壞了，但你也知道，如果破壞了井的地基，這井也會坍塌。根據井的深度、坍塌的速度和我們帶著棺木向上爬的速度分析，如果井塌了，我們根本來不及逃脫。」江蘿說。

言晃思索片刻，直接一鏟子下去把棺木破開並說：「那就換個更直接的方式。」

江蘿看著言晃的行為，目瞪口呆。「言晃你變了，你以前打副本都是靠腦子的。」

言晃扶了扶眼鏡，笑得溫和。「遇到問題要隨機應變，不能墨守成規。」

江蘿無言，但不得不承認，這個方式確實挺好用，於是也加入了。片刻後，兩人就把棺材頂給拆了。江蘿耐不住好奇，探頭去看，瞬間頭皮發麻。那棺中是一具女性的屍骨，在她的腹部，還有一副很小的骸骨。

與此同時，系統提示音響起——

恭喜玩家發現重要線索：骸骨之骸。

重要線索：骸骨之骸

線索資訊：我是被強迫懷孕的機器，我是棺材裡不斷求救卻無人回應的一具屍體，我是誰？我在哪裡？哦，我在阿娘村。

耳邊突然傳來陣陣嬌俏的笑聲，讓兩人瞬間毛骨悚然。言晃取出自己的「家庭和睦之刀」，江蘿也拿出了自己的巨型網球拍擋在身前，與此同時，耳邊傳來肖塵修三人的呼喊：「小心！村神跳下去了！」

這時候喊已經沒用了，因為兩人一抬頭，就看見了那張昨晚才見過、那張美麗慘白的臉，而和昨晚不同的是，言晃此時在她身上感受到了濃烈的殺意與怨恨。

江蘿當機立斷，握著巨型網球拍向上一擋，沒想到下一秒網球拍被直接破開。

言晃見狀迅速伸出左手把江蘿扯到身後，右手舉起「家庭和睦之刀」抵抗著村神的攻擊，同時對著江蘿低吼：「把井破壞掉！」

把井破壞掉後，那他們怎麼上去？但這個時候已經沒有時間疑惑了。江蘿迅速從系統商城購買了一瓶能使自己暫時變得力大無窮的藥劑喝下，然後又買了一副拳套戴上，接著開始對著井壁一拳又一拳地擊打。很快，在江蘿的猛烈攻打下，磚塊砌成的井開始坍塌。

外面三人不敢相信地看著面前的場景，想幫忙又無從下手，急得團團轉。下一秒，言晃使用天賦控制的河水也開始失控湧向中間，水流湍急，似乎想要將他們埋入水中。

肖塵修見狀，立刻抓起劉玲，靈活地跳上地面，菲洛用力一蹬，整個人如子彈一般衝上半空中，接著一個翻身，落到岸上。

在他們躍起的瞬間，兩側水流剛好相撞，猛烈的衝擊讓河水掀起了水簾，水簾落下後露出了岸邊面色蒼白的三人。

「欺詐者的天賦作用消失了……」劉玲喃喃自語。

天賦作用突然消失只會存在兩種情況：一種是使用天賦的人停止使用，而另外一種則是使用天賦的人已經死去。

方才，言晃和江蘿兩個人都在井下，如果突然切斷天賦，會導致河水重新合併在一起，他們二人必死無疑。欺詐者不可能不知道這個風險。

那麼就只有後一種情況才能夠說通了。

難道欺詐者和計算師這兩個被副本玩家評為「死亡率最低」的人，就這麼死了？肖塵修三人只覺得如鯁在喉。

菲洛發狠地朝著地面砸了一拳。「怎麼會這樣！村神怎麼會突然活過來？」

肖塵修深呼吸，勉強穩住自己的情緒說：「可能井底之下的東西，跟村神有關。」

劉玲握著拳頭，想起欺詐者送給她的麵包，眼淚便不受控制地滑落。「我們還是得為他們做點什麼，他們兩個都是很優秀的玩家。」

肖塵修和菲洛對視一眼，覺得劉玲的話很有道理，於是從旁邊找來一些圓潤的石頭，堆成兩座小小的墳墓。

他們正準備祭拜，身後突然傳來一聲貓叫。

「喵嗚。」

三人面色疑惑，轉身去看，卻見到難以置信的一幕——少年形態的言晃一手牽著江蘿，另一隻手則在撫摸那隻蹲在他肩膀上的黑貓。黑貓一臉享受，不停地蹭著言晃的手掌心。

三人還以為自己眼花了，動作一致地揉了揉眼睛，結果畫面並沒有改變。

「你們……活的死的？」菲洛大著膽子問。

言晃重新掏出一副黑框眼鏡戴上，略顯淩厲的眼神被鏡片遮擋，臉上掛著溫潤笑容，聲音溫和地說：「自然是活的。我們沒事。」

三人這才放下心，趕快圍了過去。

肖塵修好奇地問：「剛剛那個情況，你們怎麼躲過一劫的？你們是怎麼做到突然出現在這裡的？這隻貓又是哪裡來的？」

言晃並沒有回答肖塵修的問題，只是伸出食指放在唇邊，笑眼彎彎地「噓」了一聲：「解釋起來太過複雜，眼下還是請你們三位先告訴我們，這兩堆是什麼？」

三人頓感尷尬，全都乾笑著。「沒什麼沒什麼，就是擺著玩啊，哈哈哈哈。」

言晃笑了笑，也並未在意，而是將井底之中得到的資訊全都一五一十同步給了三人。

「那這到底是誰的屍骨？」劉玲問。

「看村神對她這麼緊張，不會她就是村神吧？」肖塵修開始猜測，「那是一個普通的女子，因為被強迫懷孕，不堪受辱，所以選擇投井自縊，但是屍體又被村裡人打撈起來，因為擔心她怨念太重，所以將其封印在六角井中。」

「你這是在這編故事呢？」江蘿翻了個白眼。

「但還是有幾分道理的。」言晃看著肖塵修氣餒的模樣，出聲安慰了一下。「不過這具屍體到底是不是村神，還有待商榷，總之，大家不要掉以輕心。」

他們現在掌握的資訊還是太少，但是多留一個疑問在心裡，對自己也有好處，起碼真遇到了，不會措手不及，畢竟面對這些刺激的狀況，最怕的就是措手不及。

言晃看了看時間。「現在已經快中午了，等下阿娘們應該就會叫我們回家吃飯，所以我們的行動時間定在午餐後。行動開始前和結束後，各位記得在腦內進行溝通，完成任務後，回家守好阿娘，不要讓她們因為看到阿爹屍體而自殺。」

「明白。」

第十七章　混亂的裡世界

吃過午飯後，行動便開始了。

言晃獨自前往菲洛家中。菲洛家在阿娘村算是比較富有的，不僅有兩間房，屋外院子也很大，院子的東北角，還搭了一個狗窩。

言晃悄悄地進入院子，先往狗窩處掃了一眼，卻看到一個女人坐在狗窩邊。他腳步一頓，想起了菲洛曾說起過他家的情況，聽說和親眼目睹的效果不一樣，現在他心裡對菲洛阿爹的厭惡已經到達了頂峰。女人垂著頭，身上的衣服極為破舊，頭髮也亂糟糟、髒兮兮的，右手被鐵鍊拴在狗窩的欄杆上，狗窩裡臥著一條大黑狗，目光炯炯有神地看著女人。如果大黑狗想要咬女人，女人連跑的機會都沒有。

「阿姨，妳好。」

突如其來的稚嫩聲響讓女人抬起了頭，看著站在面前的男生，她蒼白的臉上露出了驚訝。「晃晃？」

下一秒，女人好像是想起了什麼，面上帶了些許難堪之色，低頭避開了他的視線，想要躲到一邊，但她還沒動，一旁便傳來狗吠，嚇得她僵住了身子，不敢再發出任何聲音。

言晃冷厲的目光落在那條黑狗身上。黑狗似乎是感覺到了言晃身上迸發出的殺意，害怕地嗚咽一聲，往裡縮了縮。

言晃手起刀落，瞬間切斷了困住菲洛阿娘的鎖鏈。菲洛阿娘難以置信地看著自己終於被解開束縛的雙手，無聲地哭了起來。

「謝謝！」就在她剛說完這句之後，她瞳孔驟然放大，整個人都抖了起來，與此同時，一道越來越大的黑影漸漸籠罩在言晃上方，緩緩舉起右手。

「小心！」眼見那人右手對著言晃落下，菲洛阿娘急切地大喊一聲，伸出自己的右手，想要將人拉過來。

言晃看到她的小拇指上戴著一枚小巧的藍色戒指，眼底露出喜色，直接將手中的「救贖大劍」轉了一個頭，用劍刃刺穿了背後之人。

「啊——」男人痛苦的悶哼聲傳入耳中，言晃才不快不慢地轉過身，以一副人畜無害的臉看著他。

男人的腹部被刺穿，血液順著劍身滴落在地，臉上寫滿了驚恐，他右手握著的菜刀，此時也因為傷勢過重，雙手無力而掉落在地上。

言晃將「救贖大劍」抽出，菲洛阿爹的眼球稍微動了一下，張了張嘴，卻什麼也沒說出來，直直地倒在地上，抽搐兩下後，便不動了。

目睹一切的菲洛阿娘半張著嘴巴，滿臉茫然。

言晃蹲下身子，看著菲洛阿娘，輕哄她。「阿姨別怕，晃晃是來保護阿姨的，只要晃晃在，阿姨就不會有事。」

溫柔的安慰最能讓人情緒宣洩。菲洛阿娘哽咽一聲，一直積壓的情緒瞬間爆發，抱著言晃哭了起來。

「沒用的，晃晃，沒用的，這個村子裡的男人都很奇怪，奇怪得要命！無論用什麼手段殺了他們，他們都會在第二天早上，雞鳴聲響起的時候復活！他們不會記得自己死過，但隨著每一次死亡，他們的脾氣就會變得越來越差。阿娘村的其他阿娘都習慣了，所以她們從來不會試圖殺死這些男人……晃晃，我已經沒有辦法了，你快走吧，帶著菲洛一起。你們還小，離開這個村子……離開這個村子！只有離開這個村子，才能得到永遠的安寧。」

言晃聽著菲洛阿娘的話，一時疑惑問：「阿姨不是村裡的人嗎？」

菲洛阿娘搖搖頭，淚眼婆娑。「我不是……我是被賣到這裡來的。我當年好不容易考上大學，結果還沒來得及走進校園，就被賣到了這裡。他們要我生孩子，這群畜生，簡直不把人當人！我第一胎是個女兒，那時想著事已至此，為了孩子，我也要在這個村子裡活下去，結果……結果那畜生竟然當著我的面，把我女兒掐死了！還把她丟到河裡！我心如死灰，只想為女兒報仇，可是……他根本殺不死……這個村子裡的人都不正常！一個都不正常！」

言晃聽著這些話，心中只覺得可悲。面前這位阿姨並非原生居民，她明明有幸福的未來，結果卻淪落到這裡遭受如此殘酷的對待。

他雙手放在了菲洛阿娘的手上，安慰她。「沒事的阿姨，他復活一次，我就殺他一次……不要怕阿姨，不要怕，我們就是為了解救村子才降生的。我們跟他們不一樣。」

菲洛阿娘聽著言晃的話，明明面前的人只是一個小小的少年，卻讓她產生了一種奇怪的感覺，令人想要相信他的想法。

言晃和她對視著，用一種真誠的、小心翼翼的眼神看著她，鎖定對方眼神裡的情緒波動，在最恰當的時機，準備發揮道具的作用，輕聲問：「可以信任我們嗎？」

這個道具名為「語言力量」，是他在副本人類牧場中獲得的一個增幅性道具。

道具：語言力量

品質：C–

屬性：概念性道具，使說出的每一句話都能強烈影響聽者的情緒。

道具介紹：語言是最神奇的文明之一。語言的力量會使人類產生意想不到的力量。

在「語言力量」的影響下，菲洛阿娘的情緒被無限放大，她毫不猶豫地選擇相信眼前的少年，相信他能夠拯救自己。

「我相信你，晃晃。」她的眼神堅定無比，「你需要阿姨做些什麼？只要能夠幫到你們，阿姨做什麼都可以！阿姨已經被逼到絕境了，絕不能讓其他人重蹈覆轍。」

言晃勾著唇，目光落在了她小拇指的藍色戒指上。「那阿姨可以告訴我，這個戒指以及村神的事情嗎？」

菲洛阿娘錯愕，旋即抿著唇點點頭。「關於這件事，我知道的不多。根據村子裡的紀錄，以前，村民們為了祈求村神保佑村子，不攻擊其他人，便讓每個結了婚的女人戴上一枚這樣的戒指，像是一種特殊的儀式。」

言晃聽著菲洛阿娘的話，又說：「那妳知道村神的手上，也跟妳一樣都戴著戒指嗎？而且她的小拇指上，也戴著一枚和妳一樣的藍色戒指。」

菲洛阿娘點點頭。「我知道，我跟她有過一面之緣。」

言晃沒想到會聽到這樣一個答案，詫異問：「一面之緣？妳什麼時候見過她？」

菲洛阿娘盯著這一枚戒指，眼底露出幾分恐懼，瞳孔跟著一起顫抖。「就是……我的女兒被扔入河裡的那天。那天我再也忍受不了這個男人了，我打算逃離這個男人，逃離這個可怕的村子，可是當我跑到村口遇到了村神。我嚇壞了，從沒想到這裡真的有村神，我一直以為那只是一個傳言。當時，村神什麼也沒說，什麼也沒做，只是靜靜地站在那裡盯著我，但是我被嚇得不敢逃跑了，又重新跑回村子，再回頭看時，她已經不在了。我知道，她之所以攔住我，是因為她想讓我永遠留在村子裡。她是這個村子的村神，肯定要保護這個村子，如果我跑出去了，她肯定會毀了這個村子……因為害怕她會報復我，所以我不敢跑，我不敢跑……只有你們，只有你們才能救我！」

菲洛阿娘此時明顯是回想起了當時的場景，整個人被陰影所籠罩，恐懼地顫抖著，眼淚不斷往下掉。

言晃伸手輕拍著她的後背，用自己的方式安撫著她，在她的情緒漸漸穩定後，才繼續問：「她沒追上來？」

菲洛阿娘搖搖頭。「沒有。」

言晃腦子裡隱隱約約有個想法。

「讓妳們戴戒指的紀錄是什麼？能找到讓我看看嗎？」

菲洛阿娘點頭，看了一眼地上菲洛阿爹的屍體，縮了縮脖子，朝著房間小跑過去，很快，又抱著一本書跑了回來。

「就是這個。」

言晃接過，發現這本書的封面已經爛掉了，但還是隱隱約約能看出封面上用毛筆寫下「阿娘村」三個字。

言晃翻開之後，發現內容不是文字，而是用一幅又一幅的畫，組成了兩個故事。

第一個故事：一天夜裡，一個男人闖進了女人的房間，後來女人懷了孩子，被迫來到了男人家中，男人請了郎中過來診脈。接著男人家中張燈結綵，大紅燈籠高高掛，看起來是打算和女人結婚，可是在結婚的前一日，女人突然臨盆，生了一個女孩，男人大怒，狠狠甩了女人兩個巴掌後離開了家。

新婚之日，男人也沒有出現，直到夜晚才歸來，喝得爛醉如泥。男人回房之後，和女人起了爭執，一怒之下，男人活活打死女人。兩人的爭執吵醒了熟睡的孩子，孩子大哭起來，男人被她吵得心煩意亂，加上酒氣上頭，竟將孩子悶死。

第二天酒醒之後，男人看著滿地慘狀，很是害怕，偷偷把女人和孩子埋進了村內一處廢棄的井裡。

第二個故事：畫上有很多女人，做著相同或者不同的事情，但她們的懷裡或者背後都帶著孩子。忽然，一個穿著大紅新娘服的女人出現在村子裡，衝進一戶人家。她看著躺在床上的孩子，面色詭異。為了保護孩子，孩子的母親挺身而出，將孩子護在身後，但穿著新娘服的女人並沒有殺人，而是看向了眼前的母親。片刻後，將一枚戒指放在她的面前，用動作示意她戴上。

母親戴上戒指，卻發現新娘服女人的手上多了一枚戒指，位置、顏色和她的相同，新娘服女人露出一抹僵硬的笑容，轉瞬便消失在房間裡。很快，村裡每一位母親的手上，都戴上了各種顏色的戒指。

故事到這裡就結束了。言晃合攏手中的書，低頭深思，果然，戒指跟村神是有直接關係的，至於那「骸骨之骸」，或許就是第一個故事中枉死的女人，也就是村神。不過，這位可憐人的夙願，會是什麼呢？

言晃打開了「唐鑫的新書」，上面的內容果然更新了。

阿娘村——阿娘

力量：0.8

敏捷：0.8
智力：1
天賦：復甦
復甦：指定一人復活
介紹：為了孩子，再忍忍，再忍忍就好，一定會好起來的。

阿娘村——阿爹
力量：1.2
敏捷：1.2
智力：1
天賦：無
介紹：不可原諒之人。

看完之後，言晃錯愕地抬起頭，盯著面前的菲洛阿娘，一時語塞。難道，他們的目標從一開始就搞錯了？復活從來都不是阿爹和副本本身的力量，而是來源於——阿娘?!

「怎麼了？」菲洛阿娘見言晃看著自己，疑惑地問了一下，甚至還覺得是不是自己臉上有什麼髒東西，抬手擦了擦。

言晃笑著說沒什麼，心中卻驚疑不定。明明他剛剛調查的一切線索都是指向村神，可是為什麼「唐鑫的新書」更新出來的內容會變成阿爹跟阿娘？

「唐鑫的新書」從來都沒有出錯過，只要是副本裡的怪物，在他了解百分之五十的資訊後，「唐鑫的新書」就會呈現出完整的資訊，就連副本裡的神也不例外，神都無法避開的規則，村神又怎麼可能會逃脫？

言晃突然想到了昨天晚上使用「幻象模擬器」時，上面顯示「使用對象不存在」，再結合現在的情況……他腦子裡突然閃過一個想法：會不會，村神根本就不存在？

言晃自己也被這個想法震驚了。但不得不承認，這是最能解釋他目前遭遇一切的說法。

看來，今晚他有必要再會一會這個所謂的村神了。

「阿姨，謝謝妳對我說這麼多了。」

「沒事，能幫上你就好。」

「那阿姨今天先好好休息，我就先回去了。」

菲洛阿娘飛快看了眼地上的屍體，點了點頭。「好。」

離開了菲洛家後，言晃和江蘸用天賦在腦內問了問其他人的情況，全都表示已經成功完成了任務。

言晃將自己的發現和猜測也一一告知了江蘿他們。眾人又分析了一番，最終一致認同，今晚確實要再去會一會村神，只不過肖塵修、菲洛和劉玲都不太同意讓言晃獨自前往。畢竟昨天晚上言晃在村神手底下就毫無反抗之力，更別說今天上午他還惹怒了村神。

肖塵修與菲洛兩人都表示自己是戰鬥型的玩家，是最優選。

江蘿不同意。「你倆去死亡的機率最大！村神在阿娘村的設定明顯就是無敵，就你們現在的樣子，還想著跟她戰鬥？我覺得，還是言晃去比較好。」

言晃哭笑不得。「妳這小孩，又整我是吧？」

江蘿輕笑一聲。「反正你又死不了。」

言晃笑而不語，只是低著頭，摸了摸自己腿邊不知從何而來的小黑貓。

其餘三人滿臉不解，肖塵修仗著自己和江蘿關係好，直接問：「你們到底在打什麼啞謎呢？」

「祕密。」江蘿笑得高深莫測。

肖塵修知曉這是不能說的意思，於是沒有繼續追問。

言晃到家之後，發現阿娘滿臉蒼白地坐在地上，目光呆滯地看著躺在地上的男人。

「阿娘。」言晃輕輕喚她。

陶信聽到聲音才回神，轉頭看向言晃，唇角僵硬地勾起，似乎想對他露出一個微笑。「晃晃回來了啊，沒事的，晃晃不要害怕，阿爹明天就會回來了。」說完，她便起身，只不過在站起時，還是踉蹌了一下。

言晃連忙扶住她，眼睛裡滿是關心，但還是用活潑的語氣說：「阿娘，我知道了，我不怕！阿娘，我抓到了一隻小貓，我能不能養牠？」

陶信點點頭。「好啊，不過我們要偷偷養才行，不然你阿爹醒來看見又要生氣了。」

言晃歡呼了一聲。「我知道了，阿娘。」

陶信看著笑容燦爛的言晃，突然覺得心中的不安和擔憂都消散了，臉上也露出了一絲笑容，伸手摸了摸言晃的頭。「晃晃，阿娘真的好慶幸身邊有你陪著。」

「阿娘，晃晃會陪著妳的。」言晃拉著阿娘的手，認真地說，「阿娘，妳手上的這個戒指好漂亮啊，能摘下來嗎？」

陶信說：「晃晃如果能摘下來，阿娘就送給你，好不好？」

言晃立刻反應過來，這戒指摘不下來，但說都說了，還是要試試。他伸手拉了拉，戒指紋絲不動，就像是焊在了她的手指上。

「傻孩子，這可是村神送給我們的戒指，戴上了就不能摘下。」陶信溫柔地說。

言晃抬頭看她，帶著幾分小孩的懵懂和天真。「我知道了，阿娘。」

深夜，陶信已經陷入沉睡，她身側的言晃卻突然睜開了眼睛，輕手輕腳地翻身下床。在腦內和夥伴們簡單溝通後，言晃走出了大門，白天帶回家的黑貓在他出門後，跳到了床上，蜷縮在陶信的枕邊，舔了舔爪子。

月光透過層層濃霧照進阿娘村，言晃獨自前往白天發現「骸骨之骸」的河邊，一路上，周圍安靜得只能聽到他的呼吸聲和腳步聲。

河邊的霧氣沒有村子裡那麼濃，只有薄薄一層，這並不正常，但此時的言晃沒有更多的心思想這些，因為在那薄霧繚繞的橋中央，站著一抹豔麗的紅色身影——新娘穿著大紅新娘服，雙手交疊放在腹部，右手五指各戴有一枚戒指，披著紅蓋頭，似乎在等著新郎揭開，但她不知道，新郎永遠不會來。

言晃抬腳，一步步朝她靠近，完全無懼她身上越來越濃烈的恐怖氣息。最後，他踮起腳尖，為她掀開了紅蓋頭。

新娘微微低頭，一雙血紅色的眸子直直對上了言晃的眼睛。忽地，戒指亮起，村神抬起了自己的雙手，鋒利的紅色指甲直衝言晃面部而去。

言晃一動不動，甚至連眼睛都沒有眨一下。最終，指甲在距離他眼前一公分的位置停下。言晃勾起唇，笑得極為乖巧。

村神臉上浮出怒色，一股沖天殺意猛然從她的身上爆發出來，她右手揚起，似乎想要狠狠地搧在言晃的臉上。

「阿娘，妳捨得打晃晃嗎？」

村神在言晃說出這句話之後，蒼白的臉上多了幾分驚慌和詫異，右手更是直接僵在了半空中。

看村神驚慌失措的樣子，言晃便知道自己沒有猜錯——村神是不存在的。

阿娘的天賦只有復活一項，由此可知村神與阿娘們並無關係，但偏偏她們都有一個共同點——右手上戴著戒指。他一直都很好奇戒指的作用，卻得不到答案，直到看完菲洛阿娘給他的書，他才終於想明白，戒指其實是一種媒介，可以將阿娘們一直壓抑的怨念集結，形成一個新的意念體，而這個意念體，就是穿著大紅新娘服的村神。

他也曾疑惑，村神戰鬥力那麼高，明明可以輕鬆殺死自己，為什麼卻處處留手？但如果村神是阿娘的話，一切就都解釋通了，因為深愛孩子的阿娘，怎麼會捨得傷害自己的孩子呢？

至於在井下感受到的殺意，也不是針對他和江蘺，而是那一口井——那口鎮壓著「骸骨之骸」的井。如此也就說明，「骸骨之骸」並不是村神，或許是村子裡某個枉死的少女，至於她到底是誰，就目前的情況來看，已經不重要了。

「阿娘，其實我們所處的阿娘村，是假的吧？」籠罩著整個村子的霧氣開始散去，言晃的雙眼在黑夜之中極為明亮。

村神的嘴角露出笑意，從未開過口的她，張了張嘴，聲音嘶啞。

「晃晃是怎麼看出來的？」

這話算是認可了言晃的猜測。

「第一，我昨晚利用潛行道具降低存在感，試圖逃跑，但妳總能第一時間找到我的位置，這引起了我的懷疑，但如果整個村子都是由妳創造的，那妳能找到我就不奇怪了；第二，我想要對妳使用道具，道具卻顯示『使用對象不存在』，道具不可能出錯，加之我從菲洛阿娘那裡看到了村子裡關於戒指的紀錄，明白了戒指、村神和阿娘三者之間的關係後，才發現妳的確是不存在，因為妳只是阿娘們的精神集合體。

「阿娘為了孩子一直忍耐，現實卻是最殘酷的——她們護不住自己的孩子。悲哀、怨念、認命、反抗……內心深處的無數情緒讓阿娘們充滿了掙扎，她們既想改變卻又害怕改變，既想逃離又害怕逃離……所以菲洛阿娘才會在逃離村子的時候，看到妳，因為她根本沒想逃！」言晃接著說，「摘不下來的戒指成了她們的精神枷鎖，讓她們只能永遠待在村子裡，再也出不去，可是她們出不去，不代表她們不想讓自己的孩子離開這裡。這個世界，應該就是阿娘們為了保護孩子，拜託妳創造出來的吧？她們想要給孩子一個安穩、可以安心長大的世界，但是又習慣了這種『以夫為天』的生活，甚至對這種生活產生了依賴……阿爹之所以會每天復活，就是因為阿娘想讓他復活。」

人生總是充滿苦難，這苦難來自他人，也來自內心。

我們很難定義悲慘，也很難定義幸福，好像這兩樣東西，是在比較中產生的。如果失去了比較，又該如何定義悲慘和苦難呢？如果一個人從來沒有見過光明，又該如何分辨，自己是否身處黑暗呢？

從一開始，阿娘村的核心就是阿娘本身，無論是復活阿爹還是村子裡男人們的所作所為，甚至是退化為孩童形態的玩家，都是阿娘們套在自己身上的命運枷鎖。所以，這個副本的結局是救贖，還是墮落，是由阿娘們自己決定的。

這個世界，就是阿娘們的精神世界。

村神一笑，輕輕撫摸著言晃的腦袋。「晃晃看得很明白，也很透澈。的確，我是她們心中的枷鎖，也是她們的意識，更是這個副本的神，但在這個副本裡，決定一切的從來都不是神，而是人。我只有在她們想要看到我的時候，才會出現在她們面前。晃晃，前路已經很清楚了，你想怎麼做呢？」

是的，前路已明，目標就放在眼前。只要能讓阿娘們由內而外地產生反抗意識，他們就能在這場博弈中獲得勝利。

可是自我封鎖的思想很難改變。

言晃眼中盡是溫和。「人活在世上是有念想的，沒了念想便是行屍走肉，但阿娘們不同，她們的心裡還有念想，還有牽掛，所以這次通關的唯一突破點就是——我們。」

副本不會給玩家一個無法通關的副本，這是遊戲的基本規則。從進入阿娘村，成為孩子的那一刻起，他們，便是阿娘們唯一的救贖。

「我們會救妳的，請相信我們。」

稚嫩的聲音傳入耳中，明明那麼普通，那麼簡單，卻讓人感覺到一股說不上來的溫暖。

村神笑著看著他。「那麼，我等你們交出答案。」

她話音落下的瞬間，阿娘村的一切突然變得扭曲起來：天上的月、地上的樹、房屋、河水……目之所及，皆如梵谷的《星夜》一般扭曲著。

村神臉色微變，言晃也滿臉不解。「阿娘，這是什麼地方？」

村神看著他說：「這就是阿娘村的『裡世界』，埋藏著阿娘們所恐懼的一切。晃晃，你趕快回去！只要回到家中，你就不會出事。」

言晃恍然大悟。「這就是孩子們晚上不能出來的原因嗎？」

「沒錯！黑影們只會在夜晚出現，出現的時間並不固定，但是在天亮之後就會消失。趁現在它們還沒出現，你趕快回去。」村神急切地說。

言晃看著遠處五道極為巨大的影子，抿了抿唇。「阿娘，已經晚了。」

那五道影子身上散發著濃濃惡意，充滿了壓迫，言晃只是看著它們，就覺得心驚肉跳，儘管他用天賦給自己施加了冷靜，但心中也無法避免這種恐懼的產生。

言晃看了一眼屬性面板，在狀態那一欄中，又多出了一個恐懼狀態。

恐懼：來自阿娘村阿娘們內心深處極致的恐懼，屬於她們的內心世界，你也遭受了影響。此狀態下玩家精神力將會逐漸減弱，當精神力歸零時，玩家將被判定死亡，被阿娘村同化。

精神力下降的速度很慢，但這是不可再生資源，數值本身並不太高，按照這個下降速度，大概只要十分鐘，他的精神力就會掉光。

此時，那些影子全都朝著他這邊看了過來，準確來說，是看向村神。

村神從某種意義上來說確實是在保護村子、保護孩子，只不過這種保護並非一般人心中所想，她只是阿娘們意識的聚合體，受阿娘們精神狀態的直接影響，「裡世界」便是阿娘們內心最恐懼的地方。

這些黑影，則是阿爹們的化身。

各家住所大概扮演著「安全屋」的角色，可以保護孩子不受黑影的侵蝕，所以村神才會把夜晚貪玩的孩子趕回家，而一直以來，無法逃脫阿爹傷害的阿娘只有一個——沒有家的村神。但只要阿娘們怨念不散，她便會被無限復活，同理，阿爹也是。

不過現在，阿爹們的目標又多了一個，那就是扮演著孩子的言晃。不過言晃現在並不急，而是先拿出「唐鑫的新書」看了一眼。

阿娘村——阿爹（意念態）

力量：∞

敏捷：∞

智慧：∞
天賦：無敵
介紹：阿娘村中的意念產物，意念不散，此身不滅。

言晃站在原地，看著阿爹們一步一步朝著他走來。

「快走！他們會殺了你的！」

言晃不言，只是看著距離越來越近的阿爹們。他們就像是無法戰勝的夢魘，讓他的精神力不斷往下掉。

「該死的東西，你們怎麼還不死！老子的錢全都賭沒了！這是老子的房子、老子的家，妳是老子的老婆，晃晃是老子的孩子，老子就算是全部抵出去了也樂意！」

「老子在家休息休息怎麼了，躺著怎麼了？老子娶妳是過日子的，妳不好好幹活我就打死妳！」阿爹們不斷咒罵，「你們有什麼了不起？還不是得給老子生兒子？」

阿爹們的聲音回蕩在言晃和村神的耳邊，刺痛著他們的耳膜。哪怕此時的阿爹們只是一團黑影，沒有臉也沒有肉身，但他們依舊理直氣壯地傷害著一個家，傷害著家人的生命。

他們的信念不是來源於某一個人，而是一群人，一種觀念——一種源於封建思想的男尊女卑的觀念。

村神克制不住地恐懼著、顫抖著，但她還是第一時間來到言晃面前，張開雙臂，對著那些黑影怒喊：「不要傷害我的孩子！」

那一瞬間，來自四面八方的巨影異口同聲。「吵死了！」

無數雙大手襲向村神，村神避無可避。巨影們握住了村神的身體，就像是在捏一隻螻蟻一般，要將村神捏碎，下一秒，村神又化作濃煙，出現在言晃面前，變回原本的身形。

溢出血淚的村神，跪在言晃面前，雙手用力抓住他的肩膀，情緒崩潰地喊著：「為什麼不走？快走啊！求你了，快走！」

言晃早已經將情況告知了江蘿幾人，雖然黑影們的出現在他的意料之外，但他不得不承認，這是一個絕佳的機會。

言晃抬起手撫摸著她的臉，笑著告訴她：「因為我要救妳啊！阿娘，這一次，換我們保護妳。」

似乎是為了應和他的話，在扭曲的村莊之中，從五個地方，傳來了五道響亮的聲音：「阿娘，妳在哪裡？阿娘，我怕……」

村神驚愕地看了看他，下一秒，她化作黑色煙霧，來到半空之中，看向那五道聲音傳來的方向。

五間房子外面，除了言家是掛著一個大喇叭在循環播放這段音訊，其他四處，全是孩子們一邊奔跑一邊扯著嗓子，拚盡全力地喊。

「阿娘，妳在哪裡？救救我，我不想死！阿娘，阿娘！」

「真是瘋了。」村神滿臉震驚，喃喃自語，可是在她的眼中閃過動容與希望。

此刻，在言晃的腦海之中，江蘿四人齊聲彙報：「阿娘已甦醒，正在前往目的地。」

言晃臉上露出一抹意味深長的笑。阿娘村中的阿娘們確實十分膽小，她們沉浸在恐懼的世界中無法自拔，不敢面對現實。那麼，他們這些孩子就更要順水推舟，把她們推到真相面前，用最殘忍的方式，讓她們直面自我，擺脫枷鎖！

言晃在阿爹們面前仍然只是一個普通人，只能依靠著自己的體能進行躲避，更多的時候，還是村神過來幫他抵擋傷害。

村神明白了言晃他們的計畫，努力配合著他。她無數次慘叫，無數次化為黑煙又重新出現，承受著這死去活來的痛苦，吸引著黑影們的注意力。

江蘿的聲音自腦海中傳來：「我現在正在指引陶阿姨前往目的地，預計抵達目的地需要三分鐘，你撐一下！」

言晃回答。「好。妳先斷開精神橋樑，這裡的恐懼狀態會影響人的精神力。」

「了解，你注意安全。」

陶信看著周圍扭曲的世界，只覺得驚恐不已，這是什麼地方？是她們一直生活的村子嗎？為什麼這麼扭曲、恐怖？特別是那五道明顯不正常的影子，看起來是那樣的高高在上、不可一世，讓她打從心裡感覺到害怕和恐懼，整個心臟都開始不受控制地飛快跳動。

支撐她繼續往下走的，是一個信念——她的孩子正處於危險之中！她已經失去了一個孩子，不能再失去另一個。

陶信含淚問江蘿。「小蘿，妳確定晃晃在那邊嗎？晃晃不能出事啊！」

「是啊，小蘿，這裡太恐怖了。」江蘿阿娘死死拉住江蘿的手臂，整個人都在發抖。

江蘿現在也是精神緊繃著。一方面她一直維持著五人的精神溝通，精神力消耗過大，頭痛；另一方面，則是想到了言晃現在的處境。

玩家們的道具和天賦在面對阿爹時是無效的，言晃縱然有百般手段，也不會是那些黑影怪物的對手，她勸言晃等下次機會，言晃卻告訴她，他要賭一把。

什麼欺詐者，明明是個賭徒！

江蘺內心慌亂，但還是竭盡全力保持著最大的冷靜，只是情緒騙不了人。她吼著陶信：「跟著我沒錯！阿娘，陶阿姨，言晃這次能不能活，全靠阿娘們了！」

五位阿娘，一個都不能少！每一個都是這次計畫的核心！

陶信聽著江蘺的吼聲，心裡的懼怕開始慢慢散去。沒錯，晃晃現在很危險，她不能有半點遲疑！當年就是因為她有所遲疑，佳佳才會死去，她不能再重蹈覆轍！

她的速度越來越快，越來越快，甚至開始拚命往前跑，跑啊跑，跑啊跑……忽然，她覺得手指一輕，匆忙抬手一看，發現自己手上的戒指消失了。

村神越來越虛弱，她雖然是不死的，但可以感覺到痛楚。之前除了要趕孩子們回家，她都是躲著阿爹們，雖然被阿爹們發現會死，但從來沒有像現在這麼虛弱過。這種折磨讓她的行動越來越遲緩，儘管她盡全力想要讓自己動起來，但身體越來越不受控制。

阿爹們的言語越發不堪入耳，形象也變得更加巨大、可怕。村神知道自己快到極限了，咬著牙看向言晃。「晃晃……」

我到底還能為你們做些什麼？

言晃的體力也是有限的，頻繁的高強度行動讓他累得氣喘吁吁，但他不敢慢下來，如果不能直接跳躍，那就翻滾，只是翻滾後瞬間起身的眩暈感他必須當作沒事，強壓著不適去克服。

就在這個時候，遠方傳來喊聲：「我們到了！」

言晃瞬間停止了躲避，眼睛中閃過一絲寒光，直面黑影的攻擊。

村神想要撲過去替他擋住攻擊，卻被一隻手扯住了身體，狠狠砸在了地上。與此同時，剩下的幾隻手，全衝著言晃而去。

「晃晃，阿爹也不想傷害你，誰讓你不聽話呢？不聽話的孩子，必須受到懲罰！」

在所有人的注視之下，言晃對著陶信喊：「阿娘，救我！」剛一喊，言晃便受到了更慘烈的攻擊，失去了呼吸。

江蘿「撲通」一聲跪在地上，眼淚瞬間滑落面頰，肖塵修三人也是滿臉震驚，呆在原地，被自家孩子引過來的其他幾位阿娘也是目瞪口呆，陶信當場淚崩，不要命地衝了上去。「晃晃！晃晃！晃晃！」

陶信的這番舉動對阿爹們來說無疑是在挑釁，幾隻巨手直衝她而去，想將她捏碎。

幸好村神反應及時，將陶信從巨手下救走，安置在其他幾位阿娘身邊。

其他四位阿娘這時才勉強回過神，臉色白得嚇人，全身都在發抖。「這……這到底是……是什麼東西？為什麼，我們的村子，會變成這樣？」

幾位阿娘沒有得到回答，妳看看我我看看妳，最後還是上前拉住自家孩子，焦急地說：「趕快回家，這裡危險！」

江蘺幾人卻不為所動，只是面色悲傷地看著她們，異口同聲地說：「有阿娘們在，這裡不會有危險。」

阿娘們滿臉茫然。「你們在說什麼？這跟我們有什麼關係？」

村神此時已經十分虛弱，在一旁淡淡說：「好好看看周圍吧。」幾位阿娘下意識看了看四周，發現周圍的一切已經靜止，那黑色的巨影更是一動不動。

「這……這到底是怎麼回事？」菲洛阿娘有些崩潰地喊著，越來越奇怪的世界讓她們覺得驚恐不已。

村神閉上眼嘆了口氣，再睜開眼，把手上的戒指舉起來，讓大家看得一清二楚。「因為阿娘村從來都不存在。所謂的阿娘村，一直都是我們走不出去的一場惡夢罷了。」

幾位阿娘看了一眼自己的手，卻發現——

「我的戒指呢？」

「我的也不見了！」

「怎麼回事？是在半路上丟了嗎？」

她們驚慌失措，不停地在自己的身上摸索、翻找。

村神說：「不用找了，就在這裡，我手上的戒指，就是妳們的。事到如今，妳們還想不起來嗎？還想看著自己的孩子，再一次死在自己面前嗎？難道真的要等到一切全都失去了，妳們才能意識到，把自己困在這裡的不是那些男人，而是妳們自己嗎？妳們好好睜開眼看看這一切！」

村神的情緒相當激動。她知道言晃不是自己的孩子，知道他們只是一群玩家，但從他進入副本的那一刻起；從他與自己認識的那一刻起；從他說要保護她的那一刻起，她就已經把他當成了自己的孩子。

然而現在，這個孩子在自己面前「死」掉了。

她第一次這樣怨恨自己，怨恨自己的懦弱和膽小。

「妳們還要繼續退縮嗎？」

阿娘們聽完村神的話，滿臉慌張。這個世界陰暗、壓抑、可怕，卻又讓她們那樣的熟悉，那一聲聲嘲諷，不就是她們的人生、她們的婚姻嗎？

突然，村神大拇指上的紅色戒指出現了一道裂痕，下一秒，戒指徹底裂開，掉在地上。

陶信手中緊緊抓著一塊沾著血的衣服碎片——那是從言晃身上掉落的。她的眼裡滿是淚水。「這一切早就該結束了！我都想起來了……晃晃，晃晃，是阿娘對不起你！阿娘讓你跟著一起受苦了！」

孩子的再一次離去，終於讓她直面自己的內心世界。

陶信擦乾自己的眼淚，看著一旁的孩子們，用沙啞的嗓音安慰他們：「別擔心，夢還沒醒，晃晃不會有事的。明天一早醒來，大家都會沒事的，睡一覺就好了。」

她又看向其他四位阿娘，苦笑說：「不要忘記自己是誰，不要忘記曾經發生過什麼，不要讓自己再失去他們……也不要再忍耐了，孩子們會受不了的。」

陶信說完，轉身對著村神跪下，磕了一個頭。「這些日子，辛苦妳了。」村神看著面前的女人，她已經憔悴到快要說不出話了，孱弱得彷彿輕輕一碰就會倒下去，這樣脆弱的人，她的眼神卻沒有半分膽怯和退縮。

陶信慢慢起身，朝著自己家走去，嘴裡哼著旋律詭異的歌謠——

「阿娘村，阿娘好，阿爹每天起得晚。阿娘村，阿娘妙，阿爹每天睡得早。」

「小金足，大屁股，阿爹喜把娃娃抱。娃娃哭，娃娃鬧，娃娃每天要撒嬌。」

會哭的孩子才有糖吃。

如果孩子不哭也不鬧，那就只能跟著她們這些不稱職的阿娘一起吃苦受罪。

歌聲隨著她的離去漸遠漸弱，幾位阿娘眼中也泛起了淚花，她們看著面前的四個孩子，第一次正視他們眼裡的哀求與痛苦。

阿娘們啞著嗓子，勉強擠出來三個含糊不清的字眼：「對不起……」

▶

陶信終於回到了自己家中，家裡空無一人。

不知多少年積累下來的記憶不斷衝擊著她的精神與靈魂，無數孩子因她而死的結局驀然出現在眼前。此刻，她覺得自己像一個該千刀萬剮的罪人。

她無數次地退縮，無數次地勸自己，忍一忍，忍一忍，一切都是為了孩子……可是到最後，沒有一個孩子活下來，沒有一個孩子活下來……

她再也控制不住自己的情緒，崩潰大哭。

晚風吹過，火光搖曳，牆壁之上驀然多出了一道影子，緩緩伸手靠近了陶信的身體。

陶信猛然轉頭，卻看到一位戴著一副黑框眼鏡的清俊男人正對著自己笑，笑容極為溫和，如水一般，似乎能夠包容她的一切過錯，接受她的一切不完美。

她仍然不敢相信。此時還是黑夜，她們的世界還未重啟，為什麼他能回來？難道是她心中的願望太強烈，她的惡夢也在回應著她嗎？

現在，陶信已經不想管什麼原因了，只要他能夠回來就好。

她吞了吞口水，手臂抬起又落下，最後小心翼翼地說：「晃晃，你長大了。」

言晃輕柔地為她擦去眼淚，伸出雙手擁抱她。「是啊，我長大了，可以保護阿娘了。多虧了阿娘，我才能活過來。」

陶信聞言，心中一股酸意翻湧上來，明明她什麼都沒做啊……

她一邊哭著，一邊回抱住言晃，抽泣著說：「等天亮……天亮之後，一切都會好起來的，我會帶你離開阿娘村。」

言晃輕輕「嗯」了一聲，將懷中的阿娘摟得更緊了。

一隻黑貓從黑暗中悄悄走了出來，舔了舔自己的爪子，身後晃動著的尾巴竟有八條！牠默默將自己的尾巴攏成一團，纏繞起來，看起來像是一條，然後慢慢向屋外走去，跳上房頂，靜靜坐在上面，面朝東方。

不知過了多久，曙光漸漸驅散黑暗，扭曲的世界開始一點點挪正。黑貓打了一個呵欠，說起了人話：「啊，天亮了……」

唯一性道具：厄難化身

品質：C–

屬性：分身，換位，九命

分身：玩家可自由分裂出一隻黑貓作為化身，黑貓並無任何屬性繼承，與玩家視野共用。

換位：黑貓與玩家本為一體，擁有與玩家原地換位的能力。

九命：玩家在擁有此道具之後，享受九命特權。

道具介紹：我們高喊文明永不磨滅，至高的意志常伴吾身，黑貓代表著一切不幸與厄難。而於舊文明而言，「我」即厄難。

當時在水井，言晃便偷偷放出黑貓提前站好位置，在井坍塌的瞬間，拉上江蘺啟動了換位能力，從而躲過一劫，所以並沒有浪費一條命。

經過這戰，江蘺根據言晃的「厄難化身」進行推算，推算的結果證明言晃的死亡機率不大，所以相當放心，但她萬萬沒想到，他們都已經走到這一步了，規則的限制卻變高了，孩子們不僅無法抵抗變成黑影的阿爹，甚至連其他阿爹都不能反抗。

言晃在察覺到這一點後，並沒有改變策略，而是選擇賭一把，賭石碑上字跡模糊的那幾句話，會是轉機所在——當孩子發自內心要保護阿娘時，便不再是阿爹面前手無縛雞之力的小孩。

所幸，他賭贏了，也因此，所有能力隨之歸來。

其實算是白白浪費了一條命，畢竟只要陶信覺醒，他也能復活，不過……算啦，至少不會讓阿娘繼續傷心了。

窗外的晨光照進了屋子，逐漸溫暖的房間中，陶信停止了哭泣，她給自己擦了擦眼淚，抬頭對言晃笑了笑。

「天亮了……」

此時言晃才發現，阿娘好像突然變老了，頭上長出了白髮，臉上的皺紋也開始變多。那充滿了關愛和溫暖的眼神，卻始終沒變。

陶信從言晃懷中離開，身體已經有些佝僂，但她並未在意，而是伸出手說：「來，晃晃，阿娘該送你回去了。」

言晃點點頭，牽著阿娘的手，慢慢跟著她走了出去。

路上，言晃和陶信也遇到了其他人，大家都變回了正常的模樣，只不過，阿娘們也全都變老了，可是大家什麼都沒說，只是跟著言晃和陶信，默默朝著村外走去。

當他們經過村口的石碑時，言晃注意到，石碑上那模糊的兩句話此刻已經變得無比清晰——

阿娘村，阿娘好，阿爹每天起得晚。
阿娘村，阿娘妙，阿爹每天睡得早。
小金足，大屁股，阿爹喜把娃娃抱。
娃娃哭，娃娃鬧，娃娃每天要撒嬌。
娃娃哭，娃娃鬧，娃娃每天要學好。
小丫頭，大哥哥，娃娃全都湊一對。
湊了一對生個寶，娃娃又來當阿娘。
娃娃生個男娃娃，明日燈籠高高照。
娃娃生個女娃娃，沿著水路找不著。
娃娃成了大棉襖，溫暖阿娘不受寒。
娃娃成了男子漢，護著阿娘不受傷。
阿娘村，阿娘好，阿娘吃飯不用愁。
阿娘村，阿娘好，阿娘在家活得好。

言晃幾人看著這塊石碑笑了。

忽然，阿娘們的腳步不約而同地停了下來，轉身看向一直跟在她們身後的孩子。

陶信笑了笑。「以後的日子，也要好好加油啊！」

言晃覺得有些不對勁，還沒等他思考，便被陶信推出了邊界，其他幾人也是一樣。

他們錯愕，面面相覷後立刻抬眼看向面前的阿娘們。

面前的五位阿娘的身體開始變得透明，她們五個人明明性格不同，在此刻卻都露出了相同的表情——溫柔又寵溺的笑容。

言晃下意識想要牽起阿娘的手，然而面前有一道無形的屏障將他阻攔。

陶信輕輕笑著。「乖，不要調皮。晃晃和大家都長大了，總要遠走高飛的，阿娘自始至終都是阿娘村的人，走不出去的。」

五人忽然明白了。村神說過，阿娘村的阿娘們只要發自內心想要走出這裡時，就一定能走出去，而現在，她們送走了自己的孩子，自己卻出不來了。或許她們並沒有真的走出那片陰霾，但她們心裡很清楚，她們不能讓孩子繼續停留在這片陰霾當中。

一時間，五人心中竟有種說不上來的感覺，讓他們心中萬般思緒纏繞，有千言萬語想要訴說，最後說出的，卻只有「阿娘」兩字。

阿娘們招招手。「來，低低頭。」

言晃聽話地低頭，陶信的雙手想要觸碰孩子，卻無法碰到他分毫，她的眼眶略帶幾分溼潤，卻只能將笑容掛在嘴邊隱瞞所有情緒。她彎下腰，隔著無形的屏障吻在了言晃的額頭上。

「阿娘村太小了，小到容不下你們的心，裝不下你們的眼界。阿娘們不太稱職，讓你們受苦了，到最後還給你們添麻煩，不過，你們還能再聽一次阿娘們的話嗎？」

幾人眼眶泛紅，乖巧地點點頭。

「來，轉身。」

他們聽話地轉身。「挺直後背，向前走，一步、兩步、三步……」

五人強忍下眼中的淚水，順從地跟隨著阿娘的聲音，往前走去，身後，阿娘們的聲音越來越輕，輕到最後，五人再也克制不住地轉頭去看，只看到阿娘們揮動的手，以及臉上溫暖的笑。

「以後的路，阿娘們沒辦法再陪著你們了，不過，我們永遠都在你們身後，你們只需要向前看，別回頭就好。」

她們的身體化作碎片，消逝在天地之間，整個阿娘村也開始迅速崩塌，到最後，僅剩一位紅衣女人站在原地。

女人依舊穿著新娘服，本來蒼白的臉龐如今有了血色，眼裡帶著欣慰與不捨，看著他們，到最後，她揚起一個燦爛的微笑。「阿娘村已經不需要你們了，繼續向前走吧。」

言晃不知道該怎麼形容此時翻湧上來的感情，他抿抿唇，彎下腰鞠了一躬，然後什麼也沒說，轉身離去，慢慢消失在村神的視野之中。

村神放鬆了自己的肩膀，直到他們的背影徹底消失也沒捨得移開目光。「也不再喊一聲阿娘……唉，罷了，一帆風順就好。」

她轉過身，朝著阿娘村的深處走去，身後忽然飛來一隻電子蝴蝶，停在了她的肩膀上，她微微一怔，旋即輕輕逗著蝴蝶，哼著旋律繼續向前走去，唇角的弧度卻無法克制。

「言晃，我之前怎麼不知道你是這麼肉麻的人？」

「送一隻小蝴蝶而已，總得給阿娘們留下一些我們來過的痕跡吧。」

江蘿聽著言晃的話，沒好氣地「哼」了一聲。「那你也不謝謝我，那可是我做出來的。」

肖塵修毫不留情地戳破她的傲嬌。「我看妳也很積極啊！」

江蘿直接拿出自己的網球拍，張牙舞爪地撲了過去。「我欺負不了言晃，我還欺負不了你？」

肖塵修嚇得哇哇大叫，一邊跑一邊笑她。「妳這是惱羞成怒了？」

「沒有！」

菲洛和劉玲二人哭笑不得。他們後知後覺反應過來，他們好像是來輔助欺詐者的，怎麼感覺這局完全沒幫上什麼忙？

——恭喜玩家「欺詐者——言晃」「計算師——江蘿」「格鬥家——肖塵修」「美食家——劉玲」「巨人——菲洛」通關歧視之世——阿娘村TE線。

——通關獎勵暫時保存，即將給出第二部分標準學校相關資訊。玩家有10分鐘時間進行休息，10分鐘之後將進入第二部分。

系統提示音落下，幾人面前出現了一張寫著入學通知書的資料袋。

——特殊線索：標準學校入學通知書。

第十八章　標準學校

言晃打開通知書的文件袋，發現裡面是一封信。

親愛的同學們：

你們好，我是標準學校的校長，很高興大家即將入校，成為學校的一分子。為了保證你們擁有一個美好的校園生活，我有以下幾點建議：

1. 處理好與班上同學的關係是通往幸福校園生活的第一途徑。
2. 處理好寢室關係是獲得高品質校園生活的第一途徑。
3. 控制好自己的行為，做一個對社會有用的人，是我們標準學校的宗旨。標準學校永遠歡迎所有真心學習之人。
4. 請不要把壞習慣帶入校園。不能帶通訊設備，上課請安靜認真，與人交談請保持基本的社交禮儀，用餐時注意不要浪費食物，睡覺時請保持安靜。
5. 如果遇到困難，請第一時間告訴老師，老師會用最標準的方式進行處理。

以上是我的五點建議，很期待各位能夠加入我們美好的大家庭。

標準學校校長

「怎麼覺得怪怪的？」劉玲小聲嘟囔。

「裡面好像還有東西。」江蘿將手中的袋子遞給了言晃。

言晃一看，還真看到了一個小東西——一個已經損壞的耳廓形機械。

「這是，助聽器？」

「給我看看。」江蘿說。

言晃把東西交給她，江蘿拿在手裡看了看說：「的確是助聽器，不過是最劣質的那一種，裡面的零件是重新組裝的，鬆動很明顯，內殼也是用黏合劑黏在一起的，看來是它的主人試圖修好它，但明顯技術不行。看外殼破碎的痕跡，應該是被人摔壞的。」

「看起來不像是專業人士修的。」肖塵修說。

「對。助聽器這種小器械最考驗的就是零件的完整和工人的手藝，畢竟正常助聽器都是需要量身打造的，就算是最劣質的，價格也不會低，而這款助聽器在損壞後，修補得如此不專業，由此可見它的主人家境一般。不過我能修好，要修嗎？」江蘿抬頭問言晃。

言晃搖搖頭。「副本應該不會犯這種錯誤，這要麼是線索的一環，要麼就是下個副本需要的東西，還是保持物品最原本的模樣比較好。」
江蘺很是認同。「你說得對，那接下來我們……」
「休息一會兒吧。」言晃說，「劉玲，辛苦妳做些食物了。」
劉玲見自己終於派上用場了，立刻開始大顯身手，做出了很多恢復體力和精神力的食物。
她能夠進入「塔羅」自然是有特別之處。在組隊作戰時，疊加技能和恢復技能算是團隊最不可或缺的，而她的天賦在這一方面算是天花板，雖然恢復能力比不上皇后娜莎的起死回生能力，但是其他能力絕對不差。
而且，她不僅能消耗自身精神力製作食物，也能透過進食恢復精神力。有她在，幾乎不用擔心精神力過度使用，除非一次性超標。
十分鐘的時間很快過去了。

——休息時間到，五位玩家即將進入歧視之世挑戰類副本：標準學校！
副本第二階段：標準學校
副本級別：B＋（崩壞程度持續惡化中）
副本介紹1：標準學校是A市最好的一所高中，傳說從這裡走出去的學生皆能成為各領域最優秀的代表，他們自律又優秀，因為他們都是標準的產品。

副本介紹2：親愛的轉校生，歡迎來到標準學校，在這裡請牢記校規，違規者將會被扣除分數。剛入學的學生基礎分是10分，當只剩下5分後，將會被留校察看，若分數歸零，則按退校處理。因為標準學校中的學生，沒有廢物。

——溫馨提醒1：不要相信你所看到的以及你所聽到的一切，務必處理好與其他同學的同學關係和與在校老師的師生關係。

——溫馨提醒2：個別玩家將以特殊狀態進入副本，請根據副本內實際情況自行作出判斷。

——副本載入中，請各位玩家做好準備。

看到這次副本資訊的時候，幾個人心中不免「咯噔」一下。副本難度再次升級，距離A級只有一步之遙，因此這個副本裡的神會很難對付，或許這次會比想像中更加困難，但此刻他們已經沒有退路。

如果無法順利通關「歧視之世」，那現實世界將會被封建思想徹底影響，到時候世界會變成什麼樣，還真不好說！

言晃深呼吸。「各位，一路順風。」

——副本載入完成。

——請與我們一起變得更優秀，親愛的轉校生。

熟悉的頭暈之後，言晃睜開了眼，眼前一片漆黑。

他被綁架了？不，不對，既然副本已經開始，那他們現在應該就是在學校裡面了，為什麼會這麼黑？言晃突然想起了那個助聽器，還有副本溫馨提示中所說的，他們其中有部分的人可能會以一種特殊狀態進入學校。

難道他現在……失明了？言晃「嘖」了一聲，打開了自己的屬性面板。

玩家：欺詐者——言晃

天賦資訊：你行善積德，誠實友善，只要與你相處過，無論是對手還是隊友，都對你讚不絕口，因此你的一言一行都更加具有說服力。

天賦隱藏訊息1：自身以外不可見。

天賦隱藏訊息2：自身以外不可見。

力量：6

敏捷：6
智力：2.5
所屬公會：塔羅
狀態：祈禱
祈禱：來自阿娘們對孩子最真摯的祈禱，令玩家力量＋1，敏捷＋1，智力＋0.3
綜合評價：擁有狀態加持的你，變得更厲害了喔！

能夠看到屬性面板，說明他的眼睛沒有任何問題，也不存在特殊狀態，但他明明有夜視能力，為什麼還是看不見周圍的環境呢？言晃有些費解，抿了抿唇，嘗試著開口詢問：「有人嗎？」

無人應答。

言晃深吸一口氣，想要起身，就在這時，對面突然傳來聲音。

「言晃同學。」

言晃的心跳突然加速，沒有輕舉妄動，也沒有妄自發言。有人就在他對面？為什麼他完全沒有感覺到？這個人是誰？聲音為什麼這麼奇怪？像是被什麼包住似的，不太能聽得出年紀和性別。

那人並沒有察覺出言晃內心翻湧的想法，繼續開口：「言晃同學，請坐下。我們的入學測試還在進行，你的專注力似乎有些不合格。」

聽到這句話的時候，言晃感覺自己的身後似乎出現了無數雙手，無限接近卻又沒有真正觸碰到他，但他敢肯定，如果自己沒有完成入學測試，這些手會毫不猶豫地將他拉入黑暗之中。

言晃身子緊繃，面上表情淡定自然。「抱歉，我剛剛有點想上廁所，不過你都這麼說了，我想我還可以再撐一下。很抱歉耽誤了你寶貴的時間。」

「嗯，沒事。」

言晃挺直了背，雙眼目視前方。太過黑暗的環境給人感覺並不好，讓人覺得窒息又孤獨，精神緊繃，但他精湛的職業假笑還是能夠在表面上將這種緊張感抹去。

到了這個環節，眼前終於有了一絲絲的光亮，是很普通的白熾燈燈光，光芒並不強烈，只集中在對方那雙戴著白色塑膠手套的手上，四周依然漆黑。

那雙手正翻閱著紙張，在他翻動間，言晃隱約看到了自己的名字。或許是我的檔案，言晃忍不住胡思亂想。

背後似乎有不懷好意的笑聲傳來，讓言晃想要偏頭看看，看看到底是誰在笑。此外，他也能夠感覺到，正前方有一雙眼睛正在注視著自己，讓他不敢輕舉妄動。

想到剛剛那人說專注度不夠的情況，言晃最終選擇拋開一切，靜待對方行動。

對方翻看完後，十指交叉放在桌上說：「你的檔案我看完了，接下來有幾個問題想要問你。」

言晃點點頭。「好的，請問。」

「言晃同學，請問你是否願意全身心接受我們標準學校的改造？我保證，從這裡出去之後，你將會是各大公司都爭搶的人才。」

言晃說：「是。」他沒有拒絕的餘地，畢竟他不可能還沒開始就結束。

對方繼續問：「言晃同學的成績很優異，但根據你的檔案紀錄，你曾經有多次欺騙同學的行為，這違反了我校校規。言晃同學是否能夠在入校後改掉這個習慣？」

言晃一怔。國中升高中那陣子確實做過這種事，那時候，他在學校裡以自己的成績當招牌，賣筆記給同學，價格不貴且能回本，後續他還會幫忙做輔導。但有一次被老師抓到了，然後在全班同學面前被老師批評。自此之後，他的「壞形象」就在學校裡傳開了。

漸漸地，一旦學校發生偷錢的事件，他總是頭號嫌疑人。這不僅是因為他的「壞形象」，還因為他是個孤兒——要栽贓在一個孤兒身上，可以省去太多不必要的麻煩。

要不是現在被人重新提起，他都快忘了。

言晃笑了笑。「當然。我是一個有原則的人，只針對壞人。」

對方又拋出一個刁鑽的問題。「是嗎？那你如何證明你現在所說，不是謊言？」

還真難纏啊！言晃心裡很是不耐煩，臉上卻依舊保持著笑容。「很簡單，如果入校後看到我有欺騙的行為，可以直接扣分處理，這是貴校的標準，不是嗎？」

對方沉默了好一會兒，言晃甚至能夠根據呼吸頻率的變化來判斷，他似乎有些生氣了。為什麼生氣呢？標準學校致力於打造標準學生，他如果因為這所學校變成了標準學生，那不是一件好事嗎？言晃覺得有些可疑。

「言晃同學很聰明，也很適合我們學校，現在我還有最後一個問題。請問，當你看到其他同學在欺負同學時，你會怎麼做呢？是挺身而出，還是沉默不語？誠實守信也是美好的標準之一，你現在所選擇的，會被記錄下來。」

言晃輕輕挑眉，笑說：「只有A或B？沒有C嗎？」

對方遲疑片刻，才用疑惑的語氣問言晃：「C？」

言晃笑回：「我也只是一個學生，如果我挺身而出導致被其他人孤立，那豈不是得不償失？而如果保持沉默，我也不敢保證下一次遭殃的會不會是我。」

對方明顯對言晃的說辭起了興趣。「那你的C選項是？」

言晃回答：「告訴老師、告訴家長，最後是報警，在一切可利用的資源之下明哲保身，最大程度保證同學們都能成為標準生，利用一切方法教他們怎麼做一個好人。」

看似什麼都沒選，實則可A可B，不過前提是，他的做法能夠不被其他人發現。

「很好，恭喜你成功入校。言晃同學，你的班級是九年A班，離開後稍等片刻，你的班導很快就會過來接你上第一堂課。我們學校的時間安排和校規你可以在門口不遠處的公告欄中看到，我個人建議你最好背下校規，這樣會比較容易當個符合標準的學生。」

言晃點點頭，站起身鞠躬。「謝謝老師。」在學校裡，不知道對方什麼身分時，叫老師是絕對不會出錯的。

他轉身，腳下出現了一道微弱的光線，一直延伸到門上。言晃心底鬆了口氣，大步往門口走去，直到關門的時候，他才抬頭向裡面看了一眼，入目依舊是一片漆黑，他頓了一下，接著關上了房門。

走廊和現實世界的學校環境並沒有不同，言晃抬頭想看看剛剛自己所在的是哪一間房間，結果門上空無一物，什麼都沒有，他看向旁邊的房間，上面多了一個牌子，寫著「校長室」。

言晃想了想，還是伸手推開了校長室的門。房間內並沒有人，但擺設是正常的，光線也極為明亮，是一間很普通的房間。既然沒有特殊之處，他便重新關上了門，四下看了看，然後朝著不遠處的公告欄走去。標準學校的時間安排很正常，早上六點半到操場集合，七點整回教室休息，七點二十開始早自習，七點五十結束，八點整正式上課。

午休時間是兩小時，上下午各有四節課，每節課四十五分鐘，除了上午第二節課後是三十分鐘的活動時間外，其他下課休息時間都是十分鐘。

晚自習上到九點整，寢室十點整熄燈。熄燈之後，任何人不得隨意走動，不得隨意進出宿舍。

「請問是言晃同學嗎？」一位穿著西裝，一絲不苟的帥氣男人出現在言晃身邊。

言晃將目光從公告欄移到他身上，點點頭。「你就是A班的班導嗎？」

老師笑著說：「我叫劉明，讓你久等了，我現在帶你回班上。今天下午記得去篤志樓領校服。」

「好的，老師。」

劉老師帶著他往教室的方向走去，路上言晃問自己班上有沒有其他轉校生，劉老師說有。

「他們叫什麼名字？大家人生地不熟的，如果不能很快融入團體的話，我們彼此也好互相照顧。」

老師皺了一下眉，但很快又舒展開。「可不要搞小團體喔，大家都是同學，一定要團結一致。跟你同班的轉校生一個叫菲洛，一個叫劉玲，不過，我勸你還是少跟他們接觸，他們大概很快就會離開了。」

言晃點了點頭，沒有繼續問。很快，兩人到了A班教室。

劉明把他領到講台上，讓他介紹自己。

言晃的視線一一掃過班上的學生。他發現男生們統一寸頭，女生們則是統一的包耳短髮，他們的表情也很耐人尋味，開心的、驚喜的、不屑的，甚至還有翻白眼的。

言晃並未在意，而是一邊自我介紹，一邊看向劉玲的位置。她的位置很靠後，在第三組最後一排，只是不知道為什麼，她的目光一旦和他對上，就飛速低下頭，在她的旁邊還有一位身高體型過分粗獷的男生，是菲洛。

此時的菲洛有著明顯的不正常。即便是坐著，他看起來也是異常龐大，龐大到有些畸形，如果不是那張臉沒有明顯變化，言晃根本不敢認，要知道，菲洛本人雖然長得並不文弱，但也不至於如此誇張。

這個特殊狀態看起來像是……巨人症？而且劉玲的狀態也有些不對，看起來不僅變胖了很多，整個人也很怯懦。看來，他們兩個就是以特殊狀態進入副本的「幸運兒」。

言晃的自我介紹結束後，劉明老師說：「言晃同學，你自己選一個位置坐下吧，我們要開始上課了。」

言晃指著菲洛旁邊，淡定地說：「我要坐那裡。」

下一秒，言晃感覺周圍氣壓低了好多，最明顯的就是身旁劉明散發出來的低氣壓，讓人不自覺抖了一抖。

言晃朝著他看去，但劉明完全沒有表現出任何異樣，就好像方才的一切都只是他感知錯誤，但言晃心裡明白，他的感知並沒有出錯。

劉明注意到言晃的目光，帶著幾分疑惑，挑了挑眉，用微表情示意他是不是有什麼事情。

言晃笑著搖了搖頭，帶著幾分試探。

「沒有。只是老師剛剛不說話，我以為那個位置不行呢。」

劉明笑了兩聲。

「怎麼會！我只是沒想到，言晃同學這麼聰明的孩子，竟然會選擇那種位置。」

言晃不解地問：「那個位置怎麼了？」

「沒什麼，只是言晃同學去了那個位置之後，一定要好好念書、好好聽課，不要被其他人帶壞了。」

帶壞？言晃又仔細看了看那個位置，卻發現最後一排的學生幾乎都低著頭，看起來和整個班級格格不入。

言晃心裡覺得奇怪，臉上卻保持著輕鬆自然的笑容說：「我會好好學習的，老師放心。」說完，便朝著菲洛旁邊走去。

無人注意到，一隻金瞳黑貓從教室門口跳了進來，在夾縫之中觀察著劉明。

言晃借著「厄難化身」的視野看見劉明的眼神在他轉身之後確實是發生了變化，他的眼神在那一刻染上了幾分失望與嫌惡，彷彿他做了什麼傷天害理的事情，只是這種變化並不是十分明顯，但依舊讓人感覺到毛骨悚然，並且越是往後面走，這種情緒便越是強烈。

不只是劉明，還有這個班裡的其他同學，他們全都以譏諷與嫌惡的目光看著他，那眼神就像是在說——你是異類。

劉明很快發現了小貓，卻並未表現出憤怒，而是把牠轟到門外，關上了門，什麼都沒說。

直到言晃坐好，所有怪異的感覺才如潮水般退去。老師的目光也沒有繼續停留在他身上，而是說了一些學習態度和觀念的提醒。

「水往低處流，人往高處走。我們每個人都應該朝著更好更標準的人看齊，去和他們接觸交流，而不是像某些人一樣，本身有著十分優秀的條件，卻自甘墮落。或許你現在覺得自己條件很不錯，但放眼整個社會，你又算什麼呢？每個人都要為自己的行為付出代價，做出的每個選擇都是一場豪賭。賭對了，直上雲霄；賭錯了，分崩離析。」

句句不提言晃，句句全是言晃。

前面有同學在肆無忌憚地譏笑、嘲諷。

「哈哈哈，怎麼會有人去跟那些後段班打交道啊！」

「本來還以為是個優秀學生，還想多交流交流呢，結果自甘墮落……條件再好又怎樣？和那些人廝混在一起，很快就會進入後段班。」

言晃表面上裝出一副什麼都聽不到的樣子，心裡卻在思索：所謂的「標準」到底是什麼呢？目前來看，他們說的後段班絕對是指菲洛跟劉玲兩個人，但這兩個人並沒有什麼出格表現，除了外表看上去與他人不同——菲洛過於雄壯，劉玲過於肥胖。

但若是順著這個邏輯往下想……言晃抬眼看向前面的人，他們有著一樣的髮型、一樣的體態，讓人彷彿身處某種加工廠一般，入目皆是流水線上的產品，甚至連空氣裡似乎都存在一把尺，隨時測量著一切。

言晃壓低聲音把自己的想法告訴旁邊兩人，但他們此刻的狀態極為怪異。

菲洛抱著自己的腦袋，低著頭，隱約能聽見一些他的碎碎念。「對不起媽媽，對不起爸爸，我無法順利從學校畢業了，對不起……我不是故意要長成這個樣子的。」

而一旁的劉玲更加讓人感到驚悚。她躲在桌子下露了出她的雙手，上面全是血跡，而讓她受傷的不是別人，正是她自己！

她一邊哭，一邊用手大力揉搓自己的手臂。「只要再瘦十五公斤就好了，這樣大家就不會一直針對我，更不會欺負我……我不想當大胖子，我也想在這裡好好讀書，讓爸爸媽媽能夠放心。」

現在的劉玲眼中一片空洞，只有近乎瘋狂的執著。

言晃看得頭皮發麻。「你們兩個怎麼回事?!」

兩人彷彿沒有聽見他說話，只是機械式地重複著動作，回應言晃的只有一根打在他腦袋上的粉筆頭。

言晃抬頭，看見了那個站在講台上注視著自己的人。他的眼裡沒有任何情緒波動，聲音極其冷漠。「言晃同學，你剛剛才答應我的，會好好用功，這才上課多久，你就走神了。你這樣讓我很擔心啊！」

言晃沉默一瞬，回應：「對不起老師，我不會了。」

劉明冷笑一聲。「雖然你是初犯，但我身為老師，有必要對你負責。先扣你一分，當作一個小小的懲罰。」

言晃沉著臉，只能接受這個懲罰。他深呼吸之後，讓自己保持理智和冷靜，大腦開始想辦法。

學生初始只有十分，扣到五分留校察看，零分直接開除，基於目前的情況判斷，這個副本，遠比想像中更加困難！在這種完全未知規則的情況下，面對菲洛和劉玲二人的異常，不能明面上阻止，至少不能在上課時阻止。

如果衝動阻止，一是成功率低，二則是自己也會跟著遭殃，不必要的犧牲是最愚蠢的選擇。

言晃看了眼時間，現在距離下課還有二十分鐘，他拿出了「幻象模擬器」，利用道具為菲洛和劉玲製造了一個幻想世界。慢慢地，兩人的表情露出遲疑，最後手上的動作也停了下來。

台上的劉明好幾次看過來，似乎是想要找出言晃的破綻，但言晃一直保持著認真聽課的狀態，絲毫沒有分心，最終他只能放棄。

言晃在確定劉明不再死盯著自己後，一邊維持著表面認真聽課的狀態，一邊偷偷觀察周圍的環境和同學。

教室內的學生大致分為兩種，最後一排和倒數第二排相差有半公尺，這半公尺就像是把世界分割成了兩個部分：前面是積極參與課堂活動，認真學習的學生，後面則是被老師拋棄陷入自我懷疑的學生。

這些學生看上去與前面的人有些不同。長相漂亮的男生，他的桌子被寫上了「娘娘腔」；表情呆滯的女生，背後被貼上了一張寫著「智障」的貼紙；低著頭的男生，身上也黏滿了寫著「膽小鬼」的標籤；戴著單隻眼罩的男生，眼罩上也被寫下了「瞎子」二字……

言晃看著他們，眼神深沉難以捉摸。

下課鈴聲響起之後，劉明收拾書本，看著同學們說：「下課時間到了，同學們一定要友好相處喔。」說完就離開了教室。

言晃解除幻象，低聲詢問兩人：「你們什麼情況？」

菲洛二人的情緒還是不受控制，在言晃說話時下意識地畏懼，縮了縮身子。

前面的同學投來嫌棄的眼神。「言晃同學，劉明老師對你可真好，哪怕你選擇跟這些不三不四的怪物混在一起，也不忘關心你，換成其他同學，絕對早就被放棄了。我勸你回頭是岸啊！」

言晃直言不諱：「管好你自己。」

「你！這是你自己選的！」那人氣急，看向言晃的眼神也多了些許惡毒之色。

言晃注意到了前排同學眼神的變化，心裡提起了幾分小心和戒備，面上依舊保持冷淡之色，顯得毫不在意。

很快，有人拿著裝著熱水的杯子往言晃走了過來，笑著說：「哎呀，都決定跟這群怪物一起玩了，你也要合群啊！」說著，就將手裡的熱水潑到了言晃的臉上。

言晃神色一凜，身子一歪，躲了過去。

那人捂著自己的嘴，眼裡的嘲諷極為明顯。「哎呀，對不起啊，沒……」

還沒等他說完，言晃一把奪走他的杯子，毫不猶豫地放在他腦袋上方，一轉，杯中剩下的熱水直接淋下。

「啊啊啊啊啊！」

尖叫聲響遍整個教室。

同學們紛紛捂住了嘴，瞪大眼睛，不敢置信地看著面前這一幕。言晃將杯子握在手裡，黑框眼鏡下的眼神藏著幾分溫柔笑意。「抱歉，沒注意，手滑了。」雖是道歉，但語氣中沒有半分歉意。

眾人的臉色難看到了極點，有幾個學生更是站了起來，對言晃怒目而視。

「你知不知道你在做什麼?!」

「我要去告訴老師，讓你留校察看！」

言晃輕笑，將杯子重新塞回那人手裡，並看向那個叫囂著要告訴老師的人，淡定說：「你告吧，讓老師過來，我等著。」

一群人咬牙切齒，似乎是從來沒見過這麼乾脆的「怪物」，他是一點也不怕退學嗎？在標準學校被退學，那後果可是不堪設想！

很快，面色陰沉的劉明重新回到了教室。前排的同學們似乎是覺得靠山來了，看向言晃的眼神多了不屑與嘲笑，倒是有幾分看笑話的意思了。

言晃並沒有在意，而是對劉明使用了「幻象模擬器」，所以在劉明眼中，他的半張臉已經慘不忍睹，不僅泛紅還被燙得起了泡，密密麻麻的，多看一眼都讓人難受。

「這到底是怎麼回事？」劉明滿腔怒火，「言晃，你來說！」

言晃咬著牙，一雙眼裡沒有眼淚，卻布滿了血絲，像是受盡委屈的受害著，指著那潑水的同學說：「劉明老師，他用熱水潑我，他欺負同學！違反了校規，應該留校察看。」

在場的同學一臉震驚，似乎不敢相信言晃竟然可以這麼理所當然地把責任推到別人身上。

「你在胡說什麼？人家王小亮臉上的傷那麼明顯！這麼拙劣的謊言你竟然也能說出來？大家都親眼看見是你潑他的！」

眾人你一言我一語，毫不留情地斥責著言晃，希望能讓他得到懲罰。就在這個時候，劉明不耐煩地怒吼：「你們在幹什麼？當我眼瞎嗎？王小亮，跟言晃道歉！」

「劉……劉老師，你……」王小亮臉色煞白。

「劉老師，這明明就是言晃的錯。」有同學不服氣，開始七嘴八舌地向劉明告狀。

「閉嘴！」劉明吼了一聲。

眾人紛紛閉上了嘴，不敢說話了。校規規定，學生不能頂撞老師。

劉明腦袋也亂成一團。班上學生以前欺負後排學生也不是一次兩次了，為了方便他們行動，他還特地沒在教室安裝監視器，也會配合前排學生，畢竟他不能違反校規，只能借前排學生的手開除這些後排學生，但從來沒有哪一次像這樣如此大膽，竟把人家半張臉給毀掉，讓他想幫忙掩蓋都沒辦法幫！

王小亮還想說什麼，言晃搶先一步。「如果王同學很為難的話，我也沒關係的，我能理解，畢竟校規寫了，同學之間要和睦相處。就算王同學拿著裝熱水的杯子從我頭上倒下去，也一定是不小心的，畢竟大家都看著也沒說什麼，所以這一定是校規允許的，如果父親大人問起來，我也會如實告訴他。因為我是校長的孩子，所以不能說謊。」

眾人一臉錯愕。「校長的孩子？」

言晃點點頭，目光一一掃過眾人，眼中只寫了兩個字——包容。

「放心吧，今天大家這麼維護王同學，不想讓王同學受無妄之災，這件事我也會告訴我爸，一個也不會忘記。」

眾人忽然覺得背脊發涼，直覺認為言晃是在吹牛。那個神龍見首不見尾的校長，怎麼可能是言晃的爸爸呢？可是看言晃那真摯的眼神，肯定的表情，以及自然的口吻，也不像撒謊啊。

如果被校長知道這些事情，那麻煩可就大了！

原本還滿臉不服，梗著脖子不願意道歉的王小亮同學，此時已經對著言晃彎下了腰，語氣誠懇。「言晃同學對不起，我不該拿熱水潑你！」

就連劉明也不知道該拿什麼表情去面對言晃了。如果言晃真的是校長的孩子，那這件事他就沒有資格插手，雖然他覺得有些可疑，但目前也不敢冒險，只得最後冷哼一聲：「行了，那這件事就先這樣吧。」

言晃挑眉說：「就這樣了？既然王同學向我道歉，說明他的確做錯了，對吧？劉老師，我知道你是一個特別優秀、特別遵守規矩的人，所以一定會按照校規對王同學進行相應處分吧？」

氣壓驟然變低，兩人眼神對峙，最終劉明敗下陣來。「我會上報的。」

王小亮頓時覺得天要塌了，想上前抱住劉明的手。「劉老師你不能這樣啊，我才是受害者，我才是啊！」

劉明自己也在氣頭上。「放手！你看看言晃同學的傷勢，怎麼說得出這種話？」說完，他一臉氣憤地轉身就走。他打算去調查一下，如果言晃真是校長的孩子，他自然會好好照顧他，如果不是，那他更要好好「照顧」他。

班級裡一群人面面相覷，不知道該說些什麼，唯一知道的事情就是，這個言晃同學，解決起來很棘手。

言晃微笑著看眾人。「大家還有什麼事情想要和我說嗎？盡快喔！」眾人搖搖頭趕快散開了，只覺得言晃這人實在很討人厭。

關於王小亮的懲處很快就下來了，之後，他的位置也被挪到了最後一排。

言晃笑著跟他打了招呼。「你好。」

王小亮萬念俱灰，趴在桌子上痛哭。「我的一切都完了！」

言晃面不改色。此時的他並不知道，他的所作所為，全都被最後一排的人看在眼裡，他們的心中被他埋下了勇氣的種子，連之前面對前排學生的強烈恐懼感都減淡了。

菲洛鼓起勇氣問言晃：「校長真的是你爸啊？」

言晃哭笑不得。「正常了？」

菲洛抿著唇，看了看劉玲，兩人的表現還是存在異常，但比剛剛好太多。他們對言晃說，剛剛被一種莫名的恐懼籠罩，情緒完全不受自己的控制，身體像被附身了一樣。

言晃聽著他們的話，皺了皺眉。「你們看看自己的面板，是不是有什麼問題？」

他們查看了自己的面板屬性，發現上面各多了一個症狀，一個是「巨人症」，一個則是「肥胖症」。

兩種症狀的共同點，就是存在著相同的負面狀態。

狀態：被陰影包裹著的孩子，在標準學校之下也會被喚起陰影。

兩人這才明白自己為什麼會有這樣的異常狀態了。

言晃接著說：「起碼現在能交流了，這是好事。如果你們實在控制不了自己，可以把身體交給我，我可以用『幻象模擬器』幫你們穩定精神狀態，但前提是你們必須足夠信任我。」

兩人露出前所未有的決心。「沒問題，我們相信你！」

這種決心，源於信任，也源於陰影。

「不過話說回來，校長真的是你爸嗎？」菲洛有些好奇。

「不是啊，我騙人的。」

「你就不怕他們檢舉你騙人？」

「不誠實守信，只扣一分，用一分解決剛剛的鬧事，還是我賺了。」言晃一臉毫不在意地說。

果不其然，第二節課剛上課，劉明怒氣沖沖地走了進來，把書往講桌上一摔，怒視著言晃。「言晃同學，你真的是校長小孩嗎？騙人可是不好的行為！違反校規，現在扣你一分！」

同學們聽著老師的話，知道自己被騙了，對言晃恨得牙癢癢。但他們已經見識到了言晃的手段，不敢再出頭，所以只能暗自在心裡偷罵。

言晃對此毫不在意，殺雞儆猴的策略雖然很成功，但他覺得事情沒那麼簡單，這個副本才剛開始，目前他看到的還只是冰山一角。

外面不知何時下起了淅淅瀝瀝的小雨，原本悶熱的空氣也彷彿被雨水沖淡了。言晃雙目無神地看著講台，思緒早已不知飛到了何處。

這時，他的腦海裡突然傳來江蘿的聲音：「言晃，這場雨會在第二節課後的活動時間變大，到時候應該不會有太多學生離開教室，我們可以趁機找個地方會合，我這邊有線索。」

言晃答應了，兩人互相傳遞現有的資訊。言晃這邊情況不太好，但江蘿和肖塵修的情況相當不錯。

江蘿身為天才少女，一進班就受到老師和同學們的寵愛，加上長相漂亮，直接被大家封為班花。肖塵修就沒她那麼好的運氣，但是作為拳王家庭出身的學生，雖然沒有被接納，但是也沒有受到排擠，算是處在兩者之間的一個普通學生。

兩人的第一節課也比較正常，沒有突發狀況，不過，他們班的排擠現象十分嚴重，受排擠的人大概有十來個，每個人身體都有一定的缺陷。

就在第一節課下課後，江蘺親目睹到有一個人以「學生不能帶電子設備」為由，欺負需要靠電子設備生存的同學。

江蘺怒氣難忍，在經過計算之後，她得出最好的處理方式就是按兵不動，否則會把自己帶進排擠區，所以她壓下了自己的怒火，同時攔住了想要出手的肖塵修。

第二節課上課後，老師也只是掃了一眼，當作沒看見，直接開始講課。

「太可怕了。一個孩子在這種情況下長大，很難不扭曲吧？」江蘺心裡五味雜陳。

言晃很認同江蘺的話，不過他此時更想知道的是，這個副本的神到底經歷了什麼，才會創造出這樣的世界。

第二節課結束後，在同學們既厭惡又畏懼的目光中，菲洛和劉玲跟著言晃走出了教室。俗話說，最危險的地方就是最安全的地方，為了保證江蘺和肖塵修兩人還能在「正常同學」間打探消息，言晃和江蘺約好在了空無一人的校長辦公室裡見面。

四個人擠在辦公室內一間小小的獨立衛浴室裡，還有一個大塊頭實在是進不來，最後只能伸著腦袋，勉強參與大家的會議。

如果說劉玲和菲洛的特殊狀態是惡性，那麼江蘿的特殊狀態就是良性。

此時的江蘿依舊梳著雙馬尾，身穿標準學校的校服，身高目測在一百六十公分左右，長相清甜，眼睛清澈透底，帶著純真和狡黠，臉上的嬰兒肥也不見了，無論從哪個角度看，她的輪廓都對得起「班花」的稱號。

她驕傲地揚起下巴。「怎麼樣，我漂亮吧？」

言晃點點頭，心中頗有一種吾家有女初長成的感覺，十分自豪，拍了拍江蘿的肩膀，但為了不讓這小丫頭得意忘形，他還是咳了兩聲，勸說：「不要太在意自己的外在，要重視內心。」

江蘿白了一眼言晃說：「在意自己的外在怎麼了？又沒什麼錯，等我成年了，絕對比現在還要漂亮，到時候你都老成什麼樣了，根本沒得比。」

言晃想了想，等江蘿成年，他好像也就三十歲左右吧？他看上去這麼老嗎？

不過言晃也不糾結這個問題，而是迅速切入重點。「話說回來，妳那邊得到的線索是什麼？」

江蘿眼底透著幾分暗笑，左邊看看右邊看看，示意大家低頭聽她說話。

大家沒有猶豫，低頭。

半截身子卡在外面的菲洛著急地說：「不是，你們考慮一下我啊！」眾人掃了他一眼，默默朝著他的方向挪了兩步。

江蘿從口袋裡掏出一張折疊過的Ａ４紙，將紙攤開，是一張座位表，上面整整齊齊地寫著每個人的名字，大概有四十多個。

江蘿的名字在第二排，肖塵修的名字在第三排，最後一排的名字最多，大概有十個，但是整張紙上，只有「陶佳」二字被劃掉了。

江蘿說：「這是在我班導的辦公桌上看到的座位表，我拍下來了，這個複刻版保證跟原圖一模一樣，你們看看能不能從裡面發現什麼。」

言晃一愣。「辦公桌上？你們的入學測試是在辦公室？」

江蘿點點頭。「對啊。怎麼了？難道你不是？」

言晃說：「是有點不同，等一下再討論吧，我們先分析這張紙上的資訊。」

見言晃不想多說，其他人也就沒有繼續問下去，而是低頭凝視著這張紙。

言晃放下心中的想法，將目光放到紙上，思索片刻後第一個出聲：「劃分學生？」

「沒錯！」江蘿驚喜介紹，「我跟肖塵修在第一節課下課後，對著這個名單，把所有人全都找到了，你猜我們發現了什麼？名字在前排的學生，成績優異，也是老師們眼裡的『好學生』，名字越後面的，則是越有個性的孩子，最後這一排，就是像你們一樣被孤立的學生，未來很有可能被退學。」

「至於這個被劃掉名字的陶佳，不在我們班上，簡直就是查無此人。不過我和同桌打聽過，她聽到這個名字之後整張臉都嚇白了，人也變得不對勁，無論問什麼她都說不知道。」江蘿說，「我有兩個猜測，一是這個陶佳已經死了，而且死因與學校有關；二是這個陶佳給班上造成了不小困擾，所以被勒令退學了。」

江蘿分析得頭頭是道，眾人忍不住點頭，並對她表示肯定。

「妳說得對。」

「很有道理。」

江蘿「嘿嘿」笑了兩聲，臉上滿是得意，畢竟她也是智謀型玩家。

言晃笑了笑。「那這件事就交給我，我去教師辦公室查查，你們到時候製造點混亂，幫我拖住他們。」

肖塵修疑惑問：「你要用什麼藉口去辦公室？」

言晃笑了笑。「我？靠我的『校長父親』。」

在第三節課鈴聲響起之前，眾人回到了自己的教室。

第三節課仍然是劉明的課。言晃眼珠一轉，在說完「老師好」之後，兩腿直接蹺到了桌子上，整個人表現得相當狂妄。

劉明哪裡受得了這種挑釁。「言晃同學，請端正坐姿！你的行為很不標準！」

「我的校長爸爸告訴我，我喜歡怎麼樣就怎麼樣，我就是標準。」言晃雙手交叉抱於胸前，挑了挑眉，桀驁不馴地說，「難道說，老師想要教訓我？」

劉明冷笑，他是真沒想到有人被戳穿謊言後竟然還能這麼理直氣壯。「下課後來我辦公室一趟！」

身邊的兩位隊友全都看傻了。不愧是你啊，欺詐者，效率真高。

言晃下課後便笑容燦爛地進入了教師辦公室。

辦公室的環境看起來沒有什麼特別的，桌面上擺著各式各樣的教材與文件，牆上貼著校規，不過有意思的是，言晃剛進入辦公室時並沒有敲門，距離門口最近的老師聽見動靜後卻慌忙地關上電腦螢幕。

言晃只是粗略地掃了一眼，螢幕上有圖有文字，圖片好像是某位學生，沒看清楚。

「你怎麼進辦公室不敲門？」

言晃態度誠懇，彎腰九十度鞠躬道歉。「對不起老師，是劉明老師叫我過來的，我太害怕了才忘記敲門。」

瞬間讓老師想要教訓他的話卡在嘴邊說不出來。

辦公室裡的劉明也是一臉羞愧，讓言晃趕快過來，別讓其他老師為難。這麼不守規矩的學生真是讓他太丟臉了！

等言晃站到他面前，劉明開始講起了一連串的「大道理」，言晃一邊點頭說「下次不會再這樣了」，一邊用眼睛偷瞄他的桌子。

劉明是他們班的班導，如果每班都有一張座位表的話，那麼他們班的應該就在他這裡，但桌面上除了書本和教材，並沒有多餘的東西。言晃推測座位表可能在抽屜裡，便想等菲洛他們鬧出一點動靜支開劉明後再翻找。

就在這時，外面接二連三傳來爆炸聲，瞬間，整個學校都晃動起來。

言晃一臉震驚地看向門外。讓你們鬧出點動靜，沒讓你們把學校給炸了啊！

整個辦公室裡的老師也都被驚動了，一臉驚慌地看向外面。不等他們行動，江蘿驚慌失措的聲音便傳了進來。「救命啊！救救我！老師！救救我們，A班炸了！」

劉明本來不打算出去的，但一聽說A班炸了，整個人一嚇得抖了一下，趕快跑了出去，跑出去之前還提醒言晃：「你別亂跑，在這裡等我！」

言晃乖巧地站在原地。「不跑，請老師放心。」

他怎麼會跑呢？他巴不得他們離開。

其他老師面面相覷，最後還是跟在劉明身後走了出去。這可是A班的熱鬧啊，不看都對不起自己。

等老師們離開之後，言晃用餘光看向斜上方的監視器。「幻象模擬器」無法對非生物造成影響，天賦又無法使用，那麼，唯一的辦法就是……言晃召喚出「家庭和睦之刀」，直接用蠻力破壞監視器。一隻黑貓跳到了門口，替言晃觀察外面的情況。言晃二話不說直接拉開抽屜，開始翻找。

此時，A班濃煙滾滾。江蘺是用了一個名為「破壞炸彈」的F級道具，炸了A、B兩班之間的牆壁，這個炸彈爆破威力很大，但無法對人造成傷害，是最合適的選擇，只不過，爆炸炸起的瓦礫碎片還是傷到了一些人。

劉明還在檢查發生爆炸的牆壁時，上課鈴聲響起了，劉明和其他老師們臉上的擔憂轉瞬間消失，因為最後一節是自習課，嚴格遵守校規的老師們一邊呼籲學生回到自己的座位上坐好，一邊往辦公室走去。儘管學生們十分擔心爆炸會再次發生，但他們沒有反抗權利，氣氛低沉至極，最後，他們紛紛將矛頭指向教室最後一排的學生。

「都是因為你們，才讓我們跟著一起遭殃！」

菲洛坐在位置上下意識地想要動手去打那說話的同學，劉玲將他攔住。「別管他們，暴力行為可是會被扣五分的。」

菲洛壓著嗓子和劉玲說：「他們不也在對我們使用暴力？」

劉玲搖搖頭，垂下了眼。「規矩，是用來限制規矩之內的人。」老師們回到辦公室的腳步逐漸加快，黑貓「喵」的一聲，直接撲向他們，老師們混亂片刻之後立刻反擊，黑貓靈活地左右躲閃著。辦公室內，言晃翻找的速度也越來越快。

最終，言晃在一本名為《科學管理》的書中找到了寫滿學生名字的座位表，他將紙折好收入口袋後，迅速把書放回原處。

下一秒，辦公室的門打開，言晃蹲在地上，抬起頭，與幾位進來的老師對視。

「你在幹什麼？」老師們的眼神極為不善。

言晃感覺自己極速跳動的心臟還沒緩和下來，額頭上浸出冷汗，臉色不是很好，於是一隻手捂住肚子，偽裝成身體不舒服的樣子。「老師，我肚子痛。」

劉明冷著眼看言晃，嫌棄的神色絲毫沒有半分隱藏，不耐煩地說：「肚子痛也得上課，上午最後一節課了，如果你蹺課的話，會被扣一分。容我提醒一下，你現在只剩下八分了，再扣一分就是七分，五分將留校察看。言晃同學，入學第一天就扣掉三分，我還真是聞所未聞！」

言晃點點頭，聲音有些虛弱。「我知道了老師，那我先回去上課了。」

劉明應了一聲，目送著言晃離開辦公室。

回到教室後，言晃將座位表放在桌上研究起來。內容與江蘿那張看上去差不多，他的名字原本在第二排，現在被劃掉放到了最後一排，並且著重標紅，一旁寫著「自甘墮落」四個字，而其他名字沒有任何改動。名字劃去但是出現在了最後一排，這表示他的「分區」發生了變化，但是那個叫陶佳的人，她的名字被劃掉後，卻再也沒出現在座位表上，是退學了還是死了？

一直到第四節課下課，言晃都沒想出個所以然來，索性將此事暫時壓在心底，帶著劉玲和菲洛，跟在其他學生後面，往食堂走去。

第十九章　危機降臨

言晃他們是第一次來到這裡，只見眼前的食堂被劃分成了兩個區域，分為A食堂和B食堂，A食堂外觀精緻，占地面積大，B食堂十分狹小且環境髒亂。

就在言晃三人想要朝著A食堂走去的時候，戴著學生會袖章的同學攔下了他們說：「這是標準生的專用食堂，你們只能去B食堂用餐。」

菲洛揚了揚自己的拳頭。「你是不是欠打？」

學生會成員立刻記過。「後段班菲洛威脅同學，扣一分。」

菲洛一臉要衝上去打架的氣勢，一旁的言晃趕快拉住了他。「現在人太多，不要惹事生非。」

菲洛只好憋著這口氣，惡狠狠地瞪了那個學生會成員一眼。

周圍的學生們用複雜的眼神看著他們，更有一些標準生開口嘲諷。「不自量力。」

言晃並沒有和他們爭論，而是沉默地帶著菲洛和劉玲走向B食堂。B食堂的環境的確很不好，飯桶裡不是白飯，而是湯飯，看著多，實則沒有幾粒米。舀菜的阿姨也是極為不耐煩，隨便往唯一的菜桶裡挖一勺，往湯飯上一蓋，一份午餐就算是完成了。

B食堂不允許學生們內用，所以學生們只能端著碗在外面吃。劉玲雖然提前製造了一些食物，但量不大，是救急用的，必須留到最後關頭，所以三個人只能吃著從食堂裡盛好的飯菜。言晃吃得很自在，劉玲和菲洛雖然抗拒，但也沒辦法。

很快A食堂裡的人就重新走出來，團團包圍住只能在外面用餐的後段班學生們。他們大笑著、嘲諷著。「果然，後段班就只配吃最差的食物。」

「瞧這可憐兮兮的樣子，連食堂都不能待，只能被轟出來，站著吃。」

「這種食物，放在我面前，我連看都不會看。」

後段班的學生們似乎早已認同所謂的命運。他們將所有的負面情緒隱藏起來，低著頭，任由自己的尊嚴被踩在腳下，一點點被磨爛，有聲的侮辱讓人痛苦，無聲的冷漠同樣讓人窒息。當自己開始覺得有罪時，周圍的一切都成了壓死駱駝的最後一根稻草。

言晃沒有去反駁任何人的觀點，也對這些標準生的嘲諷毫不在意，只是狼吞虎嚥地吃著碗裡的食物，甚至刻意發出聲音，似乎是要讓所有人都知道他吃得很香，就像是在吃一頓難以用語言描述的美味佳餚一般。

菲洛跟劉玲兩個人對視一眼，也開始學著言晃的樣子，狠狠地把這些飯往嘴裡塞，其他後段班的學生看到這個情況，也開始學他們大口吃飯。以往他們特別介意自己吃這些東西，但現在，似乎有種莫名的力量在推動著他們，讓他們覺得嘴裡的飯，好像真的沒有那麼難吃。

這個畫面看得周圍的標準生們目瞪口呆，甚至有些人開始不自覺地吞了吞口水。他們甩甩腦袋讓自己清醒過來，告訴自己這些就是最差的食物、最難吃的東西。

只是，這些後段班憑什麼吃得這麼香！一股無名火湧上心頭，一個手賤的標準生走到言晃面前把他捧著的飯碗一拍——

「啪！」飯碗掉在地上，食物撒了一地。

言晃瞇著眼，指著那人。「老師，這裡有人浪費食物，違背了校規。」

一旁的老師別過頭，再轉過來。「是嗎？沒有看到。」

言晃挑了挑眉，旋即按住面前人的腦袋，狠狠往下一壓，把那人的臉按在了剛撒一地的飯上。言晃抬起頭，微笑著看向老師。「老師，你看他自己都知道錯了，知道要珍惜糧食，自己碰掉的食物也要自己吃，我們應該尊重他的選擇。」

眾人瞬間變了臉色，老師的臉色更加難看。「言晃同學，你當眾打人，是當老師眼瞎嗎？」

「難道不是嗎？」言晃別過頭，看向周圍後段班的學生們，「有誰看見剛剛這人打翻我的碗了？」

「我！」菲洛和劉玲立刻應聲。其他後段班的學生見到這一幕，心裡也多了一種奇妙的情緒——痛快。

言晃繼續問：「那有誰看見我打人了？」

這一次，學生們齊聲開口：「沒有看見！是他自己要節約糧食的。」

老師滿臉憤怒。「你們只是一群後段班的學生！你們的話都不可信！」

言晃說：「後段班？我們和你一樣有鼻子有眼，差在哪裡？成績嗎？成績又不是衡量一個人品性的標準，而且你對我們這莫名的歧視，到底是從何而來呀？我記得校規上可是明確寫了『禁止歧視』。你身為一名資深老師，好像不太合格啊！」

老師怒不可遏。「閉嘴！你——」

話未說完，就被一個學生打斷。「老師，對這些後段班說那麼多幹嘛？直接開打就好！」說完，那人就直衝著言晃而去，老師攔都攔不住。

情勢瞬間混亂，言晃躲了兩拳之後迅速制伏了那名學生，看向老師。「老師，按照校規，打人應該被扣五分。你這眼睛眨都不眨一下，該不會還沒看見吧？」

老師臉色難看，冷哼一聲，什麼都沒說，轉身看向後面的標準生們，怒吼：「看什麼看？還不回食堂吃飯去！」

標準生們悻悻然地回去了，最終老師還是選擇明哲保身，直接記那學生一支過。

言晃對他伸出手，笑著說：「謝謝你的自我奉獻，歡迎加入我們的大家庭。」

「別以為你也能逃過！」那人拍開言晃的手，臉上帶著怒氣和惡意。「你也會被扣分的。」

很快，廣播聲響起。「言晃同學製造混亂，經老師們商討，最後一致認為扣其學生分三分。目前言晃同學剩餘五分，須留校察看。」

一旁後段班的學生們在廣播結束後全都湧了上來，有說抱歉的，也有誇言晃厲害的，言晃只是笑了笑，眼神卻落在了一個盲人女孩身上。

小女孩的眼睛灰濛濛，沒有任何神采，表情也十分少，但言晃總覺得，她看得見。因為這個莫名的感覺，他走到了女孩身邊，笑著和她打招呼。

少女微微一怔，揚起笑臉。「你好勇敢啊，萬一被退學了怎麼辦？聽說被退學的人都很慘。」

言晃聳了聳肩，不在意地說：「等還差一分的時候再說。」

女孩從口袋裡掏出一朵紙做的、看起來很老舊的小紅花，遞給言晃。「這個送給你。我叫姜姜，B班的。今天真是太痛快了，以前我們都是被人欺負，在這間學校，只要和大家不一樣就是有罪，我們還是第一次反擊，你真厲害。我看不見，所以我想冒昧地問一下，你和他們不一樣的地方是？」

言晃笑著將小紅花收下，貼在胸前，微微彎腰，和她面對面。

「我叫言晃，我很笨。」

姜姜呆了幾秒後，「噗嗤」一下笑了出來。「你這人真有趣，可以和你當朋友嗎？」

「當然可以，我們都是奇蹟的孩子。」

言晃這話從某種程度上來講，並沒有騙人。畢竟他患有腦癌，能遇到副本，能活到現在，本身就是奇蹟。

就在兩人交談時，A食堂裡突然傳來一聲尖叫，不等言晃反應，他的腦海中便出現了一幕江蘿傳送過來的畫面，在大螢幕上寫著一行血紅色的大字：**我的詛咒，開始了**。緊接著A食堂中跑出了很多臉上充滿了驚恐和害怕的學生。

「是她……是她回來了！」

「不，我不想死，她怎麼回來了，她明明都已經死了那麼久了！」

「救我，救救我！」

老師立刻變了臉色。「安靜！用餐時間嚴禁喧嘩打鬧。這一定是有人為了恐嚇我們偽裝出來的假象，大家不要驚慌！」

老師盡力維持紀律，但學生們的驚慌難以遏制，老師最後只好吼了一聲：「誰再喧嘩，造謠散播不實流言，一律扣五分，留校察看！」這話讓所有人都不敢說話了，整間食堂陷入詭異的安靜。老師這才鬆了一口氣，告訴學生們，這是有人惡意裝神弄鬼，根本不存在什麼詛咒。

言晃感到困惑，問旁邊的姜姜：「妳知道他們說的詛咒嗎？」

姜姜好像沒有聽見言晃的問題，只是用無神的眼睛沉默地「看著」A食堂的方向。

言晃輕輕碰了碰她，又問了一句，姜姜才回應：「啊，這其實是學校裡一個傳聞，但是不是真的，我也不知道，只是道聽塗說。」

姜姜娓娓道來：「在五年前，我們學校有位叫陶佳的學生。她是從鄉下來的，有點自卑，耳朵好像也有點問題，她家裡花很多錢買了助聽器給她。她一直努力學習，只為了能夠拿到這裡的獎學金，但是因為耳朵的狀況，被同學們當成了怪物，那些標準生故意破壞了陶佳的助聽器，陶佳反抗後，又被拖進廁所，慘遭非人對待。」姜姜繼續說，「她一點點去拼湊那個壞掉的助聽器，甚至拿到校長室，想要讓校長幫忙懲治那些欺負她的學生，但是制定了學校標準的校長，怎麼會聽標準之外的孩子的聲音呢？」姜姜的神情有幾分複雜，「陶佳想鬧大，想把這件事傳出去，但當天晚上，就被同寢室的同學軟禁了起來，好像軟禁了有半個學期。」

「後來，大家發現陶佳受到的欺辱變本加厲，但為了標準學校的名譽，大家選擇了沉默。沒有人會想到，陶佳竟然會那麼決絕，直接用刀自殺了。相關人員都很害怕，想要找人把她埋了，但意外發生了，陶佳的屍體不見了，他們想去求助校長，結果校長也不見了。校長室裡只留下了一封信，信裡只有一句話——我永遠都在。」姜姜頓了下說。「自那之後，關於陶佳復仇的傳說就在學校裡傳開了。學校為了保證自身的好名譽，直接對外封鎖資訊，並且用退學和休學來威脅，限制學生，因為這樣大家只能默不作聲。後來學校裡再也沒有特殊事情發生，大家便以為陶佳不在了，所以那一屆的學生畢業後，學校又回到了以往的模樣。當然，這只是傳聞，真假無從考證。」

「原來如此。」言晃點了點頭，心裡卻在思考。根據往常的經驗，副本裡的傳聞，大概都是真的，至於詛咒，應該也是真的，只是讓人沒想到的是，陶佳竟然是五年前的學生了。

因為觸及真相，言晃發現自己的屬性面板終於被解開了，自己的天賦可以使用了。言晃立刻在腦內告訴江蘿這一發現，並叮囑她：「妳回頭再看看你們班的那張紙條，看能不能找到什麼變化。」

江蘿不解。「啊？」

言晃又將陶佳的事情告訴江蘿，江蘿立刻就明白了言晃的意思。既然陶佳是五年前的學生，那麼她的名字就不應該在這一屆的座位表上。當初老師們選擇對外封鎖資訊，自然是不想節外生枝，那麼由他寫下這個名字的可能性也不大，所以，要麼是有人刻意而為，要麼陶佳的名字出現在座位表上，是副本設定。

「所以，那張紙條……」江蘿抿了抿唇，帶著些不確定，「也可能是副本道具？」

「我查查。」言晃打開了「唐鑫的新書」，上面已然有了新的資訊。

特殊類道具：A班花名冊

品質：F

屬性：老師用於記錄標準學校九年級A班學生的花名冊，能夠及時反映老師眼中該學生的狀態。

道具介紹：標準學校中每位老師對每位學生都有不同的態度，優勝劣汰才能選擇出最適合畢業的標準生。

座位表有了新的變化。言晃記得很清楚，他剛拿到座位表時，他的名字位於第二梯隊，只不過被劃掉了，如今被劃掉的名字徹底消失了，而有兩個原本分別在第一、第二梯隊的學生，名字也被挪到了最後一個梯隊，這兩人恰好就是在班上想對言晃潑水的學生和剛剛在食堂想要打他的學生。

言晃勾起唇。陶佳一定存在，她就在學校裡，注視著學校裡所發生的一切。

因為這個意外情況，如今整個學校人心惶惶，老師們經過商討後，臨時決定讓孩子們全都回到寢室休息，至少在他們搞清楚詛咒的事情之前，不敢再冒險了。

學校的寢室環境很不錯，是標準的四人寢，上床下桌，獨立衛浴。言晃和菲洛，以及班裡的「娘娘腔」和「瞎子」被安排到了一個寢室。

「娘娘腔」男生翹著蘭花指，雙眼帶著幾分恐懼，但還是盡量讓自己保持冷靜。「沒事吧，我們一定會安全的，對嗎？」

「會的。」言晃回應了這個少年。

「娘娘腔」嘆了一口氣，站起身一邊往門口走一邊說：「也不知道這樣的情況會持續多久，我去買點麵包回來吧，晚上如果還不能出去，大家也能當晚飯。」

「好，辛苦了。」言晃說著，視線不由自主地落在了他的蘭花指上。「瞎子」並不是正兒八經的盲人，他只是有一隻眼睛看不到東西，所以才戴上單眼罩，但沒想到因此被大家排擠，還起了這麼個綽號。

他發現了言晃的目光，在「娘娘腔」關門離開後才對著言晃解釋：「張洋是很好的人，只是他從小就被家裡人當女孩子養，所以才會有些和大家不同的小習慣，後來上了生理課，他才意識到自己和其他女孩子不一樣，一直想要改掉，但習慣是很難改變的……」他知道言晃和他們本質上並不是同類人，怕言晃跟他們住在一個寢室裡面會覺得不舒服，所以才會對言晃出言解釋，希望他能稍微理解一些。

言晃明白「瞎子」的意思，笑了笑。「他人很不錯。人從來都不是流水線上的產品，只有每個人都是不一樣的，這樣世界才會變得有意思。」

「瞎子」的臉上露出勉強的笑。「如果大家都像你這樣認為就好了。」一旁的菲洛聽完言晃的話，也是嘆了一口氣。「是啊，都能這麼想就好了。」他說完，就倒在床上，悶頭不說話了。

其實他從來沒有告訴任何人，他現在這個體態才是他原本的體態，跟言晃他們初遇時，他的體型只是稍微健壯，那是他利用副本實現的願望。他在這裡遇到的一切，都是他曾經遭受過的。

他是個膽小鬼，受不了同學和老師們異樣的眼光和嘲笑，最後選擇了輟學，依靠著那壯碩的體格到工地做最基層的工作，工人們對他都還不錯，但也會經常麻煩他去幫忙做一些苦力活。這是他第一次感受到善意，恨不得把自己所有能給的全部貢獻，所以從不會拒絕。

直到有天晚上，他出去上廁所，無意間碰到工友們坐在一起聊天，他本來想上前招呼，但因為他們的言語而停下了腳步。

「誰會把那怪物當朋友啊！你看他那樣子，天生就腦袋瓜不靈光，我讓他幫我搬什麼他就搬，還很開心，不過腦袋簡單的最好，多虧了他，我這半年輕輕鬆鬆躺著賺錢。」

「還是王哥技高一籌，過兩天我也試試！」

那些話踐踏著他的真心，才剛癒合的心，從高空狠狠重摔，碎了一地。他失控般衝了上去，一拳一拳打在那些人身上。

之後，他一直保持著獨來獨往，拒絕交際，反正，像他這樣的怪物，本來就沒有朋友。一直到後來進入副本，他被評價為「巨人」，靠著一身蠻力打通關卡，實現了自己想要擁有正常人體態的願望，這才讓他的生活漸漸步入正軌。

他蜷縮在狹窄的單人床上，蓋著一條有點短的被子，想著不願回首的過去，想著想著就睡著了。在矇矇矓矓中，他感覺到有人把他露在被子外面的部分又蓋上了一層薄被，他的眼皮太重了，睜不開眼，只能模模糊糊看見一個有些瘦高的身影，但他知道，那是言晃。

江蘿在樓上女生寢室，她的室友是兩個標準生，還有一個是被湊過來的後段班姜姜。

兩個標準生對姜姜的嫌棄全寫在了臉上，說是整理東西，卻把雜物全往姜姜床上丟。姜姜早已習慣，所幸旁人的臉色她也看不見，至於床上有雜物，搬開就好了。看不過去的反而是江蘿，她二話不說，抓起姜姜床上的東西，就往兩人身上丟。

那兩人不敢置信。「江蘿妳幹什麼?!」

江蘿什麼也沒說，又丟了一個，直到丟完所有雜物，她才開口：「妳的雙親懶得管妳，學校也沒教妳怎麼尊重人嗎？」

兩人臉色難看地盯著江蘿，那眼神恨不得將她撕碎。江蘿完美詮釋了什麼叫「不是一家人，不進一家門」，毫無心理壓力地開口大喊：「來人啊，救命啊，打人了！」

班導一過來，江蘿立刻落淚，站在角落裡，帶著哭腔，委屈地說：「老師，她們嫉妒我長得漂亮，想要毀我容！」

「我們沒有！妳別胡說！」

眼看著三人將要吵起來，為了解決問題，老師直接帶著她們去了辦公室。江蘿一邊聽著老師的諄諄教誨，一邊利用自身天賦，悄無聲息地駭進了老師的電腦，用陶佳的口吻寫了幾句話，把辦公室裡的其他人都嚇跑了，然後才翻出B班的花名冊，查看是否有了新的變化。

只見原本被劃去的「陶佳」二字，在這張紙上就擺在最後一排，沒有任何劃去的痕跡。江蘿瞇了瞇眼睛，想把消息告訴言晃，然而，在這一瞬間，她感覺到了一種極為危險的被窺視感，讓她頭皮發麻。

「誰？」

在她轉頭的瞬間，只看到窗外似乎有一道黑影一閃而過，下一秒，濃郁的黑色瞬間吞沒了整條走廊，甚至開始向室內侵襲，空氣變得越來越壓抑，在這絕對的黑暗之下，眼前所見，全是未知。

江蘿一臉慘白，趕快用天賦和言晃說：「陶佳復活，救我，我在辦公室。」然而，消息宛如石沉大海，沒有得到回應。

江蘿深呼吸，讓自己保持理智，開始分析現在的情況。沒有聯絡到言晃，說明這周圍有怪物，能夠干擾她的精神力，其他人不在身邊，消息無法傳遞，她戰鬥力不強，B級副本的怪物實力一概不知，一旦碰上，她不知道自己會有怎樣的下場，但她不能坐以待斃，必須做出行動，否則，危險遲早會降臨在自己身上。

江蘿抓緊手裡的紙條，根據腦內儲存的教學大樓構造，小心翼翼地往室外挪去。她雖然聯絡不上言晃，但是言晃知道她來辦公室了，若是一直收不到消息，言晃應該能猜到她出事了，所以現在，最佳的逃跑方向就是衝到教學大樓的大門。不過從辦公室到大門，要經歷這一段很長的走廊，如果她保持著最快的速度衝出去，大概需要十二秒，這十二秒裡若是有任何意外發生，都有可能讓她陷入困境。事到如今，她已別無選擇。

江蘿呼出一口氣，看著面前漆黑無比、看不到一絲光亮的走廊，最後確認自己的逃跑路線，然後從系統商城裡買了一個手電筒，在心中默默給自己倒數。「三，二，一！」倒數完畢進行極速奔跑。

江蘿的奔跑聲在這寂靜的環境中異常明顯，左右兩邊無數道門裡都發出嘰嘰喳喳的聲音，似乎在說些什麼，但此時的江蘿已經沒時間認真去聽了，只知道埋頭狂奔，眨眼間，無數雙暗紫色的手從門中冒出，這些手如同橡膠一般，扭曲著朝著江蘿追去。

江蘿急得拚了小命加速，同時取出自己的超大網球拍，開始往後拍。

誰知這些手竟然直接穿過球拍網線，根本沒用！

江蘿只能收回網球拍，試探性地丟了一個一次性的爆破道具。沒想到道具直接在暗紫色的手上炸開。江蘿眼睛一亮，不斷往後丟道具，短短八秒，她就將自己平時儲存的爆破道具全都丟了，而在最後一個道具丟出的同時，她終於跑到了大門口，冷冷的月光灑在地上，冰冷異常。

竟然已經晚上了……江蘿往後看了一眼，那些手並沒有追過來，心裡鬆了一口氣，就在這個時候，一隻手突然搭在了她的肩膀上。

「啊啊啊!!」江蘿嚇得魂都要飛出來了。

那人直接捂住了她的嘴，輕聲說：「別叫，是我。」

聽著熟悉的聲音，江蘿只覺得心底莫名委屈起來，鼻子酸酸的，眼淚奪眶而出。在言晃鬆手後，她轉過頭看他，抽噎著問：「你怎麼來了？」

「剛剛我聯絡妳都沒收到回應，擔心出事了，所以過來找妳。這邊情況怎麼樣？」他一邊說，一邊用紙巾給江蘿擦臉。「怎麼還哭了？」

江蘿的情緒很快就冷靜下來，瞪了一眼言晃之後，自己用手抹了抹眼淚，拿出花名冊交給言晃，將所有的情況全都完整敘述了一遍。

言晃習慣性地把手放在她腦袋上揉了揉。「妳辛苦了。這麼看來，標準學校的這一切都是陶佳在背後操控，這個副本的神大概就是她了。」

經歷過幾次副本，言晃對副本裡的神也有了更多判斷。所謂的神，有些是怨念的集合體，有些則是一個人。

陶佳擁有在標準學校裡控局的能力，再加上她的遭遇和副本的崩壞情況，她現在應該也知道自己在做什麼，而不是像謝扶沐等人需要走完整個流程才會解封記憶。

現在，情況更糟糕了。副本的崩壞是從神的內心想法發生轉變開始的，如果神是陶佳，她一開始的願望應該是洗刷自己的冤屈，讓欺辱她的人得到懲罰，讓未來也不會有其他人跟她有同樣的遭遇，而現在……她的願望並沒有改變，只是達成願望的想法從依賴於有人通關副本，變成了自己去解決。

沒有人知道她現在是以什麼形態存在，最可怕的是，如果他們不及時通關，副本的崩壞程度會更加嚴重，一旦變成A級副本，後果不堪設想，只是，現在他們沒有什麼線索，根本沒法破局。

言晃看著面前的教學大樓問：「妳剛剛說，在辦公室的時候突然感覺到一種危險，像是被窺視的感覺嗎？」

江蘿瘋狂地點頭。

「我在進入副本之後，並沒有去教師辦公室，而是在一間漆黑的屋子裡，一位神祕人對我進行了開學測試，當時我也感覺到了那種窺視感……」言晃將當時的情況告訴江蘿。

江蘿詫異說：「校長室旁邊的屋子？那是什麼房間？我們今天去校長室的時候沒看見啊！」

言晃也發現了這個問題，所以，那間房間或許有蹊蹺，而越是有蹊蹺的地方，越可能會成為切入點。

「可能我們要去那裡看看。」

江蘿雖然有些害怕，但還是點了點頭。

「妳不用進去，在門口把風就好。」言晃摸了摸突然出現的黑貓，「還有八條命。」

「我也已經聯絡肖塵修他們了，肖塵修正在往這邊趕，菲洛和劉玲現在正在調查宿舍，稍後也會去其他地方繼續找找。」江蘿說，「我把教學大樓的平面圖傳給你先看看。這裡面一定有東西會干擾一切通訊，包括我的能力，你如果遇到危險，記得叫大聲點。」

言晃點點頭，仔仔細細地看過江蘿傳過來的平面圖後，便進入了教學大樓。

夜視能力如今發揮了作用，在漆黑的走廊之中，言晃親眼看著那無數條暗色手掌朝著他飛過來，但毫無殺意，他伸出右手，嘗試著與大手觸碰，就在這一瞬間，他的腦子裡響起了無數聲音，誘惑著他放鬆警惕。

言晃立刻對自己施加天賦，破除迷惑效果。「我能斬斷他們。」

——判定成功。

他左手握住「救贖大劍」，往前揮砍兩下，斬斷了拽住他的那些手，就在這個時候，教學大樓內傳來一聲痛苦的慘叫：「救命！」

言晃眼神一凜，加快腳步，朝著聲音傳來處奔跑過去。一路上用「救贖大劍」斬去所有阻擋他步伐的手掌，而這些黑紫色的手掌掉在地上後，稍微動彈片刻便灰飛煙滅，彷彿不曾存在。

言晃的速度越來越快，終於趕到了聲音傳來的房間外，卻不巧在這個時候，房內傳出一聲「呃」，言晃瞬間意識到事情不妙，立刻打開了門。

門內，一個人正靠坐在牆上，腦袋偏向一側。在他的旁邊，有一雙腿同樣進入言晃視野，只不過不等他抬頭去看，那人便消失得無影無蹤了。

言晃的臉色變得難看，警戒地靠近屍體。直到站到屍體旁，危險仍未出現，但出乎意料的是，這具屍體是他認識的人——那個外號為「娘娘腔」，名叫張洋的男生。

言晃的眉心當即往下低了幾分，接著開始檢查張洋的屍體。他身上的傷口全都是瘀青，像是被拳打腳踢後留下的痕跡，如果是拳打腳踢的話，慘叫聲不可能只有短短一聲，而是會持續一段時間。

言晃思考之餘，下意識地看了一眼張洋的手。原本應該時刻翹起蘭花指的手，此時只是正常地微張著。

在這寂靜的黑暗之中，突然有一根大鐵棍朝言晃左肋骨丟來。言晃反應極快，直接用「救贖大劍」想要擋下來，奈何對方的力量實在是過於可怕，硬生生將他的手臂震麻了。而對方更是迅速切換動作，將鐵棍打在了他的右邊肋骨上。

這一下結結實實的，言晃只感覺自己好幾根骨頭都要斷開了，痛到瞳孔一縮，悶哼出聲。眼見對方第二棍就要砸過來，他顧不得身上的痛楚，立刻側翻躲過，想借機看清對方的臉，但沒料到對方的臉被一團黑紫色的影子包裹著。

言晃倒吸一口冷氣，腦子裡只剩下一個字——跑！他立刻拿出劉玲製作的食物，可以增加「敏捷」屬性，想要以最快的方式逃走。但門口處又一次探出黑紫色手掌，這一次，手掌的扭動更加明顯，顯得異常興奮。

言晃右手舞劍，將其全部斬下，往大門處跑去。後面的人窮追不捨，兩者之間的距離越來越近。言晃咬牙加速，試圖重新拉開距離，那人卻揚起鐵棍，就要朝他腦袋上重擊。就在這時，一道白影瞬移而來，沉悶的敲擊聲傳出，將鐵棍的攻擊硬生生擋下。

言晃錯愕，抬頭看見不遠處的江蘺和肖塵修。

江蘺高喊：「快跑！」

肖塵修的聲音也傳來：「這不對勁，撤！」

言晃沒有猶豫，立刻跑到江蘺身邊護住江蘺，但也因此，他發現那些手掌，好像並不打算傷害江蘺。

肖塵修此時也一路打了過來，替言晃扛下了怪物的進攻。他出拳的速度很快，攻勢很猛，手中的薄手套加成不小，並且抵抗也不小，作為戰力玩家、第九十九期新人王、公會「百道」的重點成員，肖塵修的戰鬥力在整個副本都能排得上名號，力量和敏捷屬性也很高。

奈何面前這怪物遇強則強，肖塵修好幾次想要反擊，甚至動用自己格鬥家的天賦進行瞬移閃到對方身後攻擊，也會被對方精確地格擋下來。

言晃觀察著這一切，下意識地說出：「肖塵修能夠戰勝標準學校裡的怪物。」

——錯誤！錯誤！錯誤！超出副本設定，精神力不足，駁回判定。

言晃錯愕。他的天賦能在規則之下成為規則，現在卻「超出副本設定」，難道面前這個怪物，是不可戰勝的？

言晃將這個結論說出來，肖塵修自己也是猜得八九不離十，但現在最重要的問題是他也沒辦法脫身，對方黏得太緊了，他根本沒有心思去思考對策，光是抵擋攻擊就要使出全力。

「你們很聰明，不過，你們想怎麼出去呢？」怪物終於開口了。

言晃聽到那聲音有點耳熟，眉頭微蹙——這聲音很像他一開始在校長室隔壁房間遇到的人。

此時，對方好像已經玩膩了，想直接結束戰鬥，一拳朝著肖塵修的身子砸去。

肖塵修深知自己躲不過去，想以柔克剛，利用巧勁卸力擋下，卻沒有半分作用，他直接被打飛在牆上，「哇」的一聲吐出一口血，只感覺自己的五臟六腑都被震碎了。

江蘿連忙過去扶住肖塵修，趕忙餵他帶有恢復屬性的食物，可是食物需要時間修復他受傷的地方。

言晃握緊「救贖大劍」說：「你們兩個先走，我來攔住怪物。」

江蘿一向無條件相信言晃，知道他絕不會做沒有把握的事情，所以立刻攙起肖塵修，對言晃說：「那你自己注意安全，我先帶他離開。」

怪物似乎也沒有追上去的打算，只是歪著頭看了看兩人離開的背影，嬉笑著看向言晃。「哎呀，你的夥伴都跑了，只留下你一個人，真可憐。」

言晃有些無語，他要是沒記錯的話，剛剛是他讓他們離開的吧？所以這怪物在挑撥離間！

「你就不怕我告訴老師？我若是沒猜錯，學校的規則應該是強制的，就算是你，如果殺人的話，學分也會被清零吧？」這是他白天試探老師和同學反應時察覺到的。

校長許久沒有現身，為什麼老師們還這麼怕那些規則？只有一個可能，規則不是人訂出來的，而是像自然定律一樣本身就存在。老師們大概和學生一樣，也是有分數，所以他們在小事上可以睜一隻眼閉一隻眼，可是一旦鬧大，就必須處理。

怪物的臉被黑影包裹著，看不清五官，但言晃能夠感覺到他在笑。「真聰明。但這有什麼用，證據呢？而且，就算你知道我是誰也沒用，因為老師們一定會為了我，為了他們自己的利益，把罪名怪在你身上的。你們啊，會自食其果的！」

「妳是陶佳？」言晃突然問。

對方沉默片刻，又說：「我可以是，也可以不是。」

「那妳就是。妳現在殺了張洋，下一個目標是誰？妳想要除掉所有後段班的學生嗎？」言晃聽出了怪物的言外之意——陶佳可以是任何人，這說明它擁有附身的能力。

怪物的笑聲格外嚇人。「反正在學校裡都是受苦，不如早點結束痛苦，我是在幫他們解脫。至於下一個會是誰……不是已經送上門了嗎？」

話音未落，怪物以迅雷之勢向言晃衝了過去，手中的鐵棍高高揚起，眼見就要打在言晃身上。下一瞬，言晃的身影消失，原地僅剩一隻黑貓，替他挨下了這一棒。

怪物略感困惑，但隨後聲音便興奮起來，對著空蕩的走廊說：「我們來捉迷藏吧！如果你能找到我，我就會停止這場殺戮，給你一次機會。不過在此之前，學校裡會發生更多有意思的事情的，嘻嘻嘻嘻。」

即便借用黑貓離開了教學大樓，言晃還是感覺那怪物的聲音依舊在耳邊迴響。他不喜歡捉迷藏，討厭那種被人發現的瞬間，當他聽完怪物的話，臉色變得很難看。

「沒事吧？」江蘿迎上去問。

言晃搖搖頭。「剛剛那個遮擋著臉的怪物很有可能是被陶佳附身了，而陶佳，或許就是這個副本裡的神。」

江蘿和肖塵修的臉色都不是很好。他們怎麼也沒想到，這個副本裡的神竟然這麼快就出面與他們交鋒，而且實力極為強大可怕。

言晃平復了一下心情，拍了拍江蘿的頭以示安撫，然後打開「唐鑫的新書」查看遮臉怪物的介紹。

標準學校——施暴者

力量：1

敏捷：1

智力：1

天賦：陰影，戲弄

陰影：映照出學生內心深處最害怕的模樣，無論如何反抗都是徒勞。

戲弄：施暴者向來明白什麼樣的傷害是最為適度的，能在不被學校懲罰的情況下對受害者進行折磨（受害者正常情況下不會死）。

介紹：優越感、成就感、藐視一切的膨脹感，為了獲得情緒與物質上的滿足，我們將瞄準目標，選擇幸運兒成為我們的遊戲對象。乖，這只是一個小小的玩笑。

「陶佳身為副本裡的神，能夠自由地出現在任何角落，剛剛殺死張洋的不一定是她，但是要跟我們玩捉迷藏的，是她。」言晃揉了揉眉心，「如今，這個副本的神的意識已經甦醒，她很清楚地知道我們全都是玩家，剛剛那算是給我們的下馬威，如果不能及時完成副本，只怕很快，她就會殺了我們，自己完成願望。所以必須快些找到她，要麼殺死她，要麼完成她的願望。」

話雖如此，目前他們完全沒有任何頭緒。學校的規則都是副本設定的，但歧視，存在於人的思想中，而最難改變的，就是人的思想。

言晃突然想到了一件事，立刻問：「妳接觸到那些紫色大手的時候，有沒有其他感覺？例如，在腦海中浮現出了一些不好的事情，或是聽見各種消極的聲音，讓妳覺得很煩躁。」

江蘿果斷否認。「沒有這個感覺。我跟肖塵修在這紫色手上面，就感覺到了特別強烈的危機感與怨恨。」

「那是怎麼回事？」言晃思索著。

就在這時，菲洛傳來消息。

「欺詐者，學校宿舍有異樣，我和劉玲遇到危險了，速來。」

言晃將此事暫時壓在心底，帶著江蘿和肖塵修立刻朝著宿舍走去。等他們到達宿舍樓下，時間已經到了晚上十一點，宿舍的大門已經被鎖上了。他們本來想直接暴力拆除鐵門，卻發現鐵門上縈繞著一團模糊的黑紫色氣體，一股無形的力量將宿舍大門封閉，不可進入，不可走出。

看來也是規則裡的一環——宵禁。

言晃左右看了看，最後對著江蘿二人說：「我們爬窗吧。」

江蘿無比認同。「好主意。」

一樓的窗戶外面都安裝了防盜窗，如果想從窗戶進入宿舍，只能走二樓。

言晃扶了扶眼鏡，一個助跑，借助一樓的防盜窗，直接躍到了二樓的窗台上，那窗台的空間很窄，只能讓他側站著。他右手扶著窗邊的下水管道，左手敲了敲緊鎖的窗戶。「你好，幫忙開下窗。」

裡面的人聲音發抖，不斷喊著「別過來」之類的話。

言晃說：「你們別害怕，我們和你們一樣，都是學生。」

房間裡的人根本不信，言晃有些不耐煩了，直接一腳把窗戶踢開，跳了進去。屋裡瞬間爆發出慘叫聲，言晃冷眼掃了過去。「閉嘴！」

抱成一團的幾人瞬間就像是被按下關機鍵一樣，死死地閉上了嘴巴。言晃這才看向窗外，對著樓下的江蘿和肖塵修說：「安全，趕快上來。」

等到江蘿和肖塵修也進入房間後，言晃才看向房間的主人，直接開門見山。「整理好的床鋪有四個，但是為什麼你們只有三個人？還有一個去哪了？」

三個人支支吾吾好半天，才說：「你是言晃？你們夜不歸寢？」

言晃笑著，聲音裡帶著威脅。「對，你們要告訴老師嗎？」

三人縮了縮脖子，沒敢說話。這人太神祕了，每一次被欺負都能化險為夷，甚至還讓兩個標準生被扣了分，是個不好惹的人物。

言晃打量了一下房間，感覺這像是第一梯隊的學生宿舍。「今天的事情不要隨意說出去，否則不確定我會做出什麼！」

三人小雞啄米似地點頭。

「你們還沒告訴我，你們寢室剩下的那個同學去哪裡了？」

「王平肚子痛，去醫務室了。」話音剛落，有人推門而入。

房內六人下意識看去，只見一位戴著眼鏡，身材也十分健康的少年帶著不好意思的笑臉進門來。「不……不好意思，回來太晚了。」他原本在抓頭，但發現寢室裡不只有他的室友之後，動作立刻一僵，趕緊把手收回到背後。

言晃的目光一掃，對方眼神躲避一瞬又對上。「請問你們是？」

言晃看著對方的眼睛，他能夠肯定自己從來沒有見過面前的人，也沒有聽過他的聲音，但能從他身上感覺到一種莫名其妙的熟悉感，而且為什麼在宿舍樓的大門被封鎖後，他還能回來？

種種異常之處，都讓言晃心中起疑，多留了一個心眼注意著這個學生，但現在更重要的是菲洛和劉玲，在他們進入宿舍之後，江蘿的精神橋樑又被切斷了，菲洛跟劉玲兩人也不知道遇到了什麼事情，當務之急是先找到他們。

「我們是其他班的，夜不歸寢，翻窗進來了。」

對方「哦哦」了兩聲之後就沒再說什麼。言晃三人也不打算繼續在這裡逗留，準備離開，結果他的手一握住門把，寢室裡除了那位剛回來的學生外，其他人都趕忙阻止他的行動。

「不行不行，你現在不能開門！千萬不要開門！」

言晃眉頭一揚，手掌並沒有離開門把手。「為什麼？」

幾人神色緊張，互相看了看，然後才有個人壓低聲音，顫抖地開口：「半小時之前，有些人莫名其妙地開始發瘋，開始亂打人，整個宿舍陷入一片混亂。」

言晃訝然問：「這些發狂的人有沒有什麼其他詭異的地方？例如說，沒有臉？」

這話一出，幾人瘋狂點頭。「對對對，沒有臉！也不是沒有臉，但就是看不清，臉上一片黑，你們來之前，我們還聽到有人慘叫，說有人死了。」

死人可是大事，鬧得這麼大，校方管理層和老師們竟然無動於衷？

「這一定都是因為陶佳的詛咒！」

「就是！之前從來沒有發生過這麼可怕事情！」

「那陶佳遭遇的，也是因為詛咒嗎？」言晃似乎是不經意地問，但是這一問，讓三人啞口無言。

言晃冷嗤一聲，不想多說，轉動門把手便出門了。

「言晃你等等我們。」江蘿緊跟其後。

肖塵修也跟了上去，在門口處停了下來，轉眸看向寢室內幾人說：「你們太高估詛咒的作用了，傷者和死者其實一直都有，只是都被忽視了。施暴者之所以沒有臉，是因為人人都是施暴者。第一個死者，是個可憐人。」

說完，他便關上門離開，徒留宿舍中的幾人沉默良久。

言晃三人離開寢室，來到走廊。

雖然晚上有宵禁，宿舍走廊原本還會亮著微弱的光，但現在，走廊之中的燈變得十分陰沉，散發著猩紅的血色，走廊上更是飄散著難聞的血腥氣。這裡已經死了太多人，言晃光是站在這裡，都能感覺到一股濃烈的怨念，而且還在不斷加深，連他也受到了影響，情緒開始不穩定起來。

他冷靜下來，突然想到，既然外面的情況這麼嚴重，王平又是怎麼安然無恙地回到宿舍的？

「小蘿，查一下那個叫王平的資訊。」

江蘿立刻從學校電腦獲取的資訊裡搜索。「找到了。王平，D班的學生，在七年級和八年級都被評為模範生，品學兼優，時常提醒大家遵守校內規則，家庭背景也不錯，爸爸是有頭有臉的人，私底下風評也很好，只收到過一封實名檢舉信。」

言晃詫異。「檢舉的內容是什麼？檢舉人是誰？」

江蘿繼續在大腦中查找。「檢舉的內容是說王平帶頭霸凌學生，還附帶照片，說王平脫掉他的褲子，然後帶幾個同學羞辱他，但因為王平的父親那層關係，最後這件事是私下解決了。」

「檢舉人是一個名叫張洋的學生，我記得那個學生是……」

「剛剛在教學大樓內的死者。」言晃臉色陰沉。資訊全都對上了，張洋死去，王平從外歸來。言晃在這一瞬間，直接肯定了自己之前的一個猜測。「你們兩個馬上去找菲洛他們，順便檢查死者是否都是後段班，調查施暴者是否全都是第一梯隊的標準生。如果是，那麼基本上可以斷定，陶佳的所作所為並非為了殺死後段班的學生，也不是為了讓更多人像她一樣遭受非人對待。她是要用另一種方式報復曾經的施暴者。」

江蘿已經明白了言晃的意思，嚴肅地說：「好，我知道了。」

等江蘿和肖塵修離開後，言晃轉身敲了敲剛剛那間寢室的門。

裡面的人問：「誰啊？」

言晃回：「是我，我有東西忘了拿。」

「我們馬上開門，趕快進來。」

門被打開，言晃一個閃身進了門，又迅速關上。一個同學可能還有點愧疚，走過來尷尬地說：「王平有囤貨的習慣，我們這裡東西很多，你要不要來點？」

言晃冷眼看著桌子上的食物，見有人正打開一瓶飲料，準備喝上一口。他直接召喚出「家庭和睦之刀」甩了過去，瓶身直接插在牆上。「不想死，就別碰這些東西。」

幾人覺得他有些無理取鬧。「你這是幹什麼？」

「你們看看我的刀。」

三人看過去，臉色陡然一白。那把刀直直地插在牆上，刀身已經變黑了。

言晃的「家庭和睦之刀」帶有詛咒屬性，當詛咒屬性與同屬性的東西碰撞時，怨念便會顯現，這也是「家庭和睦之刀」變黑的緣故。但在這些學生眼中，刀變黑是因為毒。

一名學生直接抓住王平的衣領，把他整個人拎了起來，怒吼：「你想殺了我們？」

王平的長髮垂下，遮住了眼睛，臉上浮現一抹難以形容的笑，看起來像是在自嘲，也沒否認自己的罪行。「是，我是想殺了你們。」

「為什麼？」那名學生似乎有些不敢相信，手上的力道鬆了下來，其他兩人也是不解。他們宿舍的同學關係一向很好，而且因為王平家裡的關係，其他三人也一直把他當老大，忠心耿耿，結果現在王平竟然要殺了他們！

「為什麼？你們不記得去年對我做過什麼了嗎？」他的語氣很冷，一隻手狠狠地掐住了面前同學的脖子，虎口一收，居然把人提了起來。

「你到底在說什麼？我們去年對你做了什麼？」那名學生掙扎著。

「王平，我們沒有害過你，你快把他放下來。」另外兩人也著急地勸說。

王平陰冷的目光看向他們。「沒有害過我？真是可笑。」

言晃看著面前這一切，冷不防地解釋：「他不是王平，王平已經死了，他是張洋。」

三人完全掩飾不住自己的驚駭。這不可能！他們跟王平生活了那麼久，怎麼可能分不清面前的是王平還是張洋？

下一秒，「王平」轉過頭看向言晃，笑了笑。「言晃同學真的很聰明。不過當時你又為什麼會選擇跟我們為伍呢？」

言晃沒有回答他的問題，而是挑了挑眉說：「看來我的猜測是對的。」

張洋平時都會下意識地捏著蘭花指，已經形成肌肉記憶了，屍體的手指卻沒有，最重要的是，在宵禁時間內，「王平」憑什麼能打破規則，安全回來？規則說的是「在宵禁時間，任何人不得進出宿舍」，如果進入宿舍的，不是人呢？再加上「王平」一直不敢直視他，以及一些不自然的小動作，讓他產生了熟悉感，所以他才敢斷定，王平和張洋的靈魂進行了交換——表面上是王平殺了張洋，實則是張洋殺了當年帶頭羞辱自己的王平。如此一來，王平標準生的身分就會跟張洋後段班的身分進行對調，以此達成更多的便利。

張洋問言晃：「你現在是想要阻止我嗎？我知道你有這個能力。」

其他三人聞言，趕快朝著言晃求救。「言晃同學，救救我們，求你了！」

「他們的死活跟我有什麼關係。」言晁嗤笑一聲，像是不在意地說，「這是你們之間的恩怨，我只是外人，沒有插手的權利，你們與其在這裡求我，不如反思自己的錯。」

這一刻，三人萬念俱灰。他們當然知道張洋為什麼會對他們動手，但事情已經發生了，他們現在無論如何懺悔都沒用了。

「張洋，求你放過我們，我們當時也是身不由己，都是王平讓我們那麼做的！我們也是被逼的！」

「張洋，我給你跪下了，你別殺我好不好，我家裡就我一個孩子，我不能死啊！」

「求求你了張洋，放過我們好不好，我們以後給你做牛做馬！」

張洋看著他們痛哭流涕的樣子，只覺得痛快。當年是他對這些人求饒，如今是這些人對他求饒，當年他的求饒根本沒用，如今，這些人的求饒，自然也不可能改變什麼。

張洋收緊自己的手，直接掐斷了那人的脖子。其他兩人見狀，知道張洋絕對不會放過自己，轉身就想逃，張洋卻身如鬼魅，攔在兩人面前，雙手掐住他們的脖子，用力一扭。漸漸地，兩人也斷了氣，被他隨手丟到地上。

言晁從頭到尾都像個旁觀者，只是靜靜地站在一旁看著。

張洋看著他。「我的心願完成了。」

言晁問：「你甘心用自己最討厭的樣子活下去嗎？」

張洋搖搖頭。「不甘心啊！」他一邊說，一邊走到言晃的刀前，將刀拔出，握在手中，詛咒的力量彼此衝撞，不斷侵蝕著他的手掌。

言晃看著張洋，緩緩說：「你要自殺嗎？所以到最後，你還是沒能放過自己，對吧？」

張洋聞言，身體一怔，握著刀看向言晃，瞳孔微顫。

言晃沒有在意他的表情，繼續說：「殺了仇人，並沒有感覺到大快人心，反而對自己成為曾經最討厭的人而感到厭惡。其實一切都沒變，不是嗎？」

張洋握緊拳頭，臉上的表情越來越難看，想要反駁言晃，但一出聲，卻帶著委屈的哽咽。「我沒有……」

言晃嘆了一口氣，也不知道該說些什麼，受害者最終成為自己所厭惡的施暴者，何其悲哀。

眼淚不斷湧出，張洋再也控制不住，捂著自己的臉泣不成聲。他犯罪了，但除了噁心和恐懼，什麼感覺都沒有，何談大快人心，他只覺得自己走了一條錯路，明明他沒有對不起任何人。

言晃等他哭完，才說：「無論你做出什麼選擇，都會有不同的收穫和遺憾，但你如果覺得委屈的話，可以跟我說一說，到底發生了什麼，陶佳又是怎麼說服你殺人的。」

張洋如今對生死已經沒有任何執念。人是一種奇怪的生物，當某種情緒淤積在胸口時，就會產生強烈想要表達的欲望。這股欲望在大多數時候能夠被壓制，一旦有一個人在這時上前主動詢問，那麼所有的克制都會被一舉擊潰。

譬如現在，在這昏暗無燈，只有窗外月色透過的房間裡，他坐在床上，弓起身子，抓緊拳頭，呼吸開始加重，像是回憶起了什麼糟糕的事情。而此時有一個人坐在他的身旁，一隻手輕撫他的後背，安撫著他。

張洋再也忍不住，開始向言晃訴說自己的遭遇：「我本來想去福利社買點食物，卻在福利社又遇到他了……這次比以前更過分，我已經想盡辦法躲著他了，但還是躲不開。我拿什麼，他就搶走什麼，最後他把我拖到教務處，找了一個沒監視器的地方羞辱我，說我會像陶佳一樣，在這裡死掉……

「他走了，我被反鎖在門裡，房間裡黑漆漆的，什麼都看不到，但能感覺到有無數雙手在安撫我，那些手好溫暖，是我從未體會過的溫暖。那些手撫摸著我的後背，安慰我，告訴我可以反擊，陶佳會幫助我，會讓我親手殺死我的仇人，會讓我從今以後擺脫這種苦難。我當時真的好恨王平，於是我同意了……」

說到這裡時，張洋的情緒明顯更加絕望，身體抽搐的幅度和頻率也更加不受控制。

「可是我醒過來之後，發現面前躺著的，竟然是我自己的屍體，就算裡面的芯已經換成了王平，但我殺死的不是王平，而是我自己！受苦受難的自始至終都是我這個毫無縛雞之力的可憐蟲！

「我不敢想，如果我的爸媽知道了這個消息會怎麼樣……所有一切跟我想的完全不一樣，這不是我想要的結果，完全不是！」

他放聲大哭，一直壓抑的情緒也終於潰堤。言晃輕拍著他的後背，深知他內心受到的折磨遠比說出口的還多。

不過，這也驗證了言晃一個猜測。那暗紫色的手所具備的迷惑能力，是用來迷惑受害者的，或許靈魂調換和力量增幅也是那些手的能力，這也證明陶佳報復的不只是施暴者，而是整個學校的人。

她認為無論參與或冷眼旁觀，都是有罪的。

「在這種狀態下，還有什麼特別的情況發生？」言晃問。

張洋抿著唇，雙手悄悄縮回長袖裡，捏緊衣料。「在這種狀態下，很難控制自己的理智，身體根本不聽使喚，控制不了殘暴的想法和行動，所以，我才更想了結我自己。以前的張洋被我親手殺死，現在的張洋面目全非，我已經不認識自己……或許從我同意與魔鬼交易的那一刻起，我就別無選擇了。」

言晃搖了搖頭。「你有選擇，你要知道，現在的你不是張洋，而是王平，是有權有勢的那一方。」

張洋身體一怔，僵硬地轉頭看向言晃。

「曾經被壓下去的所有消息，在你成為權勢的那一刻起，就會被徹底揭開。陶佳也是受害者，她也想要沉冤得雪，將惡人繩之以法。」

言晃剛剛一直在思考靈魂調換的原因，他覺得那可能是來自陶佳的報復，但現在陶佳將雙方的身分替換，未必是因為全然的絕望，也許是絕望之中最後的希望。

張洋明白言晃的意思，眼神中也是帶著幾分緊張。「那你的建議是？」

「將這裡所發生的一切全都傳出去。需要被整治的除了施暴者，還有這默許施暴者胡作非為的環境。」

金錢和權勢，看起來抽象，卻能賦予人身分與地位，甚至在關鍵時刻，改變整個局面。

其實標準學校裡的受害者從來都不在少數，那些事情不是沒有掀起水花，甚至有一些在社交軟體上也曾引起公憤，讓無數人唾棄，但消息很快就被壓下來了。久而久之，所有人的記憶彷彿都被刪除，再也不會有人記得那些孩子受過的委屈與痛楚，只剩下加害者們在不同地方，對不同人施加全新的痛苦，周而復始。

張洋抓緊自己的手心，用一種複雜的目光凝視著言晃。「這真的會有用嗎？」

「會。」言晃微笑著給予他贊同與鼓勵。

「好，我相信你。我會終結這一切。」張洋點頭承諾。

言晃問：「你知道怎麼做？」

張洋皺了皺眉。「我需要想辦法離開學校。從我成為王平的那一刻起，我的一舉一動都被陶佳看在眼裡。

「我現在所擁有的力量都是陶佳給的，所以她能夠決定我目前所擁有的一切是真實還是幻覺。如今標準學校被她的詛咒所覆蓋，沒有人能在她的掌控下做出她不允許的事。而陶佳，絕不會讓任何人離開校園。」

言晃回想起今天晚上的遭遇，十分認同張洋的話。看來這紫色大手，或許與被害死的受害者有關，如果這樣的話……

他打開了「唐鑫的新書」，果不其然，上面的資訊更新了。

標準學校——怨念之手

力量：5

敏捷：5

智力：0.1

天賦：怨念，共情

怨念：對標準學校中標準生的極致怨恨，會在接觸到標準生的一瞬間屬性增幅1.5倍，並對其發起致命攻擊。

共情：受難者的情緒往往更加敏感，當他們看見同樣受難的夥伴時，會引導他們走向正途。

介紹：標準學校之中埋葬著無數被害死的人，他們受困於曾經，受壓迫於永世，無法逃脫那段不堪回首的回憶。黑暗中的手掌不是加害，而是掙扎。

原來這覆蓋整間標準學校的大手並非陶佳的傑作，而是所有受害者共同造成的結果。他們因為怨念無處排解，所以一直積累在這裡，從未離開。

雖然張洋說自己無法離開，但是陶佳和他有一個交易，如果他能夠抓住陶佳，陶佳便給他一個機會，他或許可以利用這個機會，將張洋送出去。

「這件事情交給我，我會抓住陶佳的。」

但張洋對他的話沒什麼期待。「這太難了。陶佳可能是標準學校裡的任何一個人，甚至可能是一花一木、一片瓷磚、一隻大手……只要她不願意被你找到，你就不可能找到她。」

言晃眉眼間帶著自信，並未因為張洋的話而自亂陣腳。「既然如此，那就讓她自願出來見我好了。」

張洋下意識想要反駁。這幾乎是不可能的事情，沒有人比他更了解陶佳現在的狀態——她已經無可救藥了。反駁的話又怎麼都說不出口，或許是因為他內心深處相信著言晃，他總有辦法把不可能變成可能。

「你打算怎麼做？」他問。

「想要抓住陶佳，就必須先了解她，而想要了解她，就只能找她的朋友了。」

張洋不解。「她的朋友？」

言晃沒急著回答，只是從容地站起身。「等下麻煩你去找江蘿和肖塵修了，幫我告訴他們，讓他們按照後段班和標準生的搭配行動，讓江蘿前往女寢尋找姜姜，在合適的時間修好助聽器。剩下的，她自然會明白。」說完，打開寢室的門大步離開。

張洋想要提醒言晃不要輕舉妄動，現在的標準學校遠比他想像得更可怕。他還沒說出口，便看見周圍伸出了黑紫色的手，地上、門框邊的牆上、門對面的牆上，一雙又一雙，如同藤蔓一般扭曲著，伺機獵殺。

忽地，大手突然竄出，直衝言晃而來。

「小心！」張洋面色慘白地大喊，「這手會吞噬你的意志！」

接下來的一幕，讓他整個人愣在原地。只見言晃主動伸出手，和一隻想要將他抓碎的怨念之手十指緊扣，黑紫色的氣體瞬間宛如颶風般飛旋而起，將言晃整個人裹挾住，拉著他墜入黑暗的深淵。

張洋怎麼也沒想到言晃竟然會主動觸碰怨念之手。他還記得他第一次觸碰到怨念之手時，那種來自靈魂深處的悲傷和絕望，幾乎能把人壓垮。此時無論再說什麼，都為時已晚，與其猶豫不決，不如完全信任言晃。

下定決心後，他立刻起身衝出門外去找江蘿等人。在言晃歸來之前，他無法啟動他們的計畫，無法使用通訊設備，但他身為全校第一個與陶佳有直接接觸的人，有保護言晃朋友的能力——他很清楚那些施暴者的弱點。

這一次，他選擇信任言晃，背叛陶佳。

第二十章　最合適的答案

言晃感受到周圍的世界充滿了陰暗與壓抑，被縹緲的雲霧縈繞著，讓人以為空氣都不再純淨。他調整呼吸，緩解氧氣不足所帶來的眩暈和身體失衡，勉強將沉重的感覺壓在心底，但心中仍被不明的情緒籠罩著。

各種聲音在耳邊回蕩，那些聲音彷彿知道他的過去，肆無忌憚地諷刺、否定著他。

「好可憐啊！竟然天真地把希望交給其他人，竟然這麼輕易相信其他人，你怎麼會不清楚《狼來了》這個故事呢？沒人會願意相信你的，你不會擁有真正的朋友和真正的信任。」

「就像你的弟弟妹妹們，說好會永遠記得你，永遠感謝你，但在路上遇見你時，依舊對你視若無睹。」

「就像你念書時，明明成績那麼好，卻永遠孤獨一人。所有人都不願意跟你做朋友，所有人都唾棄你，即便你偽裝得再好，你也改不了低人一等的出身和拙劣的過去。」

伴隨著這些聲音，他眼前一幕幕浮現出早已塵封於心中的記憶畫面。

他上學後很想交朋友，努力對別人好，甚至用打工的錢買了生日禮物送給自認為的「好朋友」，結果卻聽見他們在背後講他的壞話。

「這人也對你太好了吧，你不就隨口跟他聊了兩句話，他就這麼黏上來？話說他買的筆是有品牌的，不便宜吧？該不會是來路不明吧？」

「管他乾不乾淨呢，不乾淨也是他的事情，輪不到我擔心。有好東西不用是傻子，他願意肯為我花錢，我哄他兩句怎麼了，你看我早餐什麼的都不用自己買了，羨慕吧？」

他十八歲那年，在育幼院的門口，遇到了一個靠他的資助完成學業，他本來想上前打聲招呼，卻被她用一種滿是嫌惡的眼神盯著。他瞬間愣在原地，眼睜睜地看著她飛奔回養父母身旁，離開了育幼院。

後來，他在育幼院外站了好久好久，最後將手裡帶的東西放到了育幼院的大門外，轉身離開了。

還有當年賦予他「言晃」這個名字的老闆。老闆有個女兒，一直都不喜歡他，言晃也清楚自己為什麼不被喜歡，但他還是把她當作親姊姊。他性格和善、外表出眾，與姐的關係逐漸緩和，她也開始慢慢接納他了。

老闆離婚很早，加上他和姐姐，一家三口相依為命。老闆很欣慰言晃能夠跟他的女兒相處融洽，這算是圓了他的一個夢，言晃也很開心。但讓他始料未及的是，這輩子受的第一道深傷，偏偏也來自這位他視如親姊的人。

在老闆離世後，他跪在老闆的店鋪前，叩了三個響頭，以表感恩，結果這位姐姐衝出來，對著他的左臉狠狠打了一拳，一邊哭著打一邊連聲怒罵：「你這個騙子，就是你把我爸剋死的！為什麼，為什麼你要來禍害我們家？我只有爸一個親人啊！你還我爸爸！」

他捂著頭默默承受著姐姐的拳打腳踢，等到其他人把她拉走後，他才全身顫抖地起來，前往醫院。他的左眼眼眶骨被姐姐打到骨折了，眼外肌也有受損。在很長一段時間裡，他的左眼幾乎無法自由控制，後來傷好後，他才發現自己的眼睛變得有點斜視。

眼睛對他來說很重要，眼傷讓他沒辦法重回老本行，後來練習了大概一年多，才能夠偽裝正常，戴上眼鏡之後幾乎無人察覺，只是恢復的時候他正在上學，無法請假，因此經常被大家嘲笑。

漸漸地，所有的畫面一幕幕交錯，最後凝聚成一個身影——不過十四歲的少年蹲在角落，無聲地掉眼淚。

言晃沉默地看著少年。

耳邊有聲音蠱惑著：「這就是你沒用的一生。殺了他，我們會迎接你的新生，會為你打開全新的人生！」

「殺了他，迎接屬於你的新生！」

「殺了他，迎接屬於你的新生！」

「殺了他……」

言晃聽著這些話語，慢慢走到哭泣的少年面前，低頭凝視著他。

少年飛快地抬頭看了言晃一眼，接著低下頭，用左手捂住了左眼，整個人開始往牆角裡縮。

雖然只剩單眼，但言晃還是看出了少年的五官端正，只是模樣有些不忍直視，明明有一雙漂亮的眸子，左眼卻不受控制地往外斜開，滿臉淚痕，整個人看起來畏畏縮縮的。

言晃蹲下身子，臉上帶著溫和笑意，伸出手輕輕拍了拍他的腦袋，溫柔地說：「沒想到你這麼厲害，竟然能安全長大。」

少年言晃的身體明顯動了，偷偷抬眼看他。言晃不在意他的小動作，而是雙手繞過他的手臂，牢牢抱住他。

「你的未來將是一片光明，因為我在這裡，可以證明給你看。」少年言晃張了張嘴，但什麼都沒有說，只是依賴地用雙手圈住言晃的脖頸，無聲地把臉埋在言晃的頸窩，任憑淚水浸溼他的衣領。

言晃感受到脖頸處傳來的涼意，將少年抱得更緊了。他的童年並不美好，但他不覺得自己有多麼可憐，依舊一個人頑強地長大了，只是，他到現在都記得，自己當時最需要的就是一個包容他、聽他哭泣的懷抱。

那時沒人給他，現在他自己給自己，也算是給當年的他一個交代了。有了這個交代，少年言晁就不會遺憾，而他所遭遇的一切苦難，不過是他人生經歷中的一部分罷了。

少年言晁從他懷中揚起笑臉，認真地看著他。

「謝謝！再見！」說完，他的身體徹底消失。

言晁站起身，周圍充滿蠱惑的話語不知道什麼時候消失了，面前的霧氣似乎也消散不少，隱約能看到不遠處有一抹身影。

下一瞬，一名少女映入他的眼中。她的衣服破損很嚴重，但還是能看出穿的是一件標準學校的校服，她的面部已經徹底看不出原貌，黑窟窿的眼睛裡不斷流出淚水，她雙手交疊，放在身前，保持著這個姿勢一動不動，好像是在盯著言晁，已經裂開一半的嘴唇似乎張開了一些，但什麼都沒說。

漸漸地，女孩背後有越來越多的人出現。

這些人大部分是穿著校服的學生，但也有穿著西裝的上班族。他們年齡不同、長相不同、姿態不同，唯一相同的，是他們身上透露出的絕望和麻木。

他們盯著言晁，就好像言晁是他們之中的主角。

言晃向他們靠近。他心裡明白，會以這種姿態出現在這裡的，只有外面那一隻又一隻的怨念之手的主人，只有外面正在瘋狂殺戮的施暴者，只有標準學校之中，一直以來的受害者。

言晃從自己的口袋抽出一張衛生紙，走到第一位少女面前，一點點擦拭著少女臉上的淚水。

身後有聲音傳來：「你就一點也不憎恨他們嗎？他們帶來了那麼多的苦難給你！」

言晃回：「還好，我跟你們不太相同。」

「不同？有什麼不同？你的感情，我們都看得見，你也是一個可憐的受害者。」

言晃將已經髒掉的紙揉成一團，放進自己的另一個口袋說：「我不是一個完全的受害者，所以並不覺得那些是苦難，或者說，有了那些苦難，我才成為我。雖然姐姐不喜歡我，但我還有老闆。如果我的生命裡沒有姐姐，也就不會有老闆，我那時候也就沒有家了。念書時遇到了那個在背後嘲笑我的打工同事，金平易，雖然他把我當成搖錢樹，但如果不是他，我那時可能早就放棄學業了。我所遇到的苦難並不完全是苦難，相反地，我所遇到的一切都成就了現在的我，因為它們，我才是言晃。」

言晃回顧自己的往事時，情緒毫無起伏，似乎那些早已是過往雲煙，並未在他生命留下過於深刻的傷痕。

其實言晃也很驚訝於自己的豁達。在事情發生時，他也痛苦過，也質疑過這個世界，但當他長大後再回看那些苦難，又覺得這一切都不是自己的遭遇。

怨念們沒想到會從言晃口中聽到這樣的回答，一時間出乎意料，全都沉默了，不知道該說些什麼。

言晃問他們：「一直保持著現在這樣的狀態待在這裡，應該很痛苦吧？你們想要得到解脫嗎？」

這個答案其實所有人心知肚明。

記住痛苦是重要的，因為那代表他們曾受過冤屈。但若一直沉浸在痛苦中，只會讓那段不堪回首的過往不斷重演，每日忍受著煎熬。

「你想從我們這裡得到什麼？我們能感覺到這個世界正在崩壞，這對我們來說不是好事。」

「我們的情緒正處於一個無法控制的邊緣。我們現在只是她的傀儡，關鍵從來都不在我們，而在陶佳。」

「我們不是毫無思考能力的受害者，我們也想阻止她，但我們毫無辦法，我們只是寄宿在她精神當中的一部分罷了。」

言晃愣住。之前只有副本裡的神在副本結束之後，才會獲得所有記憶，而A級副本則是神自主覺醒記憶，但是從來沒發生過，有人在副本結束前就意識到自己只是虛構出來的。這到底是副本的系統進化，還是異變？

這時，言晃的耳邊忽然傳來國王斷斷續續的聲音：「你……們的時間……不多了，主世界……已經開始受……到影響，這代表著……陶佳此時……的精神狀……態非常不穩定，副本很快……就要轉變為……A級副本了。一旦……成為A級，你們五個的……生存率……將會無限接近……零。」

言晃心下一頓，瞇了瞇眼睛，對著面前的怨念們問：「既然你們是寄宿在陶佳的精神當中，那你們應該對她多少有所了解，她來自哪裡？生前又是一個怎樣的人？」

「她來自一個十分封閉的小村子，帶著那個村子獨有的、特別的傳統……」

宿舍裡一片混亂。

言晃與怨念之手接觸之後，無數雙怨念之手不受控制地從牆上、地上、天花板上竄出，扭動著，看起來躁動不安，似乎是操縱著這一切的人正害怕什麼即將發生。

張洋憑自身的氣息，順利在怨念之手中穿梭，很快便找到了江蘿四人，將言晃的話傳達並告知他們此時言晃的處境。江蘿當機立斷，立刻讓其他幾人按照言晃的指令行事，自己則帶著菲洛趕往女生宿舍。

宿舍是在一棟樓內，男生宿舍是一層到四層，女生宿舍是五層到八層，這棟樓有左右兩個樓梯，左側樓梯一層到四層被牆壁封住，但依然可以通往五樓及以上樓層，右側樓梯只到四層，所以他們需要打通左側走廊盡頭的牆壁，露出那個可以通往五樓以上的樓梯。

菲洛兩拳下去，牆壁被打破了一個大洞，菲洛和江蘿連忙鑽了進去。江蘿便直接帶著菲洛一邊躲避怨念之手的攻擊，一邊趕往自己的宿舍。

「姜姜！」江蘿在進入宿舍的第一時間就開始搜索姜姜的身影，很快，她就看到了蜷縮在角落裡的姜姜，連忙快步上前，「別怕別怕，沒事了，沒事了。」

「江蘿？」姜姜在她的安撫下慢慢恢復了理智，「妳怎麼在這裡？」

「我們來找妳，」江蘿拉起她，「快跟我們離開。」

菲洛說：「走吧，言晃還在怨念之手中，他處境不太好，我們盡量把時間加快。」

江蘿點點頭，拉著乖巧地跟在自己身邊的姜姜，抬腳就向宿舍門口走去。卻在兩人剛要踏出這扇門時，一把水果刀毫不猶豫地自上空斬下，如果不是江蘿拉著姜姜退得夠快，恐怕她們就要死在這裡了。

「怎麼回事？」菲洛上前，看到外面的場景後，面色有些扭曲，整個人都繃緊了身子，「怎麼會有這麼多施暴者？」

門外，站著無數遮擋著臉的怪物，他們一動不動，面對著門口。但是江蘿他們心中十分清楚，只要他們試圖踏出這個門，那些施暴者就會一擁而上，將他們撕碎。

「如果只有兩三個，我們還有辦法脫身，但如此數量，我們在劫難逃。」菲洛沉聲說。「該怎麼辦？」

江蘿努力平復心情，讓自己的頭腦保持清醒，掃過整間宿舍後，立刻轉身跑向窗戶。「我看看能不能從窗戶……」話未說完，一名倒掛著的施暴者突然出現在窗戶外面，和她臉貼臉。

江蘿慘叫一聲，跌坐在地上，嚇出一身冷汗，整個人發抖。實在是太突然了，讓她一點防備都沒有。

「江蘿，」菲洛趕快拉著姜姜來到她身邊，「沒事吧？」江蘿閉著眼長呼一口氣，搖了搖頭。

「能做到這一步，你們已經很不錯了，只可惜，我的怨念，也與他們同在。」姜姜突然開口，怯懦的神色消失，整個人面無表情。「很可惜，找到我的不是他，而是你們。我從來都不渴望救贖，也不希望得到救贖，所以，遊戲該結束了。」

菲洛驚疑不定地看著姜姜，不著痕跡地挪到了江蘿身旁。江蘿站起身，看著她，語氣堅定地說：「陶佳。」

姜姜，或者說陶佳，看著他們，開口：「我很好奇，你們為什麼會過來找我？」

「是言晃讓我們來的。」江蘿說，「言晃早在食堂就察覺到不對勁，只是那時的他沒多想。如今一切已塵埃落定，妳所隱瞞的一切早已暴露無遺。」

其實在食堂看到姜姜的時候，言晃並沒有懷疑她，但因為想起了陶佳有耳疾，所以才對姜姜有了幾分戒心，主動和她打招呼。可是在兩人的交談中，言晃注意到，姜姜在整段對話中眼神都停在他的嘴唇上。他心裡突然冒出一個說不上合理還是荒唐的想法——姜姜並不是看不見而是聽不見。她之所以盯著人的嘴唇，是因為她在讀唇語。

結合邀請函中的助聽器，耳朵不好的這個人一定在副本中有身分，甚至可能是這個副本的神，他剛開始以為這人是陶佳，後來以為是姜姜。下一秒，姜姜講述了陶佳的事，而她更在第一句話提到陶佳耳朵不好，因為這句話，言晃在看著姜姜無神的雙眼時，暫時放下心裡對她的猜測。

這件事卻在他的心裡扎根。

後來在教學大樓救下江蘿後，所有的猜測都得到證明——姜姜就是陶佳，或者說，是陶佳附身在了姜姜身上。他將這一猜測在腦內告知了江蘿，並叮囑她不要打草驚蛇。

而如今，時機已到。

陶佳微笑著點了點頭。「接下來你們要怎麼做呢？言晃已經被我關了起來，少了他，你們現在還能怎麼辦呢？」

她潛伏暗處，早已掌握這幾人的性格與互動模式。這個團隊的中心人物就是言晃，少了他，其餘人便難以發揮作用。

江蘿也清楚外面的怨念之手如今不攻擊他們是因為陶佳，而陶佳也並沒有打算放過他們，眼下兩方看似勢均力敵，如果真的打起來，她和菲洛一點勝算都沒有！江蘿的臉色越發凝重，腦海中飛速分析逃生的辦法。

「怎麼，沒辦法了嗎？」陶佳的臉上帶著嘲笑。

江蘿不言，而是拿出道具「絕對光滑的倉鼠球」，立刻往陶佳丟了過去，把陶佳關在裡面，然後一腳踢出，強烈的衝擊直接打破了窗戶。菲洛眼疾手快，直接一拳打破窗戶。江蘿抓準時機，鑽出，直衝倉鼠球撲去，整個人都懸在空中。菲洛趕快拉住她的腳踝，用力拉回江蘿。

身後，怨念之手和施暴者被他們這一波攻擊打得措手不及，反應過來後開始暴怒，往站在窗台上的兩人猛衝過去。

江蘿抱著「倉鼠球」極為冷靜地指揮著菲洛，「變身，背著我們從窗戶跳下去。」

這裡是七樓，菲洛變身後的重量接近四百公斤，重力勢能極大，跳下去轉化的衝擊力足以讓他的兩腿骨折，然而此刻的他沒有半點猶豫，因為在這一瞬，他強烈地感覺到自己正在被需要著。

他的體型迅速膨脹，把抱著倉鼠球的江蘿背了起來，在怨念之手和施暴者即將觸碰到他背上江蘿的前一秒弓起後背，如同矯捷的猛獸一般，毫不遲疑地往下跳去。

下降時颶風似刀，刮得人臉發痛。江蘿空出一隻手，眼中閃過代碼，與此同時，在他們掉落的正下方的地上，出現了一張有一層樓高的充氣墊。

氣墊在接住菲洛的一瞬間迅速洩氣，雖是給予了他緩衝，但完全不夠用，菲洛還是單膝跪地，痛得悶哼了一聲。

「跑！」江蘿不是沒有聽到菲洛的悶哼聲，但此時已經顧不得了，身後的怪物們一個接一個地往下跳，落地的瞬間以一種恐怖的速度向他們襲來，若是菲洛慢一步，他們必死無疑。

菲洛也知道此時極為危險，硬是咬牙站了起來，向前奔去。江蘿也沒閒著，將倉鼠球往菲洛懷裡一塞，直接資料化出一把衝鋒槍，從商城中買下子彈，對準身後的怪物們。

「真當本小姐是病貓啊！」她扛槍開始無差別掃射，雖然無法擊殺怪物，但阻攔了怪物們前進的腳步，怪物們的速度被迫慢了下來，給他們爭取到了逃生時間。

菲洛震驚。「妳還會這一手？」

江蘿冷靜回答：「不算什麼難事，了解槍械就能做。前幾個副本有一個和黑暗地帶相關的，我在那個副本裡學會的，但製作槍支消耗太大，我撐不了多久，我們必須讓言晃和陶佳見面，陶佳才會承認他們之前的約定。」

倉鼠球裡的陶佳一派輕鬆。言晃自投羅網進入了怨念之手的世界，只要她不同意，言晃就不可能出來。

「江蘿，菲洛，這裡！」二樓窗戶突然探出了一個頭，是肖塵修。菲洛會意，先將懷裡的倉鼠球扔了進去，接著拋下江蘿，最後自己再變回原型爬了上去。

宿舍裡有些血腥味，卻沒有怪物們，一直極速奔跑的菲洛鬆了口氣，雙腿後知後覺地痛了起來，劉玲趕快拿出食物治療他。

「你們沒事吧？」江蘿一邊問一邊將倉鼠球裡的陶佳放了出來。

肖塵修說：「我們還好。幸虧有張洋和劉玲在，劉玲一直提供補給，張洋則是提供了那些怪物的弱點。」

江蘿點了點頭。「現在最重要的就是，怎麼讓言晃和陶佳見面。」話音剛落，門外傳來怒吼聲、拍打聲。江蘿低罵一句，迅速指揮，「菲洛左，肖塵修右，劉玲在這裡看好陶佳，並隨時給他們兩個進行補給。」

「是！」

陶佳看著他們四人忙前忙後，只覺得索然無味。早已成定局的遊戲，何必如此認真。她掃了一眼張洋。

「你看，人家都不理你，你背叛我，又得到了什麼？我們才是一類人。」

張洋握緊拳頭。

江蘺回頭看他。「張洋你保護好劉玲，別讓怨念之手靠近她。」

張洋眼睛一亮，像是在訴說一個極為重要的承諾一般，鄭重地說：「好。」

陶佳也不知道自己是什麼心情，明明可以輕易逃走，在這個時候，卻不想離開。她微微抬眼，看向幾人。「無法從根源上解決問題，只能硬撐著拖時間，你們又能堅持多久呢？」

江蘺冷笑一聲，拿出校長給的邀請函，從裡面拿出已經損壞的助聽器。「雖然我不知道言晃為什麼要讓我修好它，但我願意相信他。這個助聽器，對妳很重要吧？陶佳姐，想讓我修好助聽器嗎？」

陶佳看著江蘺臉上那抹酷似言晃的溫和笑容，再看看她手中那個小巧、破舊，而且已經損壞的助聽器，她終於變了臉色。原本灰濛濛的眼珠突然三百六十度大旋轉，在轉動中逐漸改變——瞳仁轉為鮮紅，眼白變黑，頭髮也開始迅速生長，最後垂落至大腿。

她靜靜站在原地，身邊籠罩著黑紫色的壓抑氣息，正起伏翻騰著，眼神閃過一絲動容，但還是強行擠出詭異的笑。

「妳覺得一個助聽器就能改變我的想法？真是太天真了！」

江蘺幾人清楚地感受到對方現在的力量非常強大，想要毀掉他們，恐怕只需一個念頭，她之所以讓他們活到現在，似乎只是出於興致。即便如此，江蘺也沒有讓自己的氣勢削弱，臉上依舊掛著那副溫和淺笑，用處變不驚的語氣說：「自然沒打算用助聽器拖住妳，而是忽然想起來，上一個副本有人告訴我們的一句話。村子太小了，小得容不下孩子們的心，裝不下孩子們的眼界。能夠走出那個村子已經很不容易了，沒想到了嚮往的世界，依然擺脫不了枷鎖。如今擁有能夠打破枷鎖的能力，卻又作繭自縛。她們要是知道了，得多寒心啊！」

江蘺的一句話，讓陶佳的情緒再也無法保持淡定，血淚立刻奪眶而出，順著臉頰往下掉落，一滴一滴落在地上，離奇般向外擴散，將整棟宿舍的地面，都變成一片血海。

仇恨、憤怒、無奈、掙扎……各式各樣的情緒緊緊纏繞著江蘺他們，像是有個滾輪在喉嚨處來回碾壓，壓得人喘不過氣。一道道模樣恐怖的死靈圍繞在他們身旁，注視著他們。

江蘺無法用言語形容這個畫面，但能感覺到，整個標準學校的力量都在不穩定地動溢著。

這種壓迫感，遠超B級，但也不至於到達A級，彷彿處於兩者之間。他們都明白，只要陶佳主動邁出一步，天平便會發生傾斜。

陶佳在克制著，她僵硬的身體一點點朝著江蘿走了過來。江蘿害怕，卻沒有動彈，因為這也是言晃計畫中的一步——無論發生什麼，都不要拒絕陶佳。

江蘿努力放鬆心神，看著距離自己越來越近的陶佳，這種時候，無條件地把自己所有可利用資源交給言晃就行，包括自己的性命。她就不信言晃能把她的命都給騙進去！

陶佳的確沒有傷害她，而是伸出手抓住那個破損的助聽器，雙手顫抖著將其放在手心處。

「嗚……嗚嗚……」面前的女孩，在悲泣。

她「撲通」一聲跪下，抬起頭，那一張灰白色的恐怖臉龐，露出了痛苦的表情，眼淚似細流般往下滑落。

「阿娘，對不起，是我的錯……我還是沒能走出去，沒能變成你們想要的樣子，也沒能變成我想要的樣子……還把你們最後留給我的東西弄壞了。我該怎麼辦？阿娘，我該怎麼辦？他們瞧不起我、欺負我，沒有人來幫我、安慰我……我真的好痛苦，阿娘，我真的好痛苦……」

堪稱一世之主的強者，如今抱著助聽器泣不成聲，所有的悲憤化作委屈，那名為「親情」的力量衝擊著她心底的柔軟。在關心自己的人的面前，她終於脫下了冷漠的保護殼，把所有埋藏在心底的委屈都說了出來。

她是唯一走出村子的女孩，是村子裡唯一一個考上高中的人。

村子裡的男人阻止她離開，把她的腦袋按在水裡令她幾番窒息，撕碎她的通知書，將她關起來，說她這輩子只需要在村子裡找個男人嫁了，然後好好相夫教子。

是阿娘們一起籌錢買了助聽器，拼好了她的通知書，然後把她偷偷送出了村子，讓她走出了那個滿是枷鎖與歧視的世界。

「我以為走出大山之後就是無限光明的未來，沒想到當我走出去之後，就再也沒收到過阿娘的回信。我知道那群該死的畜生不會放過阿娘，於是我兢兢業業地學習，想要打破這一切，然而到頭來……我什麼都無法改變。因為耳疾，因為來自大山深處，我成了他們欺凌的對象……甚至死在了這被我視為希望的地方。我好累……阿娘，我什麼都做不到。」

江蘿幾人看著她，想起在阿娘村的經歷，心裡也是極為酸澀。

陶佳發洩過後，終於勉強平復了心情，雙手捧起助聽器，哀求著江蘿：「把它修好，你們贏下一局，我放了言晃。」

修復這種普通器械對江蘿來說不過是舉手之勞，但對陶佳而言有重大的意義，更別說陶佳的條件相當誘人。

江蘿閉上眼，伸出手懸在陶佳的雙手上空，一道藍光覆蓋在掌心，包裹住助聽器，片刻後，藍光消失，完好無損的助聽器重新落回陶佳手中。

陶佳寶貝似地將掌心合攏，抵在自己的心臟處。

一隻手拍在江蘿的肩膀上，熟悉的聲音在江蘿耳邊響起。「做得很好，辛苦了。」

江蘿轉頭，終於看到了言晃，一顆懸著的心終於放下，隨之而來的是滿腹的擔憂再來才是害怕與委屈。

「言晃。」她抱住言晃，眼睛裡酸酸的。

言晃無奈至極，知道她是嚇著了，輕拍她的後背，嘴裡不斷安撫她。

「乖啦，沒事了，沒事，小蘿做得很好喔，很棒。」

江蘿被他這種像是在哄小孩似的語氣逗笑了，在他懷裡吸了吸鼻子，擦了擦眼淚，這才放開他。其他人見言晃安然無恙，也是放下心來。

「接下來妳想怎麼做？」

言晃走到陶佳面前，笑了笑。「從某種角度上來說，我們也算是姊弟關係。陶佳，妳不相信我，也要相信阿娘。」

言晃想了無數次，阿娘村與標準學校到底存在什麼關係。後來他想到了自己還有個名為「佳佳」的姐姐，也想到了那打油詩裡說「沿著水路找不著」，找不著並不代表人死了，而且他的阿娘也從未親口說過佳佳死了，而是說，佳佳丟了。

這或許就是阿娘們未曾說出的祕密。

陶佳，或者說言佳，便是阿娘的女兒，第一個走出阿娘村的人，她在逃離那個村子後，便將父姓改成了母姓。只可惜，她走出了阿娘村，卻沒走出暴力與痛苦。

淤泥中生長的玫瑰沒有尖刺，被移植到大路上只會被人肆意欺辱，因為她太美麗，因為她沒有尖刺，於是她的存在，像是被狠狠劃上了一道紅色大叉叉。

曾經的陶佳有阿娘依賴，走出去之後，她一無所有，強迫著自己長大。她把自己受到的所有委屈和痛苦全都埋進心底，關上閥門，而阿娘，便是開啟閥門的關鍵。

陶佳抬起眼看著言晃，眼神多了幾分怪異。「你很厲害。但阿娘是阿娘，你是你，按照約定，我只能答應你一個條件。」

她不認言晃，因為她覺得言晃這個人很危險。

既然陶佳並沒有打算放軟態度，言晃也就不再多說什麼，而是直接將自己需要的條件說出來：

「我的條件很簡單。解除通訊禁止，並且保證二十四小時以內所有人的人身安全。」

他這個條件不過分，甚至超出陶佳的意料。她以為言晃會利用這個機會直接提出通關的條件，畢竟現在標準學校的運行已經不再受副本干涉，而是她自己全權把控。只是這樣的通關，算不上HE也算不上BE，玩家會離開這裡，也能得到豐厚的獎勵，但於標準學校而言，不過是黃粱一夢，什麼都沒發生，然後再等待下一波玩家的到來。

菲洛、肖塵修和劉玲也不明白言晃的想法，不過他們沒有多說什麼。

對副本玩家而言，只要副本的級別變成A級，那就不能採取完成神的願望進行通關的辦法，而是必須對神進行斬殺，或者神自願放他們離開，不過這就會導致現實世界發生扭曲。

對非玩家的普通人來說，A級副本所帶來的扭曲世界一旦形成，他們的記憶便會被篡改。當他們的認知和意識逐漸被改變，這種扭曲便會視為正常，即使各種不公平待遇一再上演，對他們來說，也只是所謂「正常的規則」，因為他們早已成為這個世界的一部分。

「你確定？」陶佳臉色怪異地看著言晃，又問了一次。

「確定！」言晃肯定地說。

這個條件對陶佳來說實在是太簡單了，即便她心裡已經隱隱猜出了言晃為什麼要提出這個條件。可言晃如何選擇都是他的事情，她要做的僅是同意言晃的一個條件罷了。

她解除了通訊限制，同時也短暫解除了詛咒。天邊初陽漸升，除了張洋和王平，所有的一切都好像回歸了正常，包括那些死去的人，只不過他們的記憶中沒有這幾日發生的事情，一切都回到了原本的模樣——學生們依舊按時上下課，嚴格遵守學校的校規，努力讓自己符合一名標準學生，標準生和後段班的隔閡也依舊存在。

一切都沒改變，永遠有人受到傷害。

陶佳冷笑。「你想做的事情是毫無意義的，一切都不會得到改變。」

言晃並沒有急著否定，而是反問：

「最開始在校長室讓我做入學測試的人，是妳吧？」

陶佳點了點頭。這沒什麼好隱瞞的，她當時已經有了自由身軀，也知道言晃在副本的神中口碑很好，所以才會想要試探言晃的態度。

言晃問：「還記得妳問我的最後一個問題嗎？妳問我如果我被孤立了怎麼辦。」

陶佳當然記得，當時言晃的回答好像是說：「告訴老師，告訴家長。」

對，是這個答案。

陶佳忽然覺得很好笑，看向言晃。「那你現在怎麼沒有去做這些？知道沒用？」

言晃搖搖頭，拿出手機滑了一下，似乎是找到了答案，把螢幕轉給陶佳看。

「不就是我現在在做的嗎？」

陶佳看清楚了言晃手機上的畫面。那是一則驚人的熱搜，標題上還掛著一個大大的「爆」字，寫著——〈震驚！某校多起霸凌事件曝光！〉

陶佳下意識地點了進去，出現的第一個消息，便是一個被編輯過的影片。影片中正在播放標準學校裡人們所經歷的一切。

在下面的評論中，有人發長文痛斥這種不良風氣，引來無數畢業生附和，甚至還有人供出了案例與證據。

「沒想到這麼多年了，終於有人發聲了。我以為會跟之前的我和他的事情一樣，沒有人會相信我們。」

「對不起，我是膽小鬼，但這一次我不會再退縮了。標準學校，就是人間地獄！」

「我曾是被欺凌的一員，那時沒有人相信我，沒有人能夠救我出那人間煉獄……如今，這所學校裡的所有罪行終於大白於天下了，我真是太開心了。」

隨著事態不斷發酵，越來越多人站出來發聲，那些沉寂多年、不敢發出的證據，也都被一一曝光在了網上。

教育問題是任何人都無法逃避的。學校原本是傳授知識與培養學子的地方，標準學校卻成了學生們的惡夢，那些充滿希望與朝氣的臉龐，在那裡變得麻木、冷漠，滿是傷痕。如此鮮明的對比，讓所有看過影片的人都感到震撼與不捨，也讓這篇熱門文章長時間霸占網路新聞頭條，引發無數人關注。

入侵學校網路的「罪魁禍首」在一旁笑得很開心，甚至有些幸災樂禍。「現在標準學校的校方急得跳腳，到處拉關係，想找人壓住這件事，不過他們找到源頭，發現是王平發布的消息時，又能怎麼辦呢？王家人現在可是以為自己的孩子受了天大的委屈，他才不會輕易收手呢！」

此時，在辦公室，在高層家中，在學生們看不見的地方，校方管理層和老師們正想盡辦法透過各種關係，把這件事壓下來。整間學校變得人心惶惶。

「胡說八道！真是胡說八道！這簡直就是危言聳聽！我們學校這麼多年培養了多少高材生，怎麼可能徹查我們學校！」

「全都回教室去，再散播謠言，就扣分！」

「要不是你們肆無忌憚，怎麼會讓事情暴露？」

「你們如今倒是怪我們了？我們當初做這些事的時候，也沒見你們阻止啊！」

人怪人，狗咬狗，很快，老師辦公室裡也亂成了一團。

網路上事件發酵得更加厲害，校外已經開始有人拿臭雞蛋和掃把喊話。「開校門！趕快開校門！讓我們好好看看你們培養出來的標準精英到底都是一些什麼惡毒之人！」

「我家孩子還在裡面，不知道受了什麼樣的欺負！直接把門砸了，我倒是要好好看看那群人到底還有沒有良心！」

「砸！」

保全攔不下那麼多人，校門很快就被破壞，人們闖進學校。如此突然的情況讓許多人措手不及，很多霸凌現場直接呈現在眾人面前，那些施暴者被憤怒的民眾報復性地抓了起來，邊打邊罵，而那些霸凌者，只會慘叫著說自己錯了，不敢了。

陶佳站在宿舍的最高處，看得目瞪口呆，不敢相信。「怎麼會……」

言晃站在她身邊說：「人的一生都是學生，都在學習，老師可以是學校，也可以是社會。而面對整個社會，標準學校其實也只是個走偏了方向的學生。」

陶佳眼眶泛紅，她很清楚，接下來會發生什麼樣的事情——學校會被查封，惡人將會得到審判，孩子們也終於得到了解脫。

此時，站著的卻不止有陶佳，更有那些同樣遭遇了不幸的孩子們，還有那被困怨念之中的亡靈們，也漸漸出現在標準學校的每一個角落。

他們目睹這一切，只覺得大快人心。只可惜，有些仇人已經離開了學校，也成功擁有了前途無量的人生。他們雖然依舊怨恨，但已經累了，不想再任由恨意支撐著自己，能夠看到這學校被揭露、被摧毀，他們已經心滿意足了。

惡人終會得到審判，正義或許會遲到但從不會缺席，如今他們也能夠安心放下了。

一道又一道的怨念開始消散。

言晃微笑著，如朝陽一般溫暖，看向陶佳。「怎麼樣？我給出的方法雖然笨拙，但仍然是弱小的我們能做到的上上策。」

陶佳目睹這一切，情緒激動不已。是了，突破副本束縛的她，剛開始的願望，只是想將這所產生罪惡的學校暴露在世人面前，然後正大光明地毀掉學校。

她握著手中的助聽器，低著頭說了一聲：「我還有一件想做的事。」

言晃看她。「請說。」

「跟我來吧。」

陶佳帶著言晃去了學校的地下室。地下室很黑、很暗，沒有光亮，陰冷潮溼。陶佳慢慢往前走著，一直走到一個被鎖住的房間前，她心念一動，鎖頭就掉了下去。她伸手推開了門，請言晃先進去。

言晃看見，房間的正中央，有一堆不知道在這裡存放了多久的骸骨，而骸骨之中，還有一副骨架極小的骸骨。這具骸骨，和他們在阿娘村的精神世界中看到的「骸骨之骸」一模一樣！

直到現在，言晃終於明白了阿娘村中為何有這樣一具奇怪的骸骨，因為這是……

「我被他們拋屍在這個地方，被鎖在了這裡，後來幾年，阿娘天天來學校找我，我的靈魂一直看著阿娘跪在校門口，周圍人來人往，卻沒有人幫她。」陶佳一邊說，一邊慢慢走到自己的骸骨旁，跪在面前，隨後閉上眼，淚水從臉上滑下。「我操控凶手懺悔，讓阿娘知道了在我身上發生的事。阿娘很崩潰，想要帶我的屍體回家，說會好好保護我，可是阿爹不同意，他說我是邪靈作祟，如果阿娘真的要帶我回去，他就會將我壓在水底，修建六角井，鎮壓我。阿娘為了保護我，所以只能無奈放棄。我到最後還是沒有走出去，永生永世，都走不出去……」

陶佳的一生都困在囹圄之中，從兒時的阿娘村，到後來的標準學校，再到最後這一間被封鎖住的地下室。

她自始至終都沒能出去。

「我在阿娘們的精神世界中見到過一具一樣的屍體，」言晃看著她，「沒能將妳帶出去，也是阿娘心中的遺憾。」

陶佳怔了一下，隨即笑說：「是嗎……」

周圍的空間開始以肉眼可見的速度破裂，逐漸化作光芒消散。陶佳跪坐在原地，抬頭看向言晃。「如今我執念已消，唯有最後一事相求。」

「妳說吧。」言晃很清楚，陶佳的痛苦是任何人都難以感同身受，所以對她，他也有更多的包容，他也希望能讓她感受到前所未有的溫暖。

「把你的手給我。」

言晃攤開手掌，放到陶佳身前。陶佳將一直抓在手心的助聽器放到了言晃手中。

「我在現實世界死的時候才十八歲，我的阿娘三十五歲。你們挑戰副本的同時，我的現世記憶也在逐漸甦醒。後來我算了算，我的靈魂大概在此處待了二十七年，那麼阿娘現在應該是六十二歲。雖然已經脫離主世界，但世界樹中每一條根系都有關聯，我能感知到主世界中我的阿娘還在，她每天都會對著我的牌位道歉，說後悔沒有保護好我。我想告訴她很多事情，但無法離開這裡，所以，希望你可以幫我去看看阿娘，告訴她我從未怨過她，讓她好好生活。」

她比誰都清楚，她已經不會再有轉世了，因為現在的她已經不是主世界的人了，而是副本世界的神。她的消失，就是真正意義上的消失，證明她曾經存在過的，只有那些還能記得她名字的人。

周圍進入混沌之中，少女的身影在啜泣中消散。

「你很聰明，如果我真的有一個像你這樣的弟弟的話，我會很驕傲的。你通關後，副本會發生翻天覆地的變化，這種變化連我也不清楚，但我相信，如果是你的話，一定有辦法解決的。現在，我要告訴你一個祕密。」

她伸出手指，在言晃的手掌心滑動，寫下了三個字。而這三個字，讓言晃完全摸不到頭緒。

「你，是，誰。」

言晃以為自己感覺錯了，但當陶佳看他時，那眼神明確地告訴言晃，他沒有感覺錯。

言晃想問她為什麼寫下這三個字，然而陶佳已經沒有時間了，下一秒，她已在言晃面前徹底消散，只留下兩句話。

「還請不要忘記我們的約定。」

「一定要讓阿娘心安，弟弟。」

從此，世間再無陶佳。

但或許這種消散，於她而言，亦是最好的結局。

——恭喜玩家「欺詐者——言晃」「計算師——江蘺」「格鬥家——肖塵修」「美食家——劉玲」「巨人——菲洛」成功通關「歧視之世」TE線！

——副本難度：A–；副本探索度：92%；副本完成度：100%；副本表現力：S；綜合評價：SSS。

——獎勵：積分×100w，綁定道具「神的賜福」，綁定道具「阿娘的祝福」，稱號「歧視世界終結者」，稱號「神的恩謝之人」。

綁定道具：神的賜福
品質：A
屬性：力量＋5，敏捷＋5，智力＋1
道具介紹：無法交易。在歧視之世中，真正的神為你們的表現讚嘆，以最後一絲神力賜福作為感謝。

綁定道具：阿娘的祝福
品質：B
屬性：力量＋1，敏捷＋1，智力＋0.5，幸運＋1
道具介紹：無法交易。來自阿娘對自己孩子最真摯的祝福，渴望你們能夠展翅高飛，不拘雲泥。

稱號：歧視世界終結者

品質：A
屬性：免疫蠱惑，魅力值提升100％
稱號介紹：在歧視世界剛形成時將其終結打破，「歧視世界」通關者的象徵，任何語言類攻擊對你們而言都是小菜一碟！

稱號：神的恩謝之人
品質：A
屬性：無
稱號介紹：副本中真正能稱為「神」的存在對你表示感謝，說出去都超有面子。

五人站在混沌之中，面面相覷，不敢相信自己真的通過了A-級副本。直到系統詢問是否要留下通關寄語，他們才有一種大夢初醒的感覺。
江蘿說：「寫通關寄語這種事情還是交給言晃來做吧，他擅長。」
其他人並沒有反對，劉玲還開了個小玩笑：「的確，欺詐者之前留下的通關寄語，都讓人記憶深刻。」言晃有點不好意思。「有嗎？」
江蘿拍拍他肩膀。「有！你寫的通關寄語在副本最深刻寄語榜都排進前三了。」

「還有這種榜單？」言晃很驚訝。

「那些玩家多無聊你又不是不知道。」江蘿撇撇嘴，「你想好寫什麼了嗎？」

言晃看著面前的介面說：「歧視之世的產生，歸根究柢是因為陶佳的孤立無援，無人相助，所以——」

他抬手寫下了通關寄語。

遊戲大廳中，玩家們看到歧視之世的副本被封鎖，通關寄語顯現：

今日我若冷眼旁觀，他日禍臨己身，則無人為我搖旗吶喊！

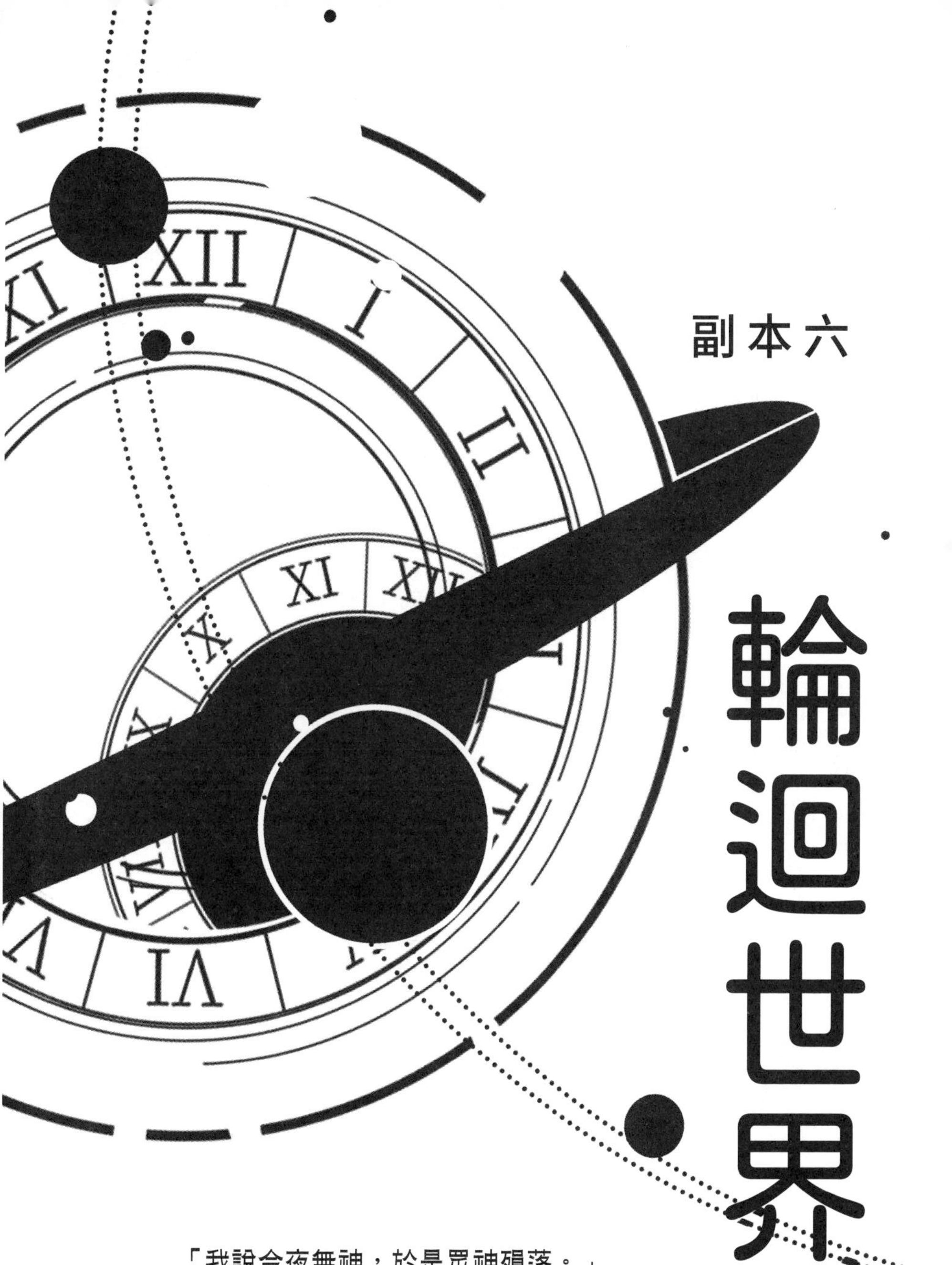

副本六

輪迴世界

「我說今夜無神，於是眾神殞落。」

現實世界的回饋

這一次的副本，言晃聽從國王的話，沒有選擇實況，但是很多玩家都知道，欺詐者帶人去闖即將進階到A級的副本了。

國王靜靜站在遊戲大廳的副本挑選處，皇后慢慢來到他的身邊，一起和他看著滿牆的副本。

「妳希望他成功嗎？」良久，國王沙啞著聲音問。

皇后溫柔地看向他。「這不是你一直以來的心願嗎？」

國王嘆了口氣，看著她的眼睛。「他如果成功了，我們或許再難相見……一切都會結束。」

皇后靠在國王的肩膀上，輕聲說：「你不是告訴過很多人，天下無不散之筵席嗎？再說了，我們有緣能夠相見，已經是超出規則的事情了。」

國王一隻手輕撫著皇后的臉頰。「也是，如果真到了那一步，我會很快來陪妳的。」

皇后握住國王的手，眼底閃過幾分不捨，臉上的笑容卻依舊溫婉。「我等你。」

言晃等人通關之後並沒有直接下線，而是選擇回到遊戲大廳。「塔羅」與「百道」等勢力全都聚集此地，看到他們凱旋，臉上都露出了笑意，他們這個面板能夠通關A-級副本，就算是升上來的臨界本也絕對是喜事一件。

現在A級副本的完成數已經可以成功解鎖S級副本，這對所有副本玩家來說都是一個振奮人心的好消息。

言晃、江蘿、菲洛、劉玲四人來到國王面前。

國王俊美威嚴的臉上，此刻也露出了慈愛的表情。「恭喜你們，成功通關。」

言晃沒有客氣，直接開口問：「S級副本出現了嗎？什麼情況？」

國王搖搖頭。「現在所有副本都被封鎖了。」

言晃錯愕。「全都鎖了？這是怎麼回事？」

「你們通關之後，所有副本都跟著歧視之世一起封鎖了，原本還在副本裡挑戰的玩家也全被強制退出了。」

事出反常必有妖。

很多人心中惴惴不安。

正在此時，大廳驟然變得黑暗無比，幾秒之後，遊戲大廳中央的超大螢幕突然出現無數條紅色資料鏈，緊接著，資料鏈變成了三行字——

恭喜各位玩家經過不懈努力，成功解鎖最高級S級副本：輪迴世界。

S級副本即將開啟，所有副本強制關閉，遊戲大廳即將進入48小時維護中。

各位玩家，敬請期待——最後的副本！

S級副本的出現竟如此隆重，讓人不禁好奇，最後的副本到底是什麼？

這時，一隻手抓住了言晃的手。言晃轉頭，看向手的主人。

國王臉上帶著神祕的笑容。「我們誰都不知道接下來會發生什麼，S級副本作為最後的副本，很有可能就是副本的根源。沒有人知道副本到底是如何出現的，也沒有人知道為什麼當願望足夠強烈之時，副本會出現並簽訂契約，可是人之所以為人，正是因為我們從不會停下自己探索的腳步，在未知的道路上，總會有探索者付出生命。或許我們都會在這條路上死去，但真相的價值於世界而言，更加珍貴。

「如果你找到了真相，請你一定要告訴我！」

當國王說完這些之後，言晃甚至沒有機會開口問他為什麼要說這些，他到底知道些什麼，就被副本強制下線了。只是在依稀間，他看到國王下線的方式和其他人不同，其他人是消失，而國王是消散。

連皇后娜莎這個A級副本的神都是在大廳中直接消失的，為何國王不是？國王為什麼一定要探尋副本的根源？他到底隱藏著什麼祕密？

各種疑問充斥在腦海中，言晃只覺得大腦一片混亂。等到他再度睜開眼，發現自己並沒有回到現實世界，而是進入了一個神祕的空間。

周圍的一切都是混沌的，安靜得可怕，腳下踩的土地明明是扎實的，但每走一步卻會產生水紋波動。言晃低下頭，看著地面映出他的模樣——清俊的臉上掛著溫和笑容，眉目間卻有幾分愁容，沒了眼鏡的遮擋，露出炯炯有神的雙眸，頭髮也長了許多。

言晃盯著他看了許久。漸漸地，倒影的神態發生了變化，他的唇角拉平，面無表情，眼神漠然。

好像是他，又好像不是他，有點熟悉，有點陌生。言晃有些恍然。

無數氣泡突然從這詭異的地面中冒出、上升，慢慢地包圍著言晃。言晃發現每一個氣泡中都播放著各種不同時期的動態畫面，似人生百態。

其中一個氣泡內播放的影像正是他在孵化之都闖關的畫面。明明經歷了三天，在氣泡中，卻只是三秒。

言晃也說不清此時的感受，就好像自己在這一瞬間，觀察了這個世界發生的所有事情，每個角落、每個瞬間、每一秒，都被他精確地捕捉到。

不僅有孵化之都，還有他所經歷過的標籤社會、幻想博物館、人類牧場、阿娘村、標準學校，甚至還有他所生活的現實世界。

他發現，在現實世界的氣泡中，也有孵化之都、標籤社會、幻想博物館、人類牧場、阿娘村這些場景，唯一的區別就在於——

孵化之都中沒有言老師，那個小男孩最後死於自殺；標籤社會中沒有言大人，那個女孩最後死於自殺；幻想博物館中無數藝術品發出哀號，卻無人在意；人類牧場中，動物主宰了一切；阿娘村裡又有新的人慘遭封建思想的迫害；標準學校裡的學生們一直被其他人所傷害；精神病院中，穿著病服的小男孩在滿是畸形的世界中，一動也不動地盯著電視機裡的畫面；畫面裡的女孩如金絲雀，被囚在金籠之中……

言晃發愣地看著那些氣泡。

他讓孵化之都的小男孩得到了解脫，人們以此為戒，但在某些陽光照不到的角落，這種事情還在繼續發生；他讓標籤社會的人們意識到網絡暴力的可怕，世界和平了一分鐘，但一分鐘後，殘忍的語言又殺害了一個素不相識的人；他讓人們認識了什麼是正確的藝術，但下一秒，又出現了很多標新立異的「藝術家」；他讓人類牧場的人得到了解脫，人類和動物和諧相處，但總有心懷惡意的人，肆無忌憚地傷害那些弱小的生命……

言晃心底發寒，渾身顫抖，痛苦的情緒遍布全身。原來，他所做的一切，都是無用功，他只是短暫地救了一個人，並沒有真正拯救這一類人，他以前認為的改變，只是因為影響的時間很長，一旦影響結束，又會有類似的事情發生，周而復始。

言晃第一次有了逃避的想法，他想要逃離，逃離這一切。就在這時，所有氣泡就像是受到了召喚一般，朝著一個方向湧去。

言晃順著那方向看去，這才發現那裡不知何時多了一個坐著的人。那人的臉被一團煙霧籠罩著，十分模糊，看不清五官，而剛剛那些包圍著他的氣泡此刻已經盡數去了那人的身前，瘋狂跳動著。

那人似乎見怪不怪，只是時不時用手點一下其中的某個氣泡。言晃下意識湊近他、觀察他，發現他點擊氣泡的頻率和力度，從來沒有發生改變，如同機械一般麻木，若非他的心跳如此真實，言晃幾乎都要認為那只是一個毫無感情的機器人了。

只不過，他身上的氣息讓言晃覺得十分熟悉，有種想要親近的感覺。為什麼會這樣呢？言晃茫然地按壓了一下自己的心臟，又看向那人，他忽然意識到，這個人，他好像看過——就在他通關人類牧場、在謝扶沐消失後，那個虛無的空間中，那個和自己長得一模一樣的人。

言晃腦子裡突然閃過一個念頭，不等他細想，嘴裡的話已經不受控制地說了出來：

「你是神嗎？」

那人聽到聲音，轉頭看向他。此時，籠罩在他臉上的煙霧，開始慢慢消散，幾個呼吸間，便露出了他的下巴和嘴。

那人動了動嘴，沒有發出聲音，但是根據他的口型，言晃還是讀懂了他的話。

你是誰？

言晃猛然想起了陶佳在最後時刻也問了他一個同樣的問題——你是誰？

為什麼，為什麼你們都要問我是誰？

言晃伸出手想要抓住那人，就在這時，他的背後出現一個黑洞，黑洞爆發出來的吸力極強，讓他掙脫不得，只能眼睜睜看著自己離那人越來越遠，越來越遠……

「言晃，言晃！快醒醒啊！」

江蘿充滿擔憂的聲音逐漸清晰，言晃立刻睜開雙眼，進入視線的是雙手按在床邊，一臉緊張盯著他的江蘿，還有周圍熟悉的環境。

我現在在家裡？剛剛是，夢？言晃坐起身，臉上帶了幾分茫然。

一旁的江蘿見他醒來，終於鬆了口氣，癱坐到一旁的椅子上，語氣裡帶了幾分哭腔。「你終於醒過來了，你嚇死我了！從我們回到現實世界後你就一直昏迷，怎麼叫都叫不醒，要不是還有呼吸，我都要懷疑你是不是留在副本裡當神了。你現在感覺怎麼樣？有沒有覺得身體哪裡不舒服？」

「對不起啊，小蘿，讓妳擔心了，我沒事。」言晃揉著有些發脹的腦袋，聲音有些沙啞，「我睡了多久？」

江蘿起身給他倒水，一邊說：「一整天！」

一整天?!言晃苦笑，怪不得剛剛江蘿那麼害怕，原來是睡了一整天啊！感覺我在那個神祕空間只待了一會兒……不對！言晃手一頓，身體忍不住打了個冷顫。如果剛剛經歷的一切是夢，那他甦醒之後不該記得那麼清楚；但如果不是夢，那他又為什麼會昏睡不醒？

「S級副本就要開啟了，我們要趕快去找陶佳的阿娘。我已經搜索到了，阿娘村在現實世界裡叫平塔寨，離市區不遠。」江蘿將水杯遞給他，見他面色凝重，擔心地問，「你怎麼了？發生什麼事了？」

言晃將水杯裡的溫水一飲而盡。

「路上再說。我先去洗漱，等一下就出發去阿娘村。」

江蘿點了點頭。

待言晃收拾好後，兩人便開車出發了。在車上，言晃把自己昏睡中所經歷的一切全都告訴了江蘿。

江蘿也感覺詭異。「這已經超出我的理解範疇了。依你所說，我們所做的一切都是無用功，但明明現在所有的事情都在往好的方向發展，如果不是因為我們通關了歧視之世，我現在去學校還要被罰呢。」

言晃說：「但這一切的穩定只是暫時的。」

江蘿雙手抱在胸前，高冷地哼了一聲。「雖然只是暫時，但是我們至少拚盡了全力，做出了自己最大的努力，這就不算是無用功，而且沒有人要求我們必須要為每個人的命運負責，我們可以幫助他們，但不能永遠幫助他們。改變命運的機會，還是握在他們自己的手中。言晃，我們從來都不是拯救世界的大英雄，我們也只是世界上再平凡不過的普通人，我們不可能真的改變這個世界，就像我們不可能改變每個人的思想，但是我們可以改變自己。在遵守底線的前提下讓自己過得更好，不為外物所擾，自力更生，在有餘力的情況下幫助別人，這就夠了。」

言晃的眼裡露出了些許詫異，細細品味江蘿的話後才開口：「沒想到小蘿妳看得比我更透澈。的確，我們不可能改變所有人，但是我們可以改變我們自己……有所改變總比一成不變要好。」

每個人的命運都掌握在自己的手裡，能不能做出改變，從來都不取決於幫助他的人，而是取決於他自己。

「話說回來，」江蘿的小臉又皺了起來，「你這個情況，確實很難解釋，像是副本的力量……如果國王在的話，說不定可以幫到你。」

言晃認同地點頭。的確，國王對副本了解極深，如果他在，很大機率能夠解答他此時的疑惑。

「那妳知道國王在哪裡嗎？」

江蘿聳聳肩。「不知道。副本裡沒有人知道他的真實資訊，甚至有傳言說國王就是副本裡的原住民，說他從沒下線過。這還是第一次見他下線呢。」

言晃想起那天的場景，抿著唇思索。那真的是下線嗎？國王那天的狀態，比起下線，更像是消散，可是如果國王和皇后一樣，都是副本裡的神，他又為什麼會知道那麼多外界的資訊呢？

「我覺得他不是原住民，而是副本玩家。」言晃看著前方，神情嚴肅，「但他的存在很獨特，就像，他是自願待在副本裡。可是，為什麼呢？」

江蘿噘起嘴。「誰知道呢？」畢竟他們又不是國王肚子裡的蛔蟲。接著又說，「不過我知道一點，說他是原住民的消息並非空穴來風，我之前買到一條關於國王的消息，只是不知真假。」

「什麼消息？」言晃問。

「有人根據副本紀錄推測過，國王在副本中的時間，已經超過百年。」

「超過百年?!」

如果國王的存在已經超過百年，那副本也應該存在了上百年。時間這麼長，現實世界竟然沒有受到影響？還是說，即使發生了變化，他也和其他人一樣，因為沒有成為副本玩家，所以意識不到。

國王若是真活了那麼久，那他許下的願望可能會跟永生有關。等等，永生……言晃想到了進歧視之世之前，國王面板上的狀態一欄，那上面就有永生。不過國王說，那是詛咒。

願望……詛咒……

江蘿敏銳地注意到了言晃一瞬間的恍惚，接著問：「怎麼了？」

「沒什麼。」言晃笑了笑，覺得這只是一個猜測，沒有證據證明，便沒有說出來。「只是在想最後一個副本會是什麼樣，最後一個副本結束之後，又會發生什麼。」

「明天不就知道了。」江蘿坐在副駕駛上蹺起二郎腿，挑眉看向言晃。「晃晃不怕，有你小蘿姐罩著呢！哈哈哈哈。」

言晃哭笑不得，強忍著沒有一巴掌拍到江蘿腦袋上。

兩人說笑間很快就到了平塔寨的村口。言晃將車停在村口不遠處的空地上，和江蘿一起下了車，步行來到了村口。

「走吧。」言晃和江蘿踏進了寨子裡，一邊走一邊打量這個寨子。

平塔寨沒有副本裡那樣詭異的氣氛，但整個寨子看上去還是壓抑到了極點，沒有一絲生機，也沒見到半個男人。

言晃兩人作為村外來人，路過的婦女不免多打量了幾眼。言晃也借著這個機會，來到一位村民身邊，掏出五百塊直接塞到人家手裡。「阿姨，我想打聽一下，妳們村是不是有位叫陶佳的女孩？」

那人聽到陶佳的名字，彷彿見鬼一般倒吸一口氣，臉色變得難看。奈何收了錢，也只能尷尬地告訴言晃。「唉，我們之前的日子不好過，也是最近才稍微好了些。你問的那個女孩啊，是個可憐女孩，十幾年前就死了，死後被陶信，也就是她阿娘，帶回了村子。本來想好好安葬的，結果，她親爹不同意，當著她阿娘的面，把人投進了井裡。前些日子，她爹也死了，現在她家就剩下她阿娘了……」

言晃心頭一震，這比阿娘村的情況還要嚴重啊！他試探地問：「那她現在沒事吧？」

「她沒事。本來是要上吊的，但是被寨子裡的人發現，救下來了。」婦女擺擺手，隨後又嘆了一口氣。「其實我們也明白，她女兒死了，男人也死了，現在六七十歲，無依無靠的。前半生被男人拖後腿，活得委屈，就憑著那一口恨撐到了現在，現在她恨的男人終於死了，她也沒了活著的念頭了。而且，也不是她一個，要不是我們互相勸著，恐怕早就……唉！」

言晃和江蘿兩人對視一眼，心頭都不是滋味。他們沒想過，自己離開阿娘村之後，阿娘們竟然做出了這種選擇，他們只記得幫阿娘們從牢籠中解脫，忘記了給阿娘們留下一個活下去的念頭。

「那妳能告訴我她現在住哪裡嗎？」

婦女指了一個方向。

「多謝。」

二人走了沒多久，就看到了一個熟悉的小院。言晃敲了敲門，沒人回應，但門並沒有鎖。

「直接進去吧，阿姨應該是沒聽見。」江蘿說。

言晃便輕輕推開門走了進去。院子很小，東西也不多，但被人打理得井井有條，乾乾淨淨，一個滿頭白髮的老人坐在樹下的躺椅上，手拿一根毛線棒慢悠悠地織著毛衣。

言晃怔在原地，陶佳曾告訴他，阿娘的實際年齡現在應該是六十二歲，但她的面相要比實際年齡老許多，面部憔悴，滿臉皺紋，雙眸混濁。她已經變得這麼老了……言晃感覺鼻子有些酸，心臟也像是被什麼東西狠狠擰住，有些悶痛。

江蘿往前走了兩步，來到了言晃身旁。女人這才察覺到有人來了，停下了手中的動作，抬起頭瞇著眼睛看了過來，語氣有些戒備。「你們是？」

在副本的世界中，她給了言晃從未感受過的母愛，他也將她當成了真正的母親。但在現實世界裡，他們認識她，她卻不認識他們。言晃垂下眸子，掩去了眼中的悲傷。

「言晃……」江蘺擔心地握住他的手，輕喚他的名字。

「我沒事，別擔心。」言晃摸了摸江蘺的頭，緩緩呼出一口氣。他可是欺詐者啊，調整情緒這種事對他而言輕而易舉。果然，在他抬頭的瞬間，他的臉上已經掛起了溫潤的笑容，「阿姨妳好，我們是佳佳的朋友。」

陶信手中的毛線棒「啪」的一聲掉了下去，聲音顫抖地重複著：

「佳……佳佳的朋友？」

兩人點點頭。「是的。」

言晃將那破舊的助聽器交給陶信。「很抱歉，我們來得太晚了，但是我們一直記得佳佳之前總是和我們說妳有多好。」

看到助聽器的那一刻，陶信放下了所有戒備，激動地站起身接過助聽器，翻來覆去地看。

「是佳佳的助聽器，是佳佳的東西。」她的眼睛一下就紅了，雙手握緊助聽器，放在胸口處，不停地啜泣著。「佳佳……俺對不起佳佳……是我把她送走的，是我害了她！」

她一直認為陶佳的死，是因為她把陶佳送了出去，而陶佳死後，把她帶回來又沒能讓她好好下葬。

言晃和江蘿不知道該怎麼安慰陶信，只能默默看著她釋放自己的情緒。

幸好，陶信片刻後就恢復了正常。她看著言晃兩人，臉上帶著幾分窘迫和開心。「這還是佳佳的朋友第一次來家裡，我也沒有準備什麼。你們先坐會兒，我去做飯！」

言晃和江蘿急忙說：「我們來幫妳。」

「不用不用！」陶信的狀態好了不少，整個人都鮮活起來了，完全沒了初見時的死氣沉沉。

「一定要，妳別客氣，我們一起。」

「行行行，一起，一起。」

陶信笑了起來，三人一起做飯、吃飯、收拾，然後一起坐在大樹下聊天，陶信笑容滿面說了很多關於陶佳從小到大的趣事，言晃和江蘿聽得很認真，也聽得入迷。

陶信一直說到了晚上，笑容完全停不下來，就像是想要把憋了這麼多年的話一口氣全都說出來。

陶信難得這麼滿足。她想要留兩人住一晚，但家裡好像沒有能讓他們住的地方，她也清楚，自己已經耽誤了人家一天的時間，現在也應該分別了。

「我自己織了一些毛衣，你們如果不嫌棄的話，各拿走一件吧。」她從櫃子裡翻出自己織的毛衣。「都是新的，沒人穿過。」

言晃和江蘿自然不會嫌棄，開心地收下，誇讚道：「阿姨織得真好看，我們還是第一次收到別人親手織的毛衣呢。」

陶信笑得眼睛都彎了。「你們喜歡就好，以後姨多織一些給你們，你們想穿了，就來找姨拿。」

言晃沒有拒絕。「好，以後我們也會常來看妳的。」

離別之際，言晃站在陶信面前說：「其實佳佳讓我們帶句話給妳。」

陶信心頭一顫，緊張地盯著言晃。「你說。」

「她說，她很厲害的，早就離開了，沒有東西能夠傷害她，所以，妳也要好好的。」

夜晚的涼風輕輕吹過，吹得陶信雙眼通紅。「好，好，那就好……」

那一刻，她感覺身上一下就輕鬆了，就像一直壓在她身上的那座大山，不見了。

「那我們就先回去了，外面風涼，妳也趕快進屋吧，我們過兩天再來看妳。」言晃帶著江蘿離開。

兩人的背影距離門口越來越遠。

陶信忽然喊了一聲：「等等！」

言晃停下腳步。

陶信的聲音裡帶著幾分疑惑。「言晃……晃晃……我之前是不是見過你？你讓我覺得，很熟悉。」她說完之後，動作便多了幾分局促。

言晃沒有回頭，笑了笑。

「說不定我們前世是一家人呢，佳佳是我的姊姊，妳是我的……阿娘。」

言晃的這聲「阿娘」讓陶信恍了神，隨後陶信欣慰又悵然地說：「如果是真的，那我真是太幸福了。」

言晃沉默片刻，邁步離開。

也許他無法拯救更多人，但此刻，他也算成功改變了一個母親的想法，讓她多了一份活下去的希望，所以，他一定會在最後的副本中活下來，履行和阿娘的承諾，常來探望她。

言晃和江蘺離開陶信家後，也偷偷去江蘺阿娘和其他幾個阿娘那邊看了看。阿娘們的狀態都還不錯，都開始有了一些改變。

言晃和江蘺到家後已經是半夜了，距離最終副本開啟只剩下六個小時。江蘺睏得呵欠連天，回來後簡單梳洗一下就睡覺了。倒是言晃，因為心中莫名的不安與焦慮，一直到凌晨兩點都沒睡著。最後，他起身去廚房倒了杯溫水，來到了陽台。

明月高掛於夜空之中，光輝灑落世間。言晃緩緩閉上眼，感受著吹過身體的微風，內心深處的不安終於緩解了幾分。江蘿或許是被他的動靜吵醒了，揉著惺忪睡眼，抱著比她還高的兔子玩偶走了過來。

「言晃，你睡不著嗎？」

「嗯，有點緊張。」

江蘿「噗嗤」一笑，安慰著言晃：「有什麼好緊張？你現在的面板也算副本玩家裡最頂級的存在了，何況還有我陪著你呢。我會一直陪著你，你去哪裡我都跟著。」

言晃笑得很溫柔，他張開雙手，看著她。「來，讓我抱一下。」

江蘿彆扭地別過頭，小聲嘀咕著說：「你可以不要這麼肉麻嗎？」雖然嘴上這麼說，但她還是放下手裡的玩偶，慢慢走到言晃面前抱住他。

言晃在她耳邊說：「我突然有點捨不得妳了。」

「捨不得就不分開吧，反正我哪裡也不去。你在我心裡，就像是我的家人，我要待在你身邊，天天煩你。」

言晃啼笑皆非，鬆開江蘿，彈了一下她的腦門。

「那妳長大後要好好對我。現在，妳該睡覺了。」

「那你也睡？」

「我還沒有睡意，睡不著。」言晃搖頭。

「你不睡那我也不睡，我們就等著副本開啟。」江蘿回。

「那不行，小孩子得保證充足的睡眠才能正常發育。」

江蘿兩眼一瞇，雙手叉腰。「言晃你不要得寸進尺！」

就在兩人打鬧間，一個名為「塔羅一家親」的群組，突然出現了一個紅包。

戰車：家人們，實在睡不著，來玩搶紅包。

戰車：運氣爆發！

星星：不早說，我剛剛才用外掛把紅包全收了。

戰車：厲害。

節制：佩服。

魔術師：不愧是計算師。

江蘿的天賦，簡直是搶紅包的作弊神器。

一群人玩搶紅包玩到了早上五點半，言晃在群組說：「大家都去收拾一下吧，還有半小時就要進入最終副本了。」

收拾完畢後，言晃和江蘿又回到了陽台，此時距離副本開啟還剩下一分鐘。溫暖的陽光照耀大地，每個玩家的心情都十分激動，所有人都在倒數計時。

「三！」

「二！」

「一！」

言晃和江蘿對視一眼，同時大喊：「進入副本！」

出乎意料的是，他們依舊站在原地，並沒有成功進去，就在他們不解之時，他們的腦子裡響起一道熟悉的提示音——

遊戲大廳徹底關閉，S級全民副本即將開啟！

一瞬間，狂風驟起，烏雲遮天蔽日，暴雨傾盆而下，整個現實世界都被黑暗籠罩，就像是世界末日一般。

江蘿被言晃拉進房間裡，此時正趴在窗戶上看外面的景象，雙眸裡有著難以掩飾的恐懼與害怕。「這是怎麼回事？」

言晃沒有回答，心裡的不安在這一刻達到巔峰。

這個現象並沒有持續太久，很快，風止雨停，一縷陽光穿透厚重的雲層，照在大地上。不等人們反應過來，一道神祕的聲音已經迴響在現實世界的每一個角落——

親愛的世界生物，歡迎進入最終副本：輪迴世界。

第二十一章　眾神之戰

「副本？什麼副本？輪迴世界又是什麼東西？」

「誰家的廣播這麼大聲，還讓不讓人睡覺了?!惡作劇也得有個分寸吧！」

「天上那是什麼東西？」

無數人從房間內走出，抬頭望向天空。

幾乎占據了半面天空的紅色面板懸浮在上空，越來越多的雲朵聚集在面板右方不遠處。片刻後，厚重的雲層邊緣突然散發出刺眼的光芒，就像是有什麼東西正在降臨一般。

「言……言晃，我好像聽到系統提示說，全民副本……」江蘺似乎是想起了什麼，看向言晃。

言晃看著天空的詭異景象，神情難看地點了點頭。

「副本這是把所有人都捲進來了？」江蘺不敢置信，這完全打破了他們之前對副本的所有認知。

副本的神祕和威力是有目共睹的，玩家每次做任務都是拿命在賭。他們雖然知道副本可以影響現實世界，但那只是小範圍的，他們從未想過，副本竟然可以將現實世界的非玩家都捲進來！兩人不知道前方等待著他們的是什麼，但無論發生什麼事，無疑都是一場巨大的災難。

言晃眸光一凜。「江蘿，盡快收集全國各地的資訊，同步到玩家群裡。」

「好。」

他們低估了副本，也高估了副本。他們低估的，是副本的能力上限，而高估的，則是副本的善。副本能實現許多人的欲望與願望，但同時，它也能對現實世界產生毀滅性的影響。

很快，大街上有人驚呼：「天上有人！有人出現了！」

言晃抬頭看去，發現那聚集在一起的厚重雲層此刻已經消失，一個又一個散發著光芒的人出現在了天空之中，宛如神明一般。

江蘿用自己的天賦入侵了世界各地的監視器，無數資料鏈環繞在她的身上，片刻後，她驚叫：「言晃，亂了！徹底亂了！世界各地都出現了不同程度的異常。有些地方，人們突然被施加了莫名其妙的規則，身體發生異變；有些地方的動物產生了變異，變異數量呈爆發式增長；有些地方氣候環境發生了變化……整個世界，全都陷入混亂中了！」

江蘿的表情極為恐懼，摸著自己太陽穴的手指也在瘋狂顫抖，她衝到言晃身邊，緊緊拉著他的手臂。「我……我們……那是什麼?!」

「神。」

言晃神情越發嚴肅。現在的情況完全打破了他們所有人的預期，副本世界徹底影響了現實世界，更糟糕的是，天上那些突然降臨的人，恐怕就是各個副本世界的神。

副本的神都是願望未完成者，願望不分善惡，所以副本的神也不全是良善之人。言晃冷冷地看著天空之上的眾神。如今，副本裡所有存在的神，應該都來到了這裡。

此時，天空中的紅色面板產生了變化。

副本名稱：輪迴世界

副本級別：S

副本人數：全民

副本類型：全民副本

副本完成期限：無

副本介紹：世界萬物自一片虛無中誕生，在混亂中排列組合形成某種規律，規律演變成秩序，萬物適應秩序，世界得以存在。然而世界並非永遠存在，總會有消失的一天。即便只有億萬分之一的機率，可是在時間無限的前提下，再小的可能性也會變成百分之百，到那時，世界輪迴，萬物毀滅。

副本裡的生物出現在現實世界當中，引起無數人尖叫與哭泣。

言晃被眼前發生的一切震撼到，呼吸越來越急促。怎麼辦？我該怎麼辦？我要怎麼做才能通關這個副本，解救世界呢？

江蘿也不知所措，只能不停地詢問言晃：「言晃，現在怎麼辦？我們該怎麼辦？」此時的江蘿並沒有發現，她的身體，正在以一種不可思議的速度快速生長。

言晃看著江蘿的變化，大腦一時陷入當機狀態。

「言晃！」江蘿大聲喊了一句。

言晃這才回過神，一臉驚慌。「江蘿，快去照照鏡子。」

江蘿一愣。「鏡子？」這時，她才發現身上那件原本寬鬆的衣服，此刻竟有些緊繃，她立刻跑回房間照鏡子。

「啊——」片刻後，江蘿的尖叫聲響起。

她慌張地從房間裡跑出來，眼圈泛紅，不知所措。

「我……我的身體，在超自然發育！」

言晃的腦子裡忽然想起了那個夢。

「不，不是妳的身體在超自然發育，而是時間被加速了。」他看著天空中的面板，「萬物皆滅，世界輪迴……如果加速時間，讓所有生物飛速長大並老去，那麼總有一天，新生的速度會跟不上死亡的速度，到那時，萬物就會徹底滅絕，那麼世界將會被重啟……」

江蘿聽著言晃的話，一陣寒意湧上心頭。「所以，副本開啟輪迴世界，就是為了滅絕萬物，讓世界重啟？」

「至少現在看來，是這樣的。」

「那我們，到底該怎麼通關呢？」江蘿問。

「我不知道，不過，我們不能坐以待斃。」天空中的神不知何時已經消失不見，言晃俐落轉身。「現在，我們該去外面看看了。」

剛剛走到家附近的馬路上，言晃和江蘿便看到很多因為身體突然衰老而驚慌失措的人們。

「為什麼，為什麼我會變老？」

「救救我，求求你們救救我啊！我不想死，我不想死啊……」

「我還年輕，我還沒有實現我的夢想，我不要死，我不要死！」

他們想要尋求幫助，卻沒有人能夠幫助他們。人們只能等著時間飛速流逝，在絕望中結束自己的一生。

言晃和江蘿感到悲哀，現在的他們已經自身難保。突然，一隻人頭獅身的怪物朝著言晃襲來，言晃下意識地想要召喚武器進行格擋，就在這時，幾道白光突然自怪物背後出現，刀光似影，迅速擊殺怪物。

怪物消失後，言晃瞥見一道修長的人影正朝著他迅速奔來，那人手拿凶器，踏出音爆，快如魅影，幾乎在眨眼間就來到了言晃身前，手中凶器高舉，落下。

言晃看到來人，面色詫異，但手上動作卻絲毫不亂，直接召出了「家庭和睦之刀」進行格擋。

「錚！」鋒刃交鋒，金屬撞擊聲響起。

那人優雅如貴公子，一擊之後迅速向後彈開，在空中連續翻轉幾圈後，完美落地。

「欺詐者，好久不見。」

面前的男人瞇眼笑著，雖然面色蒼白，但擋不住五官的精緻，身穿白袍，雙手握著一把有兩人高的白骨鐮刀。

「醫……林七，許久不見。」

林七雖然在幻想博物館中死亡，但是因為心願未了而成了副本中的神。如今副本與現實世界融合，他會出現，自然不奇怪，只是……

「你怎麼會來找我？」言晃問。

林七收起鐮刀，雙手插兜笑著走到言晃面前。「你的實力增長真快，打通最後一個A級副本的速度也比我想得更快。我還以為你會進副本找我呢，結果你根本沒來，所以現在有機會出來了，我就先來找你了。」

言晃打量著林七。林七的實力變強了很多，整個人的氣息也比之前更加危險，不過瞧著也沒那麼瘋了，好像真的變成正常人了，而且他在林七身上也沒有感覺到林七對他的殺意。

林七將手指搭在言晃的肩膀上，言晃沒有躲開，反而問他：「來找我，是要和我說什麼消息嗎？」

「你還是那麼敏銳。我確實有消息給你，而且我也很好奇，為什麼這S級副本，竟然是這個模樣。」這話算是表明了，林七是站在言晃這邊的。

恐怕誰都沒有想到，當初鬥得你死我活的兩個人，再次見面，竟然會成為隊友。

林七抬起頭，慢慢地睜開眼，看著天空中的巨大面板。他的右眼不再空洞，雙眼滿是冷意。

「兩天前，副本強制關閉，所有的神都被集中到了一片混沌當中。緊接著，副本發出通知，告訴我們兩天之後S級副本將會開啟，降臨現實世界，也就是主世界。我們這些副本裡的神也會隨之一起降臨，讓我們做好準備。」

「副本降臨現實世界，其實並不是毫無根據。副本本身就是從現實中那些已逝之人的願望延伸出來的，而且副本小世界的變化甚至會反過來牽動現實世界的走向。」言晃說。

「不止如此呢。」林七露出一個狡黠的笑，「你應該知道世界樹吧？事實上，所有的副本小世界都是世界樹上的一片葉，而世界樹就是主世界的化身。小世界與主世界本身就是依存關係，小世界來到主世界，其實不應該稱為降臨，而是回歸，因為它本就是主世界的一部分。」

「那現在，你們這些神打算做什麼呢？」

林七將臉湊到言晃面前。「我們？我們達成了某種平衡。一些神想毀滅掉主世界，取代主世界；一些神又很清楚小世界無法脫離主世界，拒絕毀滅，所以最後，雙方互相制衡。在副本最終目的浮出之前，我們也不知道自己應該做什麼。」

「言晃，看來我們現在可以不用太擔心。」江蘿說，「眾神雖然降臨，但是善惡制衡，我們還有機會。」

言晃也安心了許多。只要副本裡的神不會出手，那人類至少可以少面對一個勁敵了。

林七挑眉。「你就這麼相信我不會騙你？你就那麼肯定我不是站在取代一方的？」

言晃溫和地笑笑。「你是不是忘了我的天賦？」

林七冷哼一聲，不置可否。

言晃問：「主世界時間確實加快了，可是快到什麼程度，你有概念嗎？？」

林七搖搖頭。「不知道喔。」

言晃又問：「輪迴世界的最終通關標準，你們那邊也沒消息？」

林七又搖搖頭。「沒消息喔。」

言晃剩下的問題全都吞回了肚子裡，一臉鬱悶。看來神的消息並沒有比他們多。

「算了，先搞清楚時間流逝的問題，你們兩個幫我一下。」

言晃讓林七用自己的能力測出江蘿的生長狀態和一分鐘內身體狀態的年齡差，讓江蘿根據測出來的資料進行計算。

很快，他們有了答案。

「現在的十二小時，相當於我們過了一百年……」江蘿聲音顫抖著。百年?!言晃臉色頓變。這對普通人類來說，幾乎是生命的極限，他心中感到焦躁與無力，然而事到如今他也無能為力，因為他的天賦根本做不到改變時間！

「欺詐者，現在你必須保持冷靜。」林七見言晃狀態不對，厲聲說著，「你若是先自亂陣腳，那我們就真的輸了。」

言晃迅速調整好自己的狀態。「江蘿，將消息全部同步給所有玩家。妳看看系統商城裡是否有能兌換壽命或者延長壽命的道具，盡量全換了，能撐多久撐多久。」

江蘿點點頭，翻看之後發現，以她現在的積分和系統商城裡道具的價格，她能換的壽命只有五十年，也就是半天。她已經算是副本裡的高級玩家了，積分並不算少，連她都如此，何況其他人呢？

江蘿苦笑了一下，很快又振作起來，將結果告訴言晃，甚至還能安慰臉色大變的言晃。「船到橋頭自然直，你也別太擔心。我們繼續往前走走，看看能不能找到其他線索。」

言晃閉上眼，答了一聲：「好。」

越往外走，越怵目驚心。人類滿臉恐慌，害怕著自己身體速度的不合理增長；怪物們在街上肆意奔跑，戲耍著驚慌失措的人類；街道、房子都在悄無聲息地變化著，時不時有莫名的東西低空飛過……

漸漸地，人類開始出現新的矛盾、新的秩序，沒多久又會被推翻重組，周遭的環境每時每刻都在發生著變化……

這一刻，走在街上的三個人，只覺得這個世界變得陌生，變得不合道理，不成規矩。

在毀滅與新生當中，我們到底該何去何從？

三個人沉默著走了很久很久，比想像之中走得更久，明明只是從白日到黃昏，但三人感覺這段路讓他們走了一個世紀之久。

誰也不能確定這條路的終點在何方。有人與他們同行，也有人在半路離開，他們在這條路上救了一些人，同時也遇到了一些讓人匪夷所思的事，短短幾個小時，似乎就能看見人性的多樣與複雜。

江蘿感慨。「言晃，你有沒有覺得很神奇？」

江蘿一直牽著言晃的手，慢慢地走，她的皮膚變得鬆弛，原本輕盈的步伐慢慢變得沉重，漸漸落在了言晃的身後。

言晃依舊是年輕的樣子，「厄難化身」還有八條命。

「神奇？妳又覺得哪裡神奇了？」言晃看著前方，語氣是一貫的溫柔與寵溺，像是在輕哄，但是他的眼眶慢慢變紅了。他不敢回頭看江蘿，他太清楚背後的江蘿此時已經變成了什麼模樣。

因為太清楚，所以不敢見。

之前的他，即便遇到無比強大的怪物，也從未退縮，但這一刻，他就像個膽小鬼，步伐沉重，不敢多走，不敢回頭。

江蘿停住腳步，站在原地望著天，輕輕說：「我覺得我們這一路很特別，好像是坐在一輛有軌列車上，開始了一場沒有目的的旅行。一開始，這節車廂裡只有你，後來你遇到了很多人，但都沒有成為夥伴，有些人選擇中途下車，也有些人選擇換一節車廂乘坐，但這都很正常。後來，我跟爸爸來到了你的這節車廂，爸爸下車後，我就一直陪著你。說實話，我真的很喜歡跟你一起旅行的感覺，只是，我是一個膽小鬼，我很害怕你會不要我。」

言晃聽著江蘿的話，心中頓時掀起一陣波瀾，衝擊著他內心用來自欺欺人的堡壘，讓他心痛到呼吸都快要停止了。

「怎麼會不要妳呢？妳……」

沒等他繼續往下說，江蘿便打斷他。「言晃，我覺得我也要下車了。」

這幾個字，讓言晃怔在原地，有些茫然，有些不解，有些壓抑地說：「怎麼會呢？旅途還很長，我們還有很多路可以一直走下去。」

江蘿苦笑著說：「我走不動了。」

「沒有關係，我可以背妳。」言晃徹底失去了往日的冷靜，驚慌失措地說。

「言晃！」江蘿用力地大聲喊著他的名字，似乎想要透過這一聲把言晃喚醒。

言晃一直都很清醒，他清醒得想要讓自己不要那麼清醒，在江蘿的這一聲中，他隱忍很久的情緒也徹底爆發出來。「我知道！」

他深吸一口氣，眼淚從眼中冒出，倔強地說：「一定有什麼辦法的……我還有積分，我把積分全都轉給你，還有『厄難化身』，我還有很多保命的手段，我……」

他打開面板操作著，想把積分和「厄難化身」全部轉給江蘿，讓她多陪自己再走一段路。

下一秒，系統提示音卻無情地打破了他的希望。

——現處於S級副本輪迴之世狀態中，積分無法轉移。

——「厄難化身」為唯一性道具，無法轉移。

「沒事，沒事，我還有辦法，我可以用天賦。」言晃像是在安慰江蘿，又像是在安慰自己。

「玩家計算師江蘿得到玩家欺詐者言晃的全部積分和全部道具。」

「玩家計算師江蘿獲得大量壽命。」

「玩家計算師江蘿……」

他還沒有說完第三個「謊言」，大腦便傳來一陣如針尖的痛楚，讓他額頭瞬間冒出冷汗，在孵化之都出現過的紅色警告此時再次出現。

——警告！警告！請玩家欺詐者遵循副本規則，生老病死皆由個人，若超出自然干擾，副本將對雙方進行直接抹殺！

——警告！警告！請玩家欺詐者遵循副本規則，生老病死皆由個人，若超出自然干擾，副本將對雙方進行直接抹殺！

——警告！警告！請玩家欺詐者遵循副本規則，生老病死皆由個人，若超出自然干擾，副本將對雙方進行直接抹殺！

「一定有什麼辦法的，一定有！」

言晃歇斯底里的模樣已然與平時截然相反，因為沒有人能眼睜睜看著自己所珍視之人在自己面前死去。只要能讓江蘿活下去，他願意獻出自己的一切。

江蘿站在他身後無聲地流著淚，她想要挺直腰板，無奈那超出一切的名為「自然」的力量，壓彎了她的脊椎，讓她的體態越來越醜陋，讓她的身形越來越佝僂。

她沒有力氣了。

她伸手擦去了自己的眼淚，唇角揚起一個可愛的微笑，上前輕輕抱住了言晃。

「言晃，你看看我……」江蘿的語氣還像之前那般俏皮，但聲音就像壞掉的風箱，沙啞又難聽。

言晃激動的情緒因為江蘿突然的擁抱而漸漸穩定，但是他依舊不敢轉頭看她，他無法接受江蘿變老、死去。他自欺欺人地認為，只要他看不見，他就可以當作江蘿一直沒變，一直陪在他身邊。

江蘿太清楚言晃此時的想法，可是她不允許言晃逃避。她的雙手覆上了言晃的一隻手，接著右手則慢慢來到了言晃的臉上。

「言晃，我讓你看看我！」江蘿好像生氣了。

小蘿，妳假裝生氣的演技真的很拙劣。言晃閉上眼睛，任由江蘿用乾癟的、布滿了褶皺的手撫摸自己的臉頰。

「小蘿……我不想。」

江蘿沉默片刻之後，才開口：「你也知道，我是個很愛美的小女孩，但是我現在……

不敢看……你幫我看看好不好？我現在，是不是很老很老了？」

言晃抓緊了拳頭，抓得手指掐進了虎口，幾滴血水往外冒，浸紅了指甲。她在請求他看看自己，他心裡明白，她不只是讓他看她，更是為了讓他——看清現實。

江蘿另一隻手撒嬌般搖晃著他的手掌。「言晃，我第一次求你，你就要拒絕我嗎？你幫我看看，好不好？就看看……看看就好。」

妳真的很殘忍啊！小蘿，明知道我無法拒絕妳的請求……言晃閉了閉眼，緩緩轉身。

那嬌俏可愛還有點小傲嬌的女孩，如今佝僂著身子，頭髮花白，本來光滑白淨的臉上此刻布滿了皺紋，臉色暗淡無光，泛著淺黃，眼尾下沉，眼窩凹陷，混濁的雙眼中倒映著言晃那張年輕的臉。

江蘿也從言晃的眼中，看到了正在流淚的自己。

言晃的眼圈泛紅，伸出手輕輕擦拭江蘿的淚，接著手放在江蘿的臉上，像是在撫摸一件珍寶一般，動作充滿了愛憐與珍惜。

江蘿強迫自己擠出一個笑容。「言晃，我現在是不是好老了？」

這句話像利刃一樣撕扯著言晃的心臟，摧毀著他的理智，讓他的眼淚不受控制地從眼眶滑了下來。

他多想騙騙小蘿啊！小蘿卻要他看清楚，他得看清楚啊……

「是啊……小蘿，妳怎麼就那麼老了？」他嘆聲說著。

「很醜嗎？」她問。

「不醜，很漂亮。眼睛、鼻子、嘴，每一處都很漂亮。」

江蘿笑了，笑得臉都擰起皺紋了，笑得眼睛都看不見了，笑得眼眶裡的淚水，傾瀉而出。最後，她撲到言晃懷裡，放聲大哭起來，哭得撕心裂肺。

她都還沒長大，沒能保護言晃、陪著言晃……怎麼就老了呢？她明明前一晚才答應言晃，會一直陪著他的。

「言晃，我後悔了，我不該答應你的……我要食言了。」她的積分不夠實現一直陪伴他的願望。

言晃什麼都沒說，只是將江蘿抱緊，把頭埋在她的肩膀上，無力地、無奈地低聲嗚咽著。

江蘿苦笑著抱住言晃的腦袋，輕撫他的後腦。好多時候都是言晃給她力量和安全感，現在，也輪到她給言晃安慰、鼓勵和支持了。

「這算白髮人送黑髮人嗎？應該不算，畢竟我頭髮先白了，我是白髮人。言晃，我感覺我有好多話想和你說……」

言晃看著她，俊朗的臉上掛著淚痕，有些狼狽不堪的模樣。

「妳說，我聽著……」

江蘿一副奸計得逞的模樣，笑了一聲。「聽什麼？騙你的，我什麼話也沒有。沒想到你這個大騙子，也有被我騙的一天，果然小蘿姐才是最厲害的。」

她說完，身體猛地一顫，開始劇烈咳嗽，突然咳出血來，接著整個人身子一軟，癱倒在言晃懷裡。

「小蘿！」言晃驚慌失措地看著她，「不要，不要！」

江蘿看著言晃的臉，想開口說什麼，喉嚨卻像被刀割似的，多說一個字都是千刀萬剮般地折磨，她再也管不了那麼多了，眼中的男人五官越來越模糊，她知道自己時間快到了。

她用盡最後一絲力氣，拚命抬起手。言晃趕快握住她的手，放在自己的臉上。

她笑得眉眼彎彎。「我也要下車啦……」

「這段時間，承蒙照顧。」

滿是皺紋的手自言晃手中滑落，帶起一陣輕風，街道上僅剩下男人撕心裂肺的哭喊聲，在空中久久回蕩不去……

目睹了一切的林七，此刻也不知道該說什麼，只能靜靜護在言晃身旁，為他擋下一些不必要的麻煩。

副本裡的怪物固然可怕，但更可怕的，還是眼睜睜看著最重要的人在自己懷裡死去，化成灰隨風飄散，自己卻無能為力。

直到第二日初陽升起，言晃才動了動僵硬的身體。「昨天，我還和小蘿一起在陽台等著副本出現呢……」

林七張了張嘴，卻不知道說什麼。

索性，言晃也不需要他的回答，他站起身，一步一步回到了家裡。家也變得陌生了很多，家裡的人也少了一個，一切都已物是人非。

林七看著頹廢的言晃，知道江蘿的死對他影響很大，但現在的情況，已經容不得他繼續難受沮喪下去了。

「欺詐者，你要停下腳步嗎？」

言晃搖了搖頭，彷彿用盡了全身的力氣，用嘶啞的嗓音堅定地說：「我會好好活下去，找到最後的真相！」

林七笑了，這才是他認識的欺詐者，看似最冷靜，實則最瘋狂，永遠以自己為餌，不論代價，卻又會踩在底線之上，達到自己的目的。雖然他現在身上的羈絆越來越多，也有了自己的軟肋，但不可否認，他更強了，也更真實了。

起碼在這一刻，林七覺得言晃這個人是真實的。

言晃很快調整好自己的狀態，強迫自己陷入追求真相的迫切之中，將悲傷掩埋於心底，至少從表面來看，他還是那個冷靜睿智的欺詐者。

言晃語氣平淡地分析。「事到如今，如果有人能提供線索給我的話，那個人只可能是在副本生活時間最長、最了解副本的國王。」

「那我們該去哪裡找他？」

「國王許下的願望或許和永生有關，但是後來，他說永生是詛咒。前後矛盾的說法，但是恰恰證明了國王確實是獲得了永生，只不過這個永生讓他得到的只有痛苦。」言晃說，「根據……小蘿提供的消息，國王似乎從來沒有離開過副本。為什麼不離開？是不是因為在現實世界中他過得很痛苦呢？什麼人才會過得痛苦？什麼人才會將永生看作詛咒？

「活得太久、活得生不如死的人……這種人，應該是在醫院。」言晃肯定地說，「小蘿，幫我……」

言晃的聲音驀然一頓，他忘了，江蘿已經不在他身邊了。

「欺詐者……」林七皺眉看他。

「我沒事。」言晃走到電腦面前。因為有江蘿這個計算師在身邊，他已經很久不用電腦了，如今看到電腦，竟然覺得有些陌生。他嘆了口氣，在桌前坐下，打開電腦，迅速搜索關鍵字：永生之人，永生，永生的祕密……

彈出來的相關消息有很多，大部分都是道聽塗說、誇大其詞的，因為時間的加速，每一次刷新頁面後，重新彈出來的消息也會和上一次大不相同。

這或許是無用功，但這是他們唯一能夠找到國王的辦法。

在網路的變化中，言晃也看見了這段飛逝的時間中，制度與規則的改變，人類新思想的誕生，以及一些新生物的出現。

言晃最後還是找到了那一線生機，在無數資訊中找到了一條和國王有關係的——「燕市醫院ＩＣＵ病房於一百七十年前接收了一位被祕密送來的神祕老人，據悉他的細胞狀態已經突破人類極限，大概能存活千年之久。難道永生不是人類的幻想？」

言晃看向林七，林七點點頭，兩人迅速出了門。

在這個時候，交通工具的出行充滿未知，兩人便選擇步行，全速跑向燕市醫院。路上的人類已經越來越少了，哪怕新生兒的誕生速度極快，也抵擋不住死亡壓境。

燕市醫院的外形已經變化過無數次，地理位置也多次改變，但還是被言晃找到了。

就在他們即將踏入醫院大門時，突然出現好幾位神，攔在他們面前。

林七神色微變，低聲說：「小心些，這些都是A級副本裡的惡神。」

「欺詐者不愧是副本裡的頂級玩家，時間已經過去兩百多年了，依舊活著，而且還那麼年輕。」

「不過，話說回來，欺詐者的天賦可不一般，不僅能改變生物的認知，還能改變非生物，如果抓住他的話，我們的世界是不是就可以取締主世界的存在？」

「我覺得可以！」

言晃沉著臉打斷了他們的自說自話。「我沒工夫跟你們浪費時間。」

「但你必須留下！」話音未落，數道攻擊已經襲向言晃。

言晃神色一寒，剛想召喚武器，卻見一把白骨鐮刀從後方甩出，旋轉間抵擋了對面的所有攻擊。林七笑瞇瞇地握住迴旋回來的鐮刀，走上前來，將言晃擋在身後。「這裡，輪不到你們做主。」

幾個神不敢置信地看著他。在眾神當中，林七算是新一代，他們也曾聽說林七的實力極為恐怖，只是沒想過，他竟然能一次性擋住他們所有人的攻擊！雖然他們還沒使用各自的能力和世界規則，但林七所顯露出來的實力，也足以讓他們忌憚。

「林七，你什麼意思？你現在是要幫助自己的仇人嗎？你別忘了你怎麼死的！」有的神氣急敗壞，開始挑撥言晃和林七的關係。

「我樂意幫誰就幫誰，你管不著。」林七根本不吃他這一套。

「林七，你是不是有點太囂張了？如果還沒看清現實的話，我們不介意幫你開開眼！」

幾位神的怒氣逐漸上升，背後各種怨念纏繞著，周圍出現無數怪物。

林七神情不變。「欺詐者，去做你自己的事情，別在這裡打擾我們。」

「交給你了。」言晃沒有半點猶豫，轉身離開。

「哎呀，真無情啊，一點也不擔心人家。」林七一邊抱怨著，一邊握緊了手中的鐮刀，整個人興奮得不行，氣勢更加嗜血，狠狠壓住了對面的神。

那幾位神彷彿被定身了，緊盯林七，面色不是太好。

林七的確不是什麼容易對付的存在，他生前便是極為高調之人，死亡也沒有帶走他半點刻薄與狂妄，幾乎所有的神都知道他十分棘手。

就在這時，又有三位神降臨此地。

「廢物！」領頭的神冷哼一聲，揮手間便打破了林七的威壓，逼得林七後退兩步，而後他右手微動，一張卡牌擦過林七的耳邊直衝言晃而去。

「欺詐者小心！」此時的林七根本來不及阻攔，只能大吼一聲。言晃感受到後面傳來的危險氣息，加上林七的提醒，身子猛然一側，一張卡牌自他面前劃過，深深鑲嵌在牆壁上。

「竟然躲過去了，不過沒關係。」領頭的神說，「欺詐者，你現在可不能走。」

言晃看了看林七，繼而打量著那位神。他的整體造型是黑白紅的小丑模樣，右眼上畫著一道黑色的十字，左眼下有個黑色的眼淚標誌，嘴角翹起詭異的弧度，頭上有兩隻兔子耳朵，一白一黑，皆能看出縫補過的痕跡，身上散發著黑暗氣息，十分危險。

「怪誕之神，你想做什麼？」林七瞬移至言晃身前，將其擋在身後。怪誕之神對著林七鞠躬行禮。「林七先生，許久不見，很抱歉剛剛傷了你。」

「呵，虛偽。」林七冷聲嘲諷。

「我想你應該猜到了欺詐者的真實身分。」怪誕之神並未在意林七的諷刺，雙眸只盯著言晃，「他是我們的世界取締主世界的關鍵，所以他必須留下！」

「你們能夠猜出的資訊，我當然也能猜出。」林七將鐮刀橫在身前，「取不取締主世界我不感興趣，我只知道現在他有重要的事要做，現在必須離開！」

怪誕之神左眼下黑色的眼淚標誌似乎活了起來，形成一個問號。「為什麼？既然林七先生猜出來了，又為何站在他那邊？難道他對你一點吸引力也沒有？難道，你就一點都不想讓副本取締主世界，成為主世界的神？」

言晃聽著他們兩人的對話，並沒有開口。他們的對話透露出兩條重要的資訊，首先就是他的身分不一般，是副本取締主世界的關鍵；其次他們想殺自己。言晃眼神不著痕跡地掃過對面的眾神。現在情況並不樂觀，對面有七位神，而他這邊只有林七一人，林七的能力確實很強，但明顯不是對面那位怪誕之神的對手，更別說敵人的數量遠遠多於我方……

林七冷冷一笑，臉上露出興奮與深不可測。「我當然有我的野心和願望，否則我也不會成為神，只是，相比力量和願望，這個世界似乎有其他事更讓我感興趣，例如，欺詐者到底能夠創造多少奇蹟！」

「既然林七先生已經決定好了，那我就不多說了。」怪誕之神的笑容消失，聲音冰冷無情。「殺了林七，留下那位欺詐者。」

幾位神對視一眼，直接攻向林七。怪誕之神看著被牽制住的林七，冷笑一聲，右手卡牌一張接一張飛向言晃。

言晃手持「救贖大劍」左右閃躲，一邊尋找時機斬斷卡牌。就在劍身接觸到卡牌的瞬間，黑色斑點自卡牌與劍身連接處出現，迅速蔓延至「救贖大劍」的劍身，不斷朝著言晃握劍的手逼近。

言晃二話不說扔掉此劍，落地的瞬間，「救贖大劍」的劍身已經徹底被黑斑覆蓋，失去原有的色澤，散發著極為強烈的黑色氣息，明顯已經不能再用。

言晃雙眼一瞇，「救贖大劍」好歹也是C-級別的武器，竟然在眨眼間就被摧毀。這些誕生出強烈自我意識的神的力量，果然不是凡人能夠匹敵。

「如今的你，根本不是我的對手。」怪誕之神嗤笑一聲，又一張牌出現在他的手中。「這是小丑牌，用來做最後的了結，是你的榮幸。」卡牌旋即飛出。

言晃面無表情地看著他，不閃不避。

「欺詐者！」林七大驚，此時的他被另外六位神糾纏著，根本分不出手救他。

突然一陣耀眼的白光籠罩住言晃。怪誕之神下意識閉上眼，後退幾步，另外六位神也被吸引了心神，手上的動作不自覺變慢。林七抓住機會，用力一擊，趁勢脫離他們的包圍，急速後退。

白光散去，言晃安然無恙地站在原地，而他身前，多了好幾位神；在最前面的，是一位手握權杖，衣著華麗的神。林七見到來人，神情放鬆了幾分，迅速移至言晃身邊，低聲問：「沒事吧？」

言晃搖了搖頭。

怪誕之神看著來人，面色很難看。「光明之主，你們竟然來了！」

「你們能來，我們為什麼不能來。」有個小女孩探出頭來，直接嗆了回去。

言晃看著她，難得有些恍惚，小蘿……

「既然如此，多說無益。」怪誕之神決定速戰速決。詭異且充滿了不祥的黑色氣息自他身上散發，周圍的環境漸漸被黑暗籠罩，大地開始震動，人們驚慌失措。

林七神色嚴肅，緩緩睜開謎著的雙眼，黑白分明的瞳孔中閃過金色流光。白色霧氣不知何時出現，壓過了濃重的黑氣，將眾神一一籠罩。

「混沌之界，起。」

林七作為神的介紹也出現在「唐鑫的新書」當中。

混沌之主——林七

力量：未知

敏捷：未知

智力：未知

介紹：出生時，神明賜我一雙看透一切的眼睛。我看見世界被惡念吞噬，失去了所有色彩。我曾遊走世間，看遍人間虛妄，在臨死之際，我終於看見藍天——由人類所創造的奇蹟最終撕開了惡念的裂縫，讓光芒照耀世間。

混沌之界：混沌之主林七目之所及，方圓百里，皆歸混沌。混沌之界為混沌之主所創的領域，領域內不受任何規則限制。只有得到混沌之主的同意，入此界者才能離開此地。

「太棒了，可以毫無顧忌地大幹一場了！」小女孩興奮地捲起袖子，毫不畏懼地看著對面的神。

怪誕之神冷笑一聲。「混沌之界，不愧是你啊，林七。因為死亡，突破了虛幻，掌握了混沌的力量，開闢出了一個屬於自己的領域，只不過，你這個領域並不成熟啊！」

「無所謂。」林七聳聳肩，「只要能拖得住你們就行。」

怪誕之神身後的幾位神直接衝了出來，言晃面前以光明之主為首的神也迎了上去。在場的除了善惡兩方領頭的神，還有言晃和林七外，都開始了混戰。

林七趁著怪誕之神被牽制，低聲對言晃說：「我先送你離開。」

「好。」言晃知道自己不是眾神的對手，即便在這裡待著也幫不上什麼忙，還可能成為他們的累贅。

怪誕之神見林七想把人送走，神情一變，卡牌飛出的同時人也攻了過來。光明之主權杖一揮，光芒屏障瞬間擋住了卡牌，兩者撞擊之下，屏障破碎，卡牌消失，而他本人則攔住了怪誕之神的攻擊。

怪誕之神見狀右腿一踢，毫不戀戰，直接拉開了和光明之主的距離。與此同時，無數裹挾著黑氣的卡牌自他手中甩出，將光明之主短暫困住，而他則趁機迅速奔向言晃所在的位置，右手一揮，小王牌飛出。

林七手揮長鐮，擋住了怪誕之神的小王牌，自己也因此吐出一口血，在怪誕之神抵達這裡的前一秒，在言晃擔心的神情中，直接將人踢了出去。「走！」

第二十二章 歡迎回家

離開了混沌之界的言晃重新回到了醫院的大門，醫院外觀和稍早相比又有了新的變化。

雖然心裡擔心林七，但是在離開時他也注意到光明之主掙脫了怪誕之神的束縛，向著林七的方向趕去，應該不會出事。言晃壓下心底的不安，直奔醫院，現在最重要的，還是阻止這一切。

言晃進入醫院後，先去前台查詢了ＩＣＵ病房所在樓層，然後來到了二十四樓。他雖然不了解國王在現實世界中的資訊，但是心裡很清楚，國王這樣的永生之人，一定不會被安排在普通的ＩＣＵ。

一直走到走廊深處，言晃看到一間門上掛著「閒人勿擾」牌子的房間。他眼睛一亮，快步上前，推開了門。

推開門後看到的景象，讓言晃倒吸一口涼氣。

床上的人，外形甚至快不能稱為「人」。膚色暗沉到不自然，布滿了大小不一的老年斑，鬆軟的、乾癟的、滿是褶皺的皮膚包裹著骨架，身上插滿了管子，腦袋上戴著一個偌大的機器。

若非一旁儀器顯示著他穩定的生命跡象，言晃絕不相信這樣的人還活著。

「國王？」他試探性地喊了一聲，對方並沒有給出反應，就像植物人一樣，徹底碾碎了言晃的最後一絲希望。

我該怎麼辦？小蘿，我該怎麼辦？我好像，要辜負大家的期望了，我沒有辦法找到正確的答案……

此刻，病床上方那台碩大的儀器忽然亮了起來，緊接著出現一串文字在螢幕上。

「等你很久了。」

言晃一怔。

「我知道你有很多事情想問我，不過事情有些複雜，你有什麼想問的可以慢慢問，你我的生命，都不急於一時。」

言晃迅速恢復冷靜，整理自己的思緒，沒有半句廢話，直奔重點。「你當年，到底許下了什麼願望？」

如果國王現在有表情，那一定是自嘲的冷笑。

「如果不出意外的話，我們許下的願望是一樣的。當年的我只是一個普通的戰士，在一場戰役中被毒刃砍傷，大夫說我命不久矣。但我心想還沒娶到漂亮老婆，一生就這樣結束未免太可惜了，我實在太想活下去，於是副本找上了我。我可能是副本的第一批玩家，我們那一批玩家都實現了自己的願望，不，應該是欲望。

「可惜我們低估了欲望這個怪獸。欲望一旦實現，只會無止境膨脹。他們有些人成了億萬富翁，有些人成了人生贏家……只可惜，最後仍逃不過淪為欲望傀儡的命運。你能想像人在滿足自己欲望後，會變得多可怕嗎？可怕到他們自己都不敢直視自己，唾棄自己變成怪物，有些人選擇自殺，有些人變成瘋子。」儀器的文字繼續閃爍。「而我自詡聰明，一口氣買下了太多壽命，結果如你所見，現在的我，變成了這個模樣。我的確活下來了，親眼見證了父母的死亡、親朋好友的死亡，見證了國家的破滅、時代的更迭。我打破了自然規律，成了所有人眼中的怪物。有人想要得到我，有人想要毀掉我。我有力量去反抗這一切，然而這又有什麼意義呢？孤身一人的我甚至不知道自己為什麼還要繼續活在這個世界上。」

言晃靜靜地看著。

「我有好多個身分，每個身分的使用期限都不到十年。一旦有人對我起疑心，我就必須改頭換面，另尋他處。世界之大，卻沒有一個地方屬於我。已經親眼見證太多悲歡離合的我，才發現，原來活下去才是詛咒，我只能看著周圍一切人事物衰敗、消逝，卻無能為力。我想死，副本卻駁回了我這違背初心的欲望，但相應地，我可以擁有老去和生病的權利。這樣，我在一個地方可以待很久。於是，我的身體開始生病，逐漸老去，最後，我以這種人不人、鬼不鬼的模樣存活，然後我被人發現、被人研究，連自由都不再擁有。我的願望實現了嗎？實現了，但我也付出了慘重的代價。後來，我終於意識到，脫離秩序存在，終將遭到秩序的反噬，最深的詛咒不源於任何人，而來自我自己，源於我那無盡的欲望。我也曾問我自己，我究竟改變了什麼？副本的意義，究竟是拯救絕望的我們，還是懲罰貪心的我們？或許，我們從來都不是被選中的幸運者，而是選中欲望的盜賊，我們從世界偷走的一切，終將會以另一種形式降臨到我們身上。

「國王，不過是一條孤獨無助的可憐蟲罷了！」國王在宣洩自己壓抑多年的情緒。他肉身躺在病床上無法動彈，只能透過連接大腦的儀器將自己的所思所想表達出來，此時的他不再是那威武無敵的國王，而是一個任人擺布的、不屬於這個時代的——命運盜賊。

言晃再次想起那個恐怖的惡夢。在夢裡，他像國王一樣見證了許多，但也因此更加明白，自己無法改變什麼。他就像這個世界的過客，不屬於任何地方，始終孤獨一人。

存在於秩序之外的他和國王，永遠無法融入這個世界。

現在，世界在重整這場脫離秩序的混亂，用加速的時間毀掉一切，然後重啟。

言晃咬著牙問：「那現在，我們要如何結束？」

「這個問題，我也不知道。輪迴是個圓，無頭無尾，但你一定會找到切開這個圓的方法，為這場輪迴畫上句號。」

「為什麼？為什麼我一定能結束這場輪迴？」

「因為，你可是一位連自己都騙過了的欺詐者啊！」

「什麼意思？」

言晃十分疑惑。騙過了自己？他的確有極其高明的騙術，但卻從未質疑過自己的身分——他是言晃。

「言晃，你真的只是言晃嗎？」

言晃開始茫然。他是因為福利社老闆才擁有這個名字的，是一個從小就不被人需要的棄嬰，是個想要活下去的腦癌患者，這是他親身經歷過的事情啊！

他從未欺騙！

「你就沒有發現，你的人生是殘缺的，你的記憶也是殘缺的嗎？

「你為什麼會被拋棄？你究竟是被拋棄，還是從未有過父母？

「你所經歷的一切都是真實的，但你這個人，是真實的嗎？

「言晃，你的願望，真的是活下去嗎？」

一連串的問句，讓言晃止不住地顫抖。他意識到，國王的這些問題，他一個也回答不了。

「你在真理之世，到底看到了什麼?!」言晃的聲音有些發澀。

「看到了什麼……言晃，我看見了你。」

言晃緊緊盯著床上的人，不發一語。

「言晃，你到底是誰呢？」

他是誰？陶佳也問過他這個問題。如今看來，那或許不是疑問，而是提醒。

是誰的天賦擁有改變規則的力量？是誰能讓小世界樹樹種落在自己身上？又是誰能陰差陽錯得到「厄難化身」，在這無盡的輪迴中存活下來？

是誰操控著一切？

而我，又是誰？

「言晃，我的新願望要實現了。在看到輪迴世界的這一刻，在看到你出現的這一刻，我想要的問題都得到了答案——沒有人可以主導這一切，即便是副本也不行。」

「我就要死了，我很開心。」國王說，「我們是人，你也會是。」

言晃的瞳孔輕輕顫抖了一下，盯著面前的人。國王留下最後一句話後，正常波動的心電圖突然變得陡峭，眨眼間曲線下跌，隨後變成一條直線。

言晃在這裡坐了三天。

他就在這個房間裡，彷彿與世隔絕一般，看著窗外，看著新事物取代舊事物，看著時代的變遷，看著陌生的面孔出現又消失……

世界煥然一新，混亂而又合理。

言晃突然覺得自己應該走出去看看，看看不斷變化的一切，切身感受一下這個新的世界。於是，他離開了這裡，離開了這間似乎被時間遺忘、毫無變化的病房，獨自漫步在世界的每個角落。

他見證了一個族群的誕生和滅亡，見證了新的霸主在某個契機之下得到了能源和智慧，見證群體的劃分、秩序的誕生、欲念的蔓延……

沒有什麼能阻礙七情六欲的產生，只因思想是行走於世間的自然法則，是高於神的存在。

只靠言晃一個人，又怎能改變這一切呢？

他突然想到小蘿說的話。「言晃，我們從來都不是拯救世界的大英雄，我們也只是世界上普普通通的一個人。我們不可能真的改變這個世界，就像我們不可能改變每個人的思想，但是我們可以改變自己。在遵守底線的前提下讓自己過得更好，不為外物所擾，自力更生，在有餘力的情況下說明別人，這就夠了。」

永恆並非永遠不變，而是在變化中保持平衡。在時間的長河中，一切事物都穩定在混亂的秩序當中，一往無前地變化著。在這條長河中，每個人都是滄海一粟，阻擋不了河流的前進，我們唯一能做的，是改變自己。

言晃笑了笑，踏上了回家的路。

家的位置和樣子依舊沒有發生改變，就像是被時間所遺忘，孤獨地矗立在世界之外。言晃看著熟悉的房子，伸手握住了門把手，動作稍有遲疑，但最後他還是打開了那扇門。

門後，不是布置熟悉又充滿溫馨的客廳，而是一個空曠且充滿氣泡的房間，房間裡站著一個與言晃長相一模一樣的人，不，或許應該稱他為神。

「所以，你記起自己是誰了嗎？記起自己的名字和願望了嗎？」神問言晃。

言晃看著站在面前的神，臉上露出一個溫和的笑容，神色輕鬆地輕點著自己的手指，讓所有的氣泡全都破碎。

隨著氣泡一個一個消散，外面的世界逐漸變慢、暫停、消失，直到言晃周圍的一切全都化作虛無——沒有了時間，也沒有了空間。

「是的，我記起來了，我是……」言晃緩緩說，「欺騙自我的神明。」

神對他的舉動絲毫不意外，抬腳走到言晃面前，溫柔地說：「那你的選擇是……關閉這一切？」

言晃搖了搖頭。「走了這一回，其實還是有收穫的。」

神繼續問：「是嗎？有什麼收穫呢？」

「認識了很多可以交付後背、並肩作戰的夥伴。」言晃露出了懷念的神色，「都是一群很好很好的人呢！」

從一開始，言晃就是不存在的「人」。

他是操控著一切的神，也是被一切操控的木偶——他與世界同生，掌管世界又被世界制衡。除非停止世界的運轉，否則誰也改變不了世界的運行，即便是神。

從他有記憶以來，他就一直待在虛無的世界中，孤獨地看著這個世界，看著萬物生老病死，看著時代更迭，看著四季美景，看著暴力和不公，看著幸福與和平。

直到後來他發現，世界開始發生惡性變化。人類似乎變得越來越冷漠，善良似乎變得不值一提，惡念開始肆意破壞著世界，無數悲劇接連發生……他試圖出手改變世界，世界卻會進行自我修正，將他所帶來的影響一點點抹去，最後又變回原來的樣子。

一次次嘗試，讓他明白，他雖然擁有改變世界的能力，卻又無法真正改變世界。無論如何插手世界的運行，世界最終都會自我調節，然後按照原定的「劇本」走下去，最終達到某種平衡。

目睹一切發生，卻又無法改變。這個過程不斷重複，他感到心力交瘁，最終產生逃避心理——他不想當神了，不想繼續在這種痛苦與無力中反覆循環，他想閉上眼睛，想要遠離這個世界，想要徹徹底底地消失。

但是他做不到，神是不死的。於是，他做了一個大膽的決定。

他創造了副本世界，將副本與現實世界相連。他設立副本規則，把現實世界中已經死亡但執念未消的人簽訂契約，讓他們成為副本的神，再將願望強烈的人拉入其中，讓他們成為副本玩家，完成副本之神的願望。

他將副本變成了人類的試煉場，想透過眾神在副本中的遭遇，一點點改變人類的思想——這是他給世界萬物的最後一個機會。

於是，他分出一縷自己的神念，讓這縷神念替自己看守著世界的運行，接著他封鎖所有記憶，放棄全部力量，變成一個普通又平凡的人，進入世界，體會生老病死，人生百味。

卻萬萬沒想到，那個曾經迫切渴望死亡的他，在這個世界中最強烈的願望，居然是活下去！

多可笑啊！只要他想，他甚至都不會死，之前的那些你死我活、生離死別，此時此刻竟然變得十分荒唐。

他不是人類，也不屬於這個世界。從一開始，他最大的謊言，就是活下去。

神開口打斷了言晃的思緒。「那你最後的決定是？」

言晃往後看了一眼關上的門。

「那時的我因為無法插手世界的規則而感到害怕，於是眼中再也見不得美好，只能看到惡，而當你眼中只看得到一樣事物時，它便會無限放大。現在我明白了，惡與善一直是共存的，沒有永久的惡，也沒有永遠的善。我們無法改變所有人，卻可以改變自己，因為自己的改變，周圍的人也會一點一點受到影響。所以，我會回去，回到屬於人類言晃的世界。」

神略感意外，他是言晃的一部分，因此很清楚言晃在這世間的一切遭遇。神看到身為孤兒的言晃為了讓弟弟妹妹吃上一口飯而說謊；看到弟弟妹妹在長大後對言晃的疏遠；看到言晃踽踽獨行於人世間。言晃也感受到了言晃的所有情緒，被同學嘲諷懷疑的悲傷與痛苦，對福利社老闆的感激與幸福，有了自己事業的快樂，得知患病的茫然與無助，以及強烈想要活下去的欲望……

在封鎖記憶之前，言晃曾告訴他，沒有任何人能夠殺死神，但如果與世界同生的他不再是永生的神，只是一個普通的人呢？

所以言晃義無反顧地拋棄一切，徹底把自己變成了人類。

如今他卻想不明白了，曾經是神的言晃想要死亡，所以拋棄一切選擇變成人，但為什麼成為人類，經歷了那麼多悲歡離合後，卻又想作為人繼續活下去？

這不是違背自己的初衷嗎？

神不懂了。「為什麼要回去？」

言晃笑說：「我也是變成人類才明白，我曾身居高位，看著世界的變化，覺得悲哀，那時的我不過是世界的旁觀者。人類常說旁觀者清，他們明知如此，依舊理不清自己的情感，斬不斷生活的亂麻。曾經的我十分不解，真正成為人類之後，經歷了名為『生活』的過程後，我終於明白了。這是只有當局者才能體會的樂趣，旁觀者永遠也無法明白。或許神本來就是無法改變世界的，因為能改變世界的，只有人類，他們才是這個世界的中心。在我作為人類的這二十多年，已經目睹了太多由人類創造出的奇蹟，從他們身上，我看到了不輸於神的力量。」

神搖搖頭。「神無力，人更無力。」

言晃意味深長地看了他一眼。

「對神而言，百年不過一剎那，所有的改變自然可有可無。但對人類來說，百年就是一生，神眼中那微不足道的改變，對他們而言影響巨大。人類的生命短暫，正因如此，他們才會更加珍惜時間，更加努力地讓自己在有限的時間裡好好活著。」

「你知道我感觸最深的是什麼嗎？是人與人之間的羈絆。」言晃笑著說，「他們用盡一生與不同的人產生連結，受他人影響的同時，也在影響他人，一代又一代……」

「他們為了適應改變，需要不停地忙碌，這不累嗎？」神若有所思，「獨自坐在這裡看世界不累嗎？」

「我說不過你。」

良久，神嘆了一口氣。

言晃攤開手，手中生出一隻絕美的晶蝶，展翅飛起，飛往高空。言晃眼睛一眨不眨地看著晶蝶。「神也是可憐人，就像那些死後還守著執念的人。」

神緊緊盯著言晃。「看來你已經徹底明白了你的內心。」

「嗯，我不想死了。」

「那你還會經歷漫長的、永無止境的等待。」

「我知道。可是有些瞬間，是值得等待的！」

神輕輕一笑。「你是本體，你說了算。」

話落，神化作流光，進入言晃的身體之中。

言晃感受著心口傳來的神力，抬起頭，右手食指對著上空一劃，輕輕鬆鬆撕開這片與外界隔絕的空間。外面的世界漆黑一片，無數副本的神透過這道裂口看著他。

「因為執念未消而被我拉入副本中，一次又一次在副本中輪迴，經歷那些痛苦的眾神們，對不起，還有，謝謝祢們。」言晃一隻手放在胸口，對諸神微微彎腰。「天黑了，睡一覺，一切都會好起來。」

「我說，今夜無神。」

——判定成功。

於是，眾神殞落。

至此，世上無神，只有新生的世界，茫茫蒼生，以及一位行走在世間並期待著回家的人。

言晃抬手，面前出現一張刻著時間的巨大輪盤，他看著這輪盤，笑得極為無奈。

「副本出現在數百年前，又有得等了。」

言晃用最後一絲神力撥動著輪盤上的時針。萬物會再次回到副本出現之前，一切將回歸原點。這個世間因為副本而混亂了數百年，副本由他開啟，又被他親手抹掉了。

然後，言晃盤腿而坐，閉上雙眸，在這虛無的世界中，一坐，便是千年。

千年之後，言晃站起身，走向虛空中那扇孤零零的門，伸手放在門把上，輕輕轉動。

一陣白光閃過，熱鬧的聲音傳來。

「言晃，歡迎回家！」

番外一　幸福之世

我是我，是孩子，學生，才是一名合格的人民。如果我不是我，那我將什麼都不是，最後……我愛這片土地。——《幸福之世》

①新生

我醒了……

混亂的聲音在耳邊窸窸窣窣的迴響著，似喜悅，似歡呼，似拚盡千辛萬苦之後得之不易的感恩。我在這樣的聲音中醒來。是的，我……醒來了。我睜不開雙眼，只能用耳朵聽見。

「終於順利出生了，真是個漂亮的好孩子，這圓圓的臉蛋，一看就很有福氣。」

「是啊，他會為我們帶來福氣的，你看……他出生之後，我們家裡所有人的幸福指數都升高了，他以後一定能成為最幸福的人。」

「不過他為什麼不哭不鬧，會不會有什麼問題？」

這時的我不曾聽懂他們說的隻言片語，但他們似乎十分歡迎我的降生，我試著想用笑來回饋他們這份喜悅，但到了嘴邊……

「哇！哇哇！」

身體無法自主的哭了出來，這是我生命中的第一道哭聲，伴著他們鬆了一口氣，標誌著「我」通過了第一道關卡，成為了一個合格的「幸福小鎮」新生兒。

雪覆蓋在瑞典式的小鎮之上，白皚皚的一片，有冬陽送暖，金色的光芒鋪成路，人們在路上來回行走。有說有笑，溫馨一片。於小鎮中央，高高的鐘樓矗立，站在鐘樓頂端，可以一覽眾生之渺小。

滴滴，滴滴，滴滴……指示針按著設定一點一點移動，發出聲響。早晨八點，鐘聲敲響。

歡迎來到「幸福小鎮」，這裡的居民擁有全球最高的幸福指數。請看，每個人的臉上都掛著幸福的笑容。

在這裡，幸福值是象徵著權利與財富的唯一貨幣，在這裡，沒有不平等。

只要擁有足夠的幸福值，一切都會如你所願。

今日《幸福日報》：新生兒兩位，讓我們恭喜他們的降生，恭喜他們來到這座幸福的小鎮。

人們聽見聲響，看著踏著融雪而來的一對夫妻，紛紛分成兩隊，用掌聲與笑容歡迎他們走過小鎮的每一處。迎著陽光，整個「幸福小鎮」都在歡迎我的降生。

我想……我這一生一定沒有遺憾。

如此一想，我便更為放鬆地窩在母親的懷裡，那是我溫暖的港灣。新生兒並不能睜眼，我也不例外。只是一路上顛簸，能感覺到父母一直帶著我行走，他們要去哪裡？

「孩子真是可愛，外貌分數應該可以獲得高分，能到十分嗎？」

「哈哈哈，當然能，你看我們孩子，逗逗他，他還知道應和呢。看！抱著我的手指，智分也一定很高，二十分都能有！」

「二十分？我想都不敢想……」

「哎呀，一切等植入幸福晶片之後不就知道了嗎？」

「馬上就要到了……」

男人和女人來到鐘樓前一個有半人高，由鋼鐵製成的機器人來到跟前。「二位貴客請稍等，核實身分後才可進入鐘樓。」

「好的。」

機器人雙眼放出藍光，對二人進行全面掃描。

居民：C173

性別：男

職務：幸福公司C級職員——運輸人員

幸福分：62

人生經歷：無犯罪紀錄，學生時期表現普通，沒有談過戀愛，22歲結束學業，得到大學學歷，入職幸福公司，與匹配對象相親三天後結婚，於幸福曆二〇〇〇年完成人生大階段，生下孩子。

居民：C174

性別：女

職務：幸福公司C級職員——清潔人員

幸福分：62

人生經歷：無犯罪紀錄，學生時期表現普通，沒有談過戀愛，22歲結束學業，得到大學學歷，入職幸福公司，與匹配對象相親三天後結婚，於幸福曆二〇〇〇年完成人生大階段，生下孩子，安分守己。

兩塊面板出現在二人面前。幸福分剛好在六十出頭，證明二人是合格的居民，但也僅限於此。

機器人說：「掃描完成，核驗結束，恭喜二位在規定時間內完成人生大階段，成功令幸福分突破六十，享受幸福小鎮的更高待遇。」

「各位大人已經等候多時了，請進。」

我聽見父親和母親兩人對機器人說了一聲「謝謝」之後，便帶著我進入鐘樓。而在關上門的那一瞬間，我聽見外面又傳來機器人的聲音。

「二位貴客請稍等，核實身分後方可進入鐘樓。」

「原來是兩位八十分的A級居民，你們的孩子一定也會繼承你們的優良基因，成為一個天生幸福的孩子，請進入VIP通道。」

那一刻，我看不見。只是能夠感覺到母親抱我抱得更緊，她鼻息噴在我的臉上，告訴我。「沒事的寶寶，你一定會比他們都幸福的，我們會給你最好的一切……」

很快，我就能聽見其他人的聲音了。他們七嘴八舌地談論著，話題圍繞在「幸福晶片」，說了很多很多。

最後，我被放在一塊冰冷的平台上，機械手臂抓住我的雙手雙腳，令我無法移動。接下來……我什麼都不知道了，最後我聽見了爸媽的祈禱。

「拜託了。」

拜託了。這是什麼意思呢？

幸福晶片植入完成。

恭喜你，從此你就成為了一個合格的幸福小鎮居民。

我將再一次為你展示幸福小鎮規則。

第一條：幸福小鎮絕對公平，一切回饋都真實有效。

第二條：幸福小鎮的居民權益全都取決於幸福分，通過完成滿足自我的「幸福目標」，就能夠獲得足夠的幸福分。

第三條：幸福小鎮居民透過實現「自我價值」與「自我目標」等方式獲得額外幸福分。

第四條：如果無法在規定時間內完成「幸福目標」，會按月扣除幸福分。

第五條：每階段幸福分標準不同，如果低於當前階段幸福分，後果自負。

第六條：幸福小鎮內，幸福至高無上。
當前階段：0歲（幼兒）
下一階段：3歲（孩童）
當前幸福目標：健康成長至下階段。
當前幸福分標準：10分

「請問……我們孩子的初始幸福分，是多少呢？」

② 罪孽

「二位，你們的孩子綜合幸福分是五分。」

聽到五分這個數字時，夫妻二人臉上的笑容一僵，連帶著要去抱孩子的手指都輕輕顫了一下。五分，說不上高，也說不上低，絕大部分人出生都是五分，是個相當平庸的分數。

此時兩人臉上的表情顯然有些失望，聲音裡帶著些許不可思議。「五分，怎麼會是五分呢？你們再重新檢測看看？這孩子長得這麼可愛，怎麼會……」

對方仍然保持著良好的耐心。「晶片不會出錯的，請抱好孩子離開。」

母親不甘心地又問：「大人，你……」

「不用再多說什麼了，孩子的初始分就是如此。」

我被還給母親，但此時母親的懷抱已不如當時那般溫暖，他們在回去的路上都沒有多說什麼，只是在走出室內的那瞬間，一旁傳來聲音。

「老婆妳真棒，竟然幫我們家裡生了一個初始分十分的幸福寶寶！」

那一刻，我能清楚感覺到父母的停頓。他們在原地停了好一會兒，我甚至能感覺到，我……似乎讓他們不滿了？可是我做錯了什麼？我始終沒能想明白。

「哇哇哇……」

我的安慰聲音在通過喉嚨的那一瞬間又變成了哭聲，父母過了一會兒後才說：「你怎麼……就知道哭？」

他們的語氣甚至有些難以啟齒。

第一次，我的心中油然而生出一種罪惡感。我的大腦一片空白，伸出的手也不敢收回，我好怕……好怕我的下一個動作又會讓他們更加失望。

那天的記憶沒停留太久，只是親眼看見我的幸福分從五分降低到了四分。或許是那天父母對我的失望已經到了極致，以至於他們對降低的這一分毫無關心。那天之後，他們把我交給了我的爺爺和奶奶，很少回來看我。

爺爺和奶奶都對我不錯，起碼未曾虧待我，這讓我的幸福分漸漸上漲。他們說我是一個遲鈍笨拙的小孩，足歲了才學會走路，幾天後才開口說話。我說的第一句話是「奶奶」，然後才是「爺爺」，讓他們開心了半天，那一天……我的幸福分總算漲到了十分。

「寶寶真是一個小天才，那麼快就十分了，真是一個可愛的孩子。」

我也笑得合不攏嘴，「咯咯咯」的回應著爺爺和奶奶，嘴裡一直呼喚著，我每念一句，他們便會親我一下。這好像是某種幸福的口令，我第一次真切地感受到了幸福。他們將這個好消息分享給我的父母，父母馬上答應當晚就會回家一趟。小小的我抓緊了拳頭，有些緊張。

如今我已經是擁有十分的小孩了，我的父母會滿意吧？我時不時看向窗外，這樣長時間的專注對一個小孩來說是十分困難的，我的眼皮有些疲憊，但仍不敢睡去。

終於，一陣開鎖聲傳來，開門後，換鞋和腳步聲打破寂靜，我輕快地邁著短腿踉蹌小跑而去。兩人身影十分高大，猶如巨人一般能夠撐起天和地，我得仰頭看向他們，在這個夜裡，他們對我笑著。

「來，喊爸爸，喊媽媽。」

「ㄅ……」

在喊出第一個音節時，我僵住了。這一刻猛然意識到，其實我還不是很熟悉說話，而這兩個停留在記憶裡的詞對我來說……甚至有些陌生。

「啊……啊……」

我的喉嚨在這一刻好像被一把刀切割成了幾千幾萬個部分，令我的聲音從這千萬個口子中分散而出，沙啞猶如紊亂的磁場。

「啊……」

我看見他們臉上的期待越來越灰暗。

『喊出來啊……喊出來啊！爸爸媽媽。快喊出來啊！』

我越發急促，也就越來越喊不出來。這種著急和抓狂的情緒，讓我精神崩潰。就在他們眼底的期待徹底變成不耐煩的瞬間，我的喊聲變成了一聲「哇哇」的哭喊。我哭得上氣不接下氣，無地自容地想要鑽進一個地洞，但我不是地鼠，並不具備挖洞的技能。我只能轉過身，下意識地尋找爺爺和奶奶，抱住他們。

他們撫摸我的頭，安慰我說：「沒事的乖寶貝，沒事沒事……」

我的反應似乎將父母逼入了一個尷尬的境地，他們臉色有些難看。「爸，媽，我們平時很忙的，我知道你們很想我們，但……真的很忙，不用編一些謊話來騙我們回來吧？」

這話把爺爺奶奶氣壞了。

「謊話？什麼叫謊話！乖寶他就是會說話，我們怎麼說謊了？」

「還不是你們把小孩丟在我這裡，一年半載也不曾回來探望一次，孩子不認識你們還怪我們了?!」

他們吵了起來。我躲在旁邊瑟瑟發抖，我想說點什麼話，卻是什麼都說不出口，只記得我像個罪人一樣。因為那天，家裡所有人的幸福分都降低了。

那天之後，我就被父母帶走了。

那天之後，奶奶突然就病倒了……

「都怪你，就是因為你的不懂事才讓你奶奶病倒，以後你要懂事一點知道嗎？我們已經盡可能給你最好的了，不要再添麻煩了。」

「還有，你的幸福分……不管是什麼辦法，最好趕快提升到合格標準。」

他們把怒氣出在了我的身上，但我卻無法說出一個「不」字。幸福分是一個很奇怪的東西，明明沒感到幸福，但……分數卻漲了。

恭喜你得到成長的第一頓教育，愛的教育總是讓人煩惱而又幸福，因為你終於確定父母曾對你產生過感情與關注。

那一刻，我的幸福分回到了十分。

後來再也沒看到過爺爺和奶奶，我也漸漸習慣了許多，譬如一個人在家等著父母回來，又或是需要獨自忍受絕對安靜的環境，去學一些能讓我贏在起跑線的課程，雖然我不知道什麼是起跑線。

就這樣，即將迎來我的三歲生日，完成我的「當前幸福目標」，但噩耗卻比喜報來得更早。

在我生日的前一天，我終於獲得有關奶奶的消息。

③階段

奶奶死了。

這個消息像是烏雲密布中的一滴雨水，緩緩降落，然後滴入我心中的大廈，大廈崩塌。聽到這個消息的一瞬間，我沒哭；頭戴孝帽為奶奶守靈的那兩天，我也沒哭；跟著送葬的隊伍，目睹裝著奶奶的棺材入土時，我還是沒有哭。

直到我看到最後一鏟子土送到棺材上，我的心才終於被這捧土埋得喘不過氣來。我撕心裂肺地哭，恨不得把我的眼眶撕開，讓眼淚的閥門大開，哭得泣不成聲。

父母安慰了我許久，他們說奶奶只是去了遙遠的地方，但是其實我很清楚，死者不會去到任何地方，他們只會永遠地離開我。我那天想獨自靜靜，卻誤入另一片墓園。

主持白事的人在嘴裡念念有詞，在場人披麻戴孝，悲泣哀鳴，在這片墓園中，也有其他人進行下葬儀式。這時我看到了一個小男孩，一個與我同歲的小男孩。那是我們第一次對視。此時的我，並不知道這將成為我一生的夢魇……

恭喜你完成當前幸福目標。
當前階段：3歲（孩童）
下一階段：6歲（學生）
當前幸福目標：成功考入幸福小學，成為一名學生。
當前階段幸福標準分：30分。

幸福小鎮的所有居民都需要在六歲的那一年考入幸福小學，只有成為幸福小學的學生才有機會接受到更高階的教育。人們總說，這是最容易獲得幸福分的方式，也是最容易實現階級跨越的康莊大道。所以家長們對這一階段的孩子寄予厚望。

我也不例外。

在奶奶下葬後，我回到家裡便得知父母為我報了相當多的補習班課程，說是要讓我贏在起跑線。我不是很明白起跑線的意義，起跑線是哪一條線？我們的跑道又是在哪裡？終點呢？

第一次上補習班，補教老師講課內容生澀難懂，同一天跟我一起上課的還有另一位小孩，他聽得倒是十分認真，而且無論老師問什麼問題，他都能對答如流，我很羨慕他。但沒想到下課之後，他竟主動站在我的面前。

「你好，以後我們就是同學了，可以認識一下嗎？」

這時我還在發呆，愣了半晌才忽然緩過神來，「呃呃啊啊」的答應並點頭。他向我展示了他的居民資訊。

居民：D199
性別：男
年齡：3歲
職務：暫無
幸福分：35
人生經歷：於幸福曆二〇〇〇年出生自幸福小鎮一戶高幸福分家庭中，自小便展現出極為優異的表現，多位輔導老師對其讚不絕口，興趣涉獵廣泛。

我驚訝得說不出話，好高的幸福分……

但他的高幸福分並未讓我產生更多的負面情緒，畢竟我並不認為他的分數高低與否會對我產生影響，所以我也大大方方地分享自己的資訊。

我的幸福分只有十三分。

這時，他問我：「你……過得不幸福嗎？」

他天真好奇地發問，讓我在此時竟有些坐立難安。

「我……」

我沒有回答，因為我從未想過這個問題，但他抓起我的手，笑了笑。

「你要加油爭取幸福喔，幸福小鎮裡……大家都要幸福才對。」

那一刻，我才正眼看清了他的模樣，讓我腦內一片空白，他……他是我當時，在另一片墓園看到的男孩！

「你……」

「噓，上課了，要好好上課。」

「一定一定，要考上幸福小學喔。」

那考不上呢？考不上怎麼辦呢？

爸爸媽媽因為當年我的出生，提高了幸福分，被分配到了新的工作崗位，這兩年逐漸穩定下來，對我也更加關心了一些。那天回家之後，我告訴他們交了一個新朋友，他們也為我高興，興致勃勃地細問朋友的資訊。得到資訊之後，他們還做了一番調查。

「原來是高幸福分家庭的孩子，那可真是一個好孩子，你要多多跟他學學，知不知道？人家跟你同一天生日，現在幸福分都三十五了，要和人家打好關係，有空叫他來家裡玩呀。」

我說好，一開始倒是不錯，一切都很順利，直到我邀請了D199來到家裡。

D199是一個很有禮貌，而且很熱情的男孩。爸媽對他也是十分的好奇，準備了一頓很是豐盛的晚餐。

餐桌上，爸爸媽媽都對D199表露了我從未見過的一面，我看見他們的眼中充滿了羨慕與熱烈。

「D199，你爸爸媽媽做什麼工作的呀？」

「D199，你到底怎麼做到，那麼小的年紀就有這麼高的幸福分？」

「D199，你平時在家裡做什麼，怎麼會這麼厲害啊？」

他們所有的目光都聚集在了D199身上，我心中莫名生出一種奇怪的感覺，這種感覺壓在我的後頸，讓我難以抬頭，也難以呼吸。吃飯時動筷的速度漸漸變慢，每次動筷也就只吃了一小口飯，不敢多夾菜。

天色不早，兩人便親自把D199送了回去，回來時我正坐在沙發上看電視。發現他們站在門口，身影被屋內的光照的很長很長。

「爸爸，媽媽，你們回來了？」

然而回應我的不是「喔」或者是「嗯」，而是一聲嘆息。

「唉……」

「你怎麼還好意思看電視啊，你好朋友都有三十五分的幸福分了，人家每天早上起來練琴，中午去補習班，下午還會去培養興趣，晚上複習和預習，一整天的行程安排得滿滿，多麼充實！」

「從明天開始你也準備一下吧，我跟你爸決定讓你跟著D199的行程一起學，你好好聽話，知道了嗎？」

我全身僵硬，心底是萬分不情願。「我……我能及格的。」

「及格有什麼用？你不要因為及格就沾沾自喜好嗎？多少人比你優秀，你以後怎麼辦？一輩子賴著我們嗎！」

那天我們大吵了一架，我躲在棉被裡，抱著奶奶以前織給我的毛衣哭了許久許久。

第二天我還是只能被動的接受他們的計畫。

那一天，是我的第一次死亡。

④ 成長

「從明天開始，早上我會安排音樂課，接著社會課，下午的話會帶你去學一些舞蹈，晚上你老老實實在家完成老師們給你的作業，懂了嗎？」

「怎麼不說話？算了，你說了也沒用，我也只是問問而已。」

媽媽自顧自地說完話，我要說什麼呢？我什麼都說不出口，只是腦子裡亂糟糟的，從心底油然而生出一股後悔與恨意。那絲絲縷縷的線條從我心底蔓生，又好像從外界襲來，一點一點捆住我的關節，讓我渾身繃緊無法動彈，只能任由絲線擺布，猶如被操控的木偶。

木偶不會說話，還是不想說話，或者是……不能說話？我不清楚，我心裡很複雜。三歲的我，又一次的感覺到了混亂與迷茫。

第二天一早，媽媽便帶著我前往樂器行。老實說，和我想的壓抑不同，再加上小孩子的情緒起伏大，只要睡一覺，幾乎就能把所有不開心都忘掉。

「選一個你喜歡的樂器吧。」媽媽說。

我看著牆上和地上陳列各式各樣的樂器，好奇心使我格外活躍。這裡很多樂器，我的目光慢慢落在了一個地方，那是一把吉他，一把木吉他。曾經看過電視上的人彈奏，他們彈奏時很輕鬆快樂，可以在牛羊遍布的花田裡與好友們歌頌美好生活，能以琴弦奏出一場歡樂盛宴，讓我很心動，便指著吉他告訴媽媽：「我喜歡這個！」我看著媽媽眼中的期待漸漸散去。

她拉著我，小聲地說：「這個都是那種壞孩子才學的樂器，你就不想學鋼琴嗎？你的好朋友D199也是學鋼琴，像小王子一樣。」

我錯愕。「可是我不想學鋼琴，我不是D199啊！媽媽，我不是小王子，我就喜歡這個，不是妳讓我自己選的嗎？」

媽媽的耐心漸漸消失。「你不要讓我失望好嗎？」

這才腦子一亂，原來媽媽讓我選，並不是讓我選樂器……而是讓我選擇她心中的答案，但是我不想……急得想哭，直接在店內大聲哭喊。店員們紛紛看過來，媽媽也急得吼了一聲，沒用的，我就是一個越吼只會哭得越厲害的小屁孩。

「你能不能好好聽話，能不能做個好孩子！」

啪——！

媽媽當著大家的面前，在我臉上狠狠地摑了一巴掌，所有人都嚇到了，我也徹底愣住了。我看著媽媽，感覺她好陌生，為什麼？因為我讓她失望了嗎？

周圍人群全看向媽媽。「小……小姐，妳竟然當眾打孩子？」

媽媽也嚇傻了，此時怒上心頭，一句話都說不出來。很快，一群穿著制服的男人出現在樂器行，他們看著媽媽。

「小姐，跟我們走一趟吧。」

後來我才知道，幸福之世裡的大家，必須要幸福。

我是如此，媽媽也是如此。幸福分是參考，行為規範也極為重要，我不走向幸福，媽媽會制約我，而媽媽如果做出影響幸福的事情，也會被執法人員制裁。媽媽因為打我被關了三天，回來時一臉憔悴，執法人員並沒有讓她幸福。我滿腦子疑問，幸福到底是什麼呢？心情混亂到了極點，只是我知道，我不該讓媽媽再受苦了。

「媽媽……我學鋼琴，我會好好學鋼琴的。」我抱著媽媽，媽媽也抱著我，她在哭，我也在哭，我哭我心裡好像被挖空了某一處。

然而我並沒有學鋼琴的天賦，某天，我與D199在一個教室裡，周圍還有其他很多同學。D199像個小明星，小天才，所有人的目光都在他的身上，我像是他光芒下的陰影，有時還會被老師批評。我偶爾會覺得這一切是D199帶給我的，我在想我一定要生D199的氣，讓他知道自己錯了。可是D199永遠會主動找我，讓我很快就原諒了他。

說實話，D199的確很討人喜歡，像是天生的模範小孩，別人家的孩子。四、五歲的時候，D199邀請我去他家玩。他家真的很像城堡，難怪大家說他是小王子，因為他真的是王子。D199的爸媽都很熱情，他們家氣氛和和睦睦，太溫暖了，讓我有些……緊繃。

來之前我想過很多要應對D199的父母會拋給我的問題，出乎意料的是，他們什麼都沒問。我一直以為每個家長都會對造訪家裡的小孩問問題呢，原來不是。或者說，他們對我並不感興趣，他們很好，只是會讓我越來越局促不安。

直到我看見了一隻金毛小狗。牠也好奇的看著我。D199走過來，抱起小狗。「牠叫Cute，可愛的意思，要一起玩嗎？」

那天，我們在院子裡和Cute一起玩了很久。離開之後我還念念不忘，一回到家，還沒進門我便聽見聲響。

「還不是妳整天要給他報這個報那個班，花的錢早就超出預算了！哪裡還能買這買那？妳以為錢是大風刮來的嗎?!」

「我是為了誰？我還不是為了孩子！他要是輸在起跑線該怎麼辦啊?!」

「如果考核無法通過……無法成為學生，他這輩子都完了啊！」

我在門口聽了好久，就是沒能踏進家門，眼淚控制不住地往下掉。不知道過了多久，媽媽突然開門，她很意外為什麼我在門口，我不想說實話，只是笑著告訴媽媽：「媽媽，我想養一隻小狗，可以嗎？」

這是謊言，也是實話，因為太想擁有一隻小狗陪著我了。媽媽看著我，擦了擦我臉上的淚水，她看著我，眼神又是憐惜，又是另一種說不出來的情緒。她說了一個我從未期待過的答案。

「好……好，媽媽讓你養小狗。」

這一刻我快幸福上天了，但是不知道，原來這一切是早就規劃好的一場災難。

⑤ 歸零

大人都說小狗髒，不能上桌。直到我六歲生日的那一天，我聞到了一陣奇特的香味，那氣味竄過房內所有地方，來到了我的鼻端，又悄悄地溜走，我才知道，他們又騙了我。

我迷茫地看著他們。「這是什麼？」

他們如往常地坐在同樣的位置上，只是或許是因為飯桌上的蒸氣太濃，我有些看不清他們的臉。他們笑呵呵地告訴我：「這是火鍋呀，今天可是你的六歲生日，意味著你很快就要入學測試了。」

「我們等這一天的到來已經很久很久了，這是慶祝，來……舀一勺給你。」

媽媽把混著肉的湯用勺子裝進我的碗裡，混濁的湯汁攪動幾下有帶著筋骨的肉。上面有熟悉的顏色，那好像是一顆眼球……眼球在看著我，在看著我!!眼球被煮爛，原本天空一般的藍色蒙上了灰暗。

我前所未有地慌張，我迫切問著。「小狗呢？我的小狗？」

我雙手撐起桌子，腦子裡只記得三年前獲得的小狗，連名字都不被允許擁有的小狗。他們好一會兒都沒說話，直到爸爸有些壓著怒火說：「吃飯！」

吃飯？我看著那熟悉的眼睛，香噴噴的氣味讓我胃液翻滾，我幾乎是強忍著所有的難受發問：「爸爸，你生氣了，你為什麼生氣？」這是六歲的我最有力的攻擊，質疑。

然而權威不容許質疑，我只換來一個火辣辣的巴掌，成為我今年得到的第一份生日禮物！

「吃！」

他們將肉湯堵在我的嘴邊，語言和暴力使得勺子變得鋒利，切開我的嘴唇與牙齒，把我全心投注了三年的愛，全都塞回我的肚囊。我哭泣，我牴觸，最後我的眼淚潰堤，內心破碎。

直到晚餐結束，我才得到自由，趕快跑進廁所，我嘔吐，我懺悔，嘴裡還不斷念著：「對不起，對不起……」

媽媽出現在我的背後，她告訴我：「馬上就要開學了，你一切要以課業為主，其他的事情會讓你分心，我們這麼做都是為你好。

「你進入社會以後，會遇到更加殘忍的事情，可是……你要堅強，只有堅強，才不會讓任何事影響到你，你要學會幸福。」

我說：「媽媽……我不幸福，牠只是一隻小狗，只是我的小狗。」

那天，我的「幸福分」掉了整整十分，我對周遭的反應也越來越淡漠，幾乎失去了所有的「想要」，但這種狀態竟然讓我的幸福分在幾天內快速增長，甚至來到了三十分。

很奇怪？但是很合理。

這是我第一次對幸福兩個字產生自己的理解。三十分，正好卡在我現在所處階段的標準，就差完成目標，成功入學幸福小學了。

幸福小學是幸福小鎮唯一的小學，負責六歲到十二歲的基礎教育，由於名額有限，所以每個孩子都需要經歷一場考試。以考試來檢驗孩子是否具備入學資格，這很公平……因為如果衡量標準是富有與精神富有的話，那麼我毫無機會。

毫無疑問，在媽媽嚴苛地培養下，從外界看來，我算得上是一位還不錯的乖孩子，我會彈鋼琴，還到達了標準分，我的入學似乎是理所當然。然而，就在我要進入考場前，我看見了D199，他就在我前面一位。

居民：D199
性別：男
年齡：六歲
職務：暫無
幸福分：60
人生經歷：當之無愧的天之驕子，萬眾矚目的人生贏家，他的未來無限光明，已獲國家級鋼琴榮譽，已獲國家級演講榮譽，幸福小學入學考試滿分。

他驚訝地看著我，眼中閃過一絲不捨，但也只是轉瞬即逝。「你來了，不要擔心也不要緊張，這是很簡單的事情。

「一定要考入幸福小學，一定要完成幸福目標，一定！」

我錯愕，但還是點點頭，突然好奇如果不完成目標的話會怎麼樣？不幸福的人，又會怎麼樣？帶著這樣的疑惑，我進入了考場。

或許是前面D199的表現實在是太過精彩，以至於我的入場甚至得不到面前老師們的注目，他們對我提了兩個問題：

「孩子，你感覺幸福嗎？」

「孩子，你願意為幸福犧牲什麼？又願意為做什麼？」

兩個問題，很簡單，母親早就給了我答案，只是……面對學識淵博的老師們，不知怎麼地，竟下意識地問出了藏在心中許久的疑問：

「幸福，是什麼？

「為什麼明明是幸福，卻要犧牲？」

那一刻，所有老師的臉都不太好看，一位老師甚至直接站了起來。

「你知道你在說什麼嗎?!」

我點點頭。在我看到我入學申請被打上了「不通過」的標籤時，我也是點點頭。

回到家後，當母親把入學申請書甩在我的臉上，原以為我會遭受一頓毒打，然而不是，完全相反，父親坐在沙發上抽著菸，如往常般地看著報紙，母親走上前問父親：「現在怎麼辦？」

父親開口：「再生一個吧。」

『噢，我被放棄了，我以後是不是解脫了？』

這時我的腦內卻突然響起一句話。

『入學失敗，人生目標未完成』

『幸福分歸零』

『銷毀』

我的腦內一片混亂和緊張，我有些慌張地看向父母。「爸媽，銷毀是什麼意思？」

他們的態度卻異常冷淡，就好像他們從來都不認識我，或者說，我對他們來說——根本不存在。他們只是冷漠地看著我說：「幸福小鎮的所有居民都是幸福的，這就是你想要的真相。」

很快，一群穿著制服的男人們出現了，他們什麼話都沒說，立刻朝著我的腦袋開了一槍。

砰！

我的第一次生命，結束了。

我還能看見，清楚地看見，他們帶走了我的屍體，割開我的頭顱，取走我腦內的晶片，把我隨意丟棄在一處廢棄場，這裡與幸福小鎮格格不入，壓抑，暗無天日。

我努力地轉動眼睛，試圖看清周圍的一切。終於……我看到了，也看清了一切，此刻我所在的地方，是無數與我一樣——沒能成為合格公民的人。

他們的頭顱，被我埋葬，未來……我也會被其他的頭顱埋葬。誰也不曾記得誰是誰，我沒有哭泣，埋葬吧……解脫吧。

然而，一睜眼……

幸福晶片植入完成。

恭喜你，從此你就成為了一個合格的幸福小鎮居民。

我將再一次為你展示幸福小鎮規則。

⑥代替

我活過來了，以初生嬰兒的形態。

我的人生好像被重置了一般，我的母親仍然是我的母親，我的父親仍然是我的父親。他們所說、所做，都與過去經幾乎一致。不同的是我，我對我的人生做出了改變，或許是因為知道了「幸福小鎮」的祕密，又或許是父母親淡漠的眼神如恥辱般烙印在我的心底。

我不願再見第二次……這一次的我不再貪玩，我懂事，我乖巧，我的初始幸福分沒有改變，在我力所能及之下，三歲那年就把幸福分提到了三十，比當年的D199更加優秀。我做到了一切，唯獨沒有做到我自己。我在「孩童」階段就把幸福分提高到了四十，如D199一樣，我十分優秀。儘管這一切對笨拙的我來說很是吃力……起碼只是在這個階段，我還是能做到的。

母親十分滿意現在的我，我沒有進入補習班，而是進入了進階班……這很吃力，我仍然偽裝成天才的模樣。進階班的我沒有遇見D199，我有很多話想問他。

三歲那年，母親還是帶我到樂器行，我沒再固執的選擇吉他，這次選擇了鋼琴，並且用我三年的經驗展現出「鋼琴天才」的姿態。

幾天後，母親問我要不要養小寵物，我點點頭，任由她帶我前往寵物店。我看見了我的小狗，今天的牠真可愛，還是吸引了我——不過其實是騙人的，當年選牠是因為最便宜，如今則是因為牠曾是我的小狗。

我摸了摸牠的腦袋說：「乖。」

這一切並非我所願，只是我想看看，如果一切如世界所願，世界是否會接受如我所願？當然，比起曾經的確是輕鬆許多……如果我真的不在意我自己的一切的話。

六歲，入學考試那一天。我的幸福分來到了高達五十四的高分，這幾乎足以令我保送，就連校長都親自來門口接待我們，在所有人仰慕的目光之下，我們走進曾經將我淘汰的地方，接著被帶到了接待室。

我再一次遇見D199。

D199似乎是認出了我，一閃而過的變化被我捕捉到，他在與我對視的一瞬臉色沉了下來，我迅速地奔向他面前，抓住他的手。

我問他：「你……是不是知道些什麼？」

我不會記錯的，D199對我強調過一定要通過入學考試，一定要完成幸福目標。D199推開我的手，笑了笑。「不好意思同學，你說什麼？我不知道你這是什麼意思。」

那一刻我愣在原地。我能明顯感覺到，他記得我，我沒有繼續糾纏，轉身要離開，後面傳來D199的聲音：

「同學，作弊不好喔。」

我成功進入了幸福小學。

恭喜你完成當前幸福目標。

當前階段：6歲（學生）

下一階段：18歲（成人）

當前幸福目標：成功考上大學，這會成為你人生的分水嶺。

當前階段幸福標準分：60分。

從這裡開始，我的人生再一次「嶄新」起來。只是天才人設仍然需要維持，我很清楚失敗的意義與後果，所以只能斷絕所有的娛樂，全心專注在「考大學」上。同學們叫我「怪人」。索性升上國中後，同學全都換了一輪，因此沒有任何影響。

國中之後，我的課業明顯變得更吃力，我很清楚為什麼，從年級前十名，跌到年級前百名，最後變得跟大家沒什麼兩樣，因為我本來就不是所謂的天才，我是依賴著超乎常人的心智，硬裝出來的……

紙包不住火，篩選的火焰快將我的軀殼焚燼。還好國中的我已經住校，勉強能和父母保持距離，不至於隨時都得面對失望與質疑，也正是因為如此，我才慢慢意識到一件事——我成為了一個孤獨的人。嚴格來說……不是我成為，而是我被自己困住了。

當身邊的同學們都在討論著我感興趣的話題時，我想開口，但一開口便是支支吾吾，或者是十分書面和嚴肅的句子。他們不愛聽，逐漸遠離我，這時才明白……我失去了社交能力。

班裡最受歡迎的人是D199，他在各方面都很優秀，為人也和善，受歡迎是應該的。

得不到其他人的喜愛，讓我突然在期中考的前一天病倒了，幸福分嚴重滑落。

診斷報告單上面寫下的病因：「重度憂鬱。」

似乎只是普通的心理疾病。不過，這裡是「幸福小鎮」，「幸福小鎮」怎麼會出現這種疾病呢？

——銷毀

這次，我把三歲的分數控制在三十分左右，已經有過幾次經驗的我更加遊刃有餘了，並成功進入了第一次生命的補習班。可能是這次的我已經對補習班老師所說的內容瞭若指掌，我聽得很認真，同時也積極地回答老師的問題。

下課之後，我發現有一個孩子用一種羨慕的眼神看著我。我笑了笑，主動站在了他的面前，同時展開了我的居民資訊。

「你好，以後我們就是同學了，可以認識一下嗎？」

幸福分：35

人生經歷：於幸福曆二〇〇〇年出生自幸福小鎮一戶中等幸福分家庭中，自小便展現出極為優異的表現，多個輔導老師對其讚不絕口，興趣涉獵廣泛。

這一刻，像是在腦海中突然回想起什麼，我看著那孩子的表情，看著自己的資訊，一點點轉頭看向背後，補習班的門敞開了……門口站著一位熟悉的少年。

D199。

他朝著我笑了笑，然後離開了。

「媽媽，走吧。」

這一刻，我的腦子像是火山噴發似的，毫無預兆的炸開，噴發之後只有一片死寂與空白。我……代替了曾經的D199？

⑦ 言晃

我代替了D199，而面前的小孩代替了我？

我看著他的眼神，腦袋一片轟動，幾乎難以自控地抓住他的雙臂。他脆弱而又敏感，眼神像是受驚的小鹿一般，讓我意識到我的冒犯。我努力的調整情緒，讓自己心情稍微平復一些，然後才開口：

「你……你一定要完成幸福目標，成功考上幸福小學！」

他叫E201。

我跟他成為了朋友，讓他參觀了我好不容易經營出來的「美好家庭」，也準備了許久前往他家。當下面對他父母對我的喜愛，和對他的冷漠，都讓我無比熟悉，我明白他的感受，也試圖用自己的方式讓他父母改變。

「阿姨，叔叔，E201他平時在補習班都很努力，老師很喜歡他，我也是……他很乖。」

阿姨和叔叔笑呵呵地看向E201，然後說：「努力有什麼用？拿不到高分，證明他沒天賦……煩惱啊。」

「還吃！你怎麼不看看人家?!你現在幸福分那麼低，你怎麼一點也不著急！」

E201的筷子都嚇掉了。如果當時我不在場……恐怕他會結結實實地挨一頓打。我緘默，因為我知道……即使出發點是好的，我的言語也只會成為推動的利刃，傷害他背後的那雙手。

後來我們各自有更多需要做的事情，我不斷憑藉著曾經的經驗，控制著分數不再讓自己成為多麼耀眼的天才，也和同學們開始打好關係。我也沒再看見D199，我也考上了還算心儀的學校，一切都是那麼順利，美滿。

在我高中畢業那一天，和所有同學們告別的那一天，離開學校後走在一條小路上，期待著將喜訊傳給親人。我突然下意識地回頭，就在樹叢交接之地，我看見一位成年帥氣的男子站在那裡。

他笑意溫和，戴著一副黑框眼鏡，雙目平靜又充滿力量，渾身透露著神祕的氣質，讓我不由得全身一僵。即使他與曾經所看到的模樣已經有了翻天覆地的變化，我也能夠一眼認出。

D199！他又出現了。

這一次，他沒有上前和我打招呼，而是站在遠方的叢林深處，用那雙平靜如死湖的雙眸凝視著我。卻不知為何，我能讀懂他的意思。

「這真的是你想要的嗎？

「順從這個世界？

「迎合這個世界？

「成為這個世界？

「不過……務必記得，完成你的幸福目標。」

當我從他眼裡讀到這些話語的時候，他轉身，身影一點一點地沒入黑暗之中。

「D199！」

我幾乎是喊出來，但並無作用。我看著自己上一秒才剛完成了的人生目標，親眼看著自己的資訊正在更新目標中。

不……不！不是說好考上大學就解脫了，輕鬆了嗎？怎麼還會……

我看著最後刷新後出現了全新的幸福目標，讓我感到既陌生又壓迫，油然升起一股不詳的預感。

直到我帶著僥倖，走到父母身邊，看著他們臉上滿意的笑容，並一一細數我身上所有令他們滿意的成就。他們誇讚我：

「真好，不愧是我的孩子，對了……既然現在這股氣勢這麼好，寶貝你也應該考慮考慮自己的人生大事了。」

「人生大事？」我有些急促，接著解釋，「這段時間我一直有好好念書，我根本沒有考慮過其他事情，而且說實話，就算大學畢業後也想繼續深造……」

「這並不影響，你們到了大學之後可以一起讀書，現在優秀的孩子越來越少了，你可不能等以後落到相親市場裡，全都是別人不要的。」

「但是我這幾年根本沒有想要進一步發展的人……」

「沒關係，我們幫你物色好了，是XXX的女兒，跟你一樣考進幸福大學的B級學院，以後和你一起傳宗接代，肯定……」

他們說了很多，但我只覺得沒有一句話是需要我去點頭或搖頭，因為全都被計畫好了、被規劃好了，我看著眼前面板更新的幸福目標。

當前階段：18歲（成人）

下一階段：30歲（中年）

當前幸福目標：大學畢業，結婚生子，工作穩定，家庭幸福，會一門獨特的社交技巧，會一門獨特的才藝……

這些鋪天蓋地的幸福目標，讓我真的在懷疑……我能不能完成？能不能？但只有能這個答案，別無選擇。「好。」

幸福小鎮的人，沒有拒絕的權利。當天下午直接約了對方吃頓飯，確認關係，我對她（他）喜歡嗎？

沒有。

我也不確定她（他）對我是否抱有愛意，但我們就這樣得過且過，一起上大學。在二十四歲那年結婚，婚禮上聽著神父的祝辭，用謊言堆砌出「我願意」三個字，人們激動地高呼，似乎這就是幸福小鎮的常態。

我很快進入社會並入職，接受老闆的摧殘，回到家後面對沒有愛的家人，我是那麼疲憊，我卻只能說不累。我的人生在十八歲之後變得十分複雜，同時也極為平淡，濺不起一絲水花。

在我終於以為能擁有自己的選擇之後，我退休了，我孩子的孩子出生了，好吧，我得照顧他們。

直到最後我無力地坐在搖椅上，面對夕陽。我心想，人們對幸福的定義是什麼呢？家庭和諧，子孫滿堂？我做到了，甚至這是在我的臨死之前，我晃著搖椅，只覺得心裡空了好多……腦海突然想起D199的那一番話。

「這真的是你想要的嗎？

「順從這個世界？

「迎合這個世界？

「成為這個世界？」

這……真是我想要的嗎？

是的，我做到了階級跨越，我也做到了人們對幸福的許多定義，即使我沒有成為頂端，但我仍然是幸福小鎮中德高望重的老人。

不過這一切真的是我想要的嗎？

忽然，一道年輕的身影出現在眼前，周圍的一切好像被虛化，只見對方逆著夕陽，彷彿逆時光向我走來，他戴著黑框眼鏡，這一切都被他收入眼底。

「好久不見。」

「滿意這個結局嗎？」

「D199……你是，神嗎？」

終於問出我心中的困惑，面前的男人不由輕輕笑了一聲。

「你可以叫我D199，或者叫我言晃，不過我不是這個世界的神……但你是。」

「如果你願意，你可以再次嘗試改變這一切。」

⑧欲壑難填

言晃？

這個名字對我來說實在是太過新奇，甚至對整個幸福小鎮來說都是稀奇的。因為在這裡，所有人的名字都不具備「含義」，而是如同生產線一般，按照等級與編號組成。

「我是……神？」

「哈……哈哈哈哈哈哈哈!!」

「哈哈哈哈哈哈哈哈哈哈哈哈哈哈！」

我突然癲狂地笑起來，笑到全身抽搐，笑到實在連自己都覺得難看，才趕快用一隻手蓋住自己的臉。

「這真是天底下最好的笑話。」

我哽咽著，眼淚竟偷溜出我的指縫。

「一個什麼都無法改變的神嗎？」

「抱歉，我有些失態了。」

言晃並未被我嚇到，我能從他折射光芒的鏡片下隱隱看見那藏起來的悲憫。他的情緒並未因我波動太多，依舊如平靜的水面，除了些許的溫柔，什麼都沒有透露。他朝我走近。「神非無所不能，只是世界因你而存在。」

他的手裡，突然冒出一隻六尾黑貓，那黑貓神祕、琥珀色的眼瞳漾著慵懶，正自顧自地舔舐自己的手掌。

唯一性道具：厄難化身

品質：C–

道具能力：化身，換位，九命

道具介紹：我們高喊文明永不磨滅，志高的意志常伴吾身，黑貓代表著一切不幸與厄難，而於舊文明而言，我即厄難。

分身：玩家可自由分裂出一隻黑貓作為化身，黑貓並無任何屬性繼承，與玩家視野共用。

冷卻時間：10分鐘

換位：黑貓與玩家本為一體，擁有與玩家原地換位能力。

九命：玩家在擁有此道具之後，享受九命特權。

「喵～」黑貓匍匐，下身翹起，十分用力地撐著自己的身子，伸了一個懶腰。

「你還有六次機會……」

「七次帶著記憶重生的機會。」

「你可以選擇任何時間使用，也可以選擇在幸福的今天，得到結束。」

我身軀一震，不禁感到細思極恐。原來……我之前幾次帶著記憶重生的機會，全因眼前的男人。

結束？

我往回看，我的伴侶，我的孩子，我的家庭……我的好友們，似乎都在呼喚我，讓我回去，但是那真的是我想要的嗎？

我伸出雙手，握住面前男人伸出來的手。

「請你，讓我改變這一切。」

第一次，我選擇成就完美的人生，憑藉我作為「成功者」的經驗，我在幼年嶄露頭角，成為幸福小鎮家喻戶曉的天才兒童，年紀輕輕便得到各種榮譽，所有人的讚美與羨慕，最終實現階級跨越，成就幸福小鎮的傳奇，一位S級居民。

雖然榮譽傍身，但是我仍然感覺到前所未有的空虛，我的身體裡出現了「洞」，一點點地擴大，蠶食我的肉體，我的靈魂。

權利，榮譽……這不是我想要的。

第二次，我每一處都卡在及格線，卡在最邊緣的地方，最後我利用特殊手段，脫離了幸福目標的枷鎖，成為了一名自我幸福感極高的「乞丐」，我是幸福小鎮唯一一位乞丐，好像也不再被約束？

如果看不見人們眼裡對我的厭惡。

第三次，我選擇成為一名政客，試圖借助我的權利去改變幸福小鎮，我改變了很多，推翻了許多，但人們永遠會在新的制度中，找到一條公式化的幸福路線。

我好像無法改變他們。

第四次、第五次！

我幾乎能夠知道幸福小鎮裡的哪年哪月哪日哪個地方會出現誰，我幾乎要記下了一整個幸福小鎮。可是我還是無能為力，我無法感覺到幸福，總覺得我的精神、我的靈魂是空虛的。我的腦子開始混亂起來，我一時完全想不起來，我想要的到底是什麼？是什麼呢？

第六次……我累了。

我累到沒辦法再去思考，再去行動，我在三歲那年一病不起，躺在病床上接受著家裡人的奚落，等待執法人員將我帶走。是的，我沒能完成這個階段的幸福分標準，我對幸福感到麻木。

我再一次，被執法人員帶到了鎮子之外，這裡有無數殘破的屍骨和遺骸，他們埋葬著我，我也埋葬著他們。我想我該寫一段話，證明我這一生也曾來過，來結束這荒唐的一切，但當我咬破手指，思考該在哪裡留下痕跡的時候，我發現，這裡除了屍骨，在盡頭還有一片鮮紅的牆壁。不……不是盡頭，而是……整個範圍。

血紅！布滿雙眼的血紅！那些血紅，有凝固的，也有新鮮的血水。還有……尚且停留在我手裡的鮮血，那些血紅色痕跡，不是毫無章法的，而是……這裡的屍骨曾寫下的一句又一句。

「奶奶死了，小狗也死了，我也死了。

「其實那天我並不是因為喜歡吉他，只是因為我第一眼想要試試。

「我是一個笨小孩，所以大家都不喜歡我，但我希望爸媽能愛我，如果不能愛我……那希望以後的我能愛自己。

「我好像沒辦法改變這個世界，說起這句話的時候，是否我已經被世界改變了呢？」

一句又一句，鮮紅的、刺痛的，映入我的眼。我立在此處，於廣闊的天地而言，我渺小不堪。腳底下的屍骨已成山成海，而我低頭看著這一切。

「喔……原來，都是我啊。」

難怪呢，難怪言晃說我是神，世界因我而存在，難怪這個世界好像一直在循環，總有人代替上一次或者下一次的我。原來，幸福小鎮裡面的是我，外面的……也是我，是不同選擇的我。我的每一生都是一座又一座不同的監獄，枷鎖與鐵欄不是其他人，而是我自己……是我欲壑難填。

那一刻，言晁再次出現在眼前。

「還要重新選擇一次嗎？」

「……要。」我拿起地上一根骨刺，插入自己的胸口。

撲通……

撲通。

心臟驟停。

幸福晶片植入完成。

恭喜你，從此你成為了一個合格的幸福小鎮居民。

我將再一次為你展示幸福小鎮規則。

第一條：幸福小鎮絕對公平，一切回饋都真實有效。

第二條：幸福小鎮的居民權益全都取決於幸福分，通過完成滿足自我的「幸福目標」，就能夠獲得足夠的幸福分。

第六條：幸福小鎮內，幸福至高無上。

⑨ 活下去

是的，幸福至高無上。

規則從未說過，一定要完成幸福目標，一定要如何如何……只是如果不完成，會按月扣分。幸福分清零，便會被處決。可是這個幸福分，不僅僅來自於外界賦分，還有自我幸福感的賦分。

這也是我找到的漏洞，讓我即使不完成幸福目標，也可以靠著後者的賦分讓我繼續留在幸福小鎮。其實我原來已經很接近答案了，只是那時的我太極端，成為了一個「乞丐」。

我的確是想要無拘無束，然而無拘無束的本質是，我要……成為我自己。這一次，我選擇了我最開始想要的一切，我的吉他，我的小狗，我所有所有一開始留下的遺憾。

對了！我十幾歲的時候談了一場戀愛，很瘋狂，我們背著全世界，在半夜十二點偷溜進幸福教堂裡。我彈吉他給他聽，然後我們自導自演了一齣結婚的戲碼。

原來我並不討厭婚姻，我只是討厭自己沒有選擇的權利。好吧，百日誓師的那一天，我們的戀情被抓住了，我會受到非常嚴厲的懲罰，但那不重要，因為我早就為對方開脫，因為這一次，二十歲足夠。

我的所有遺憾，都在我的青春裡。在我即將被審判處決的前一天，我拿起我的吉他，牽著我的小狗，我朝著幸福小鎮的鐘樓，一圈又一圈，我快步拾級而上跑了起來，後面一群執法人員追著我，很快地我登頂了，想起這口鐘時時提醒著幸福小鎮的人，每天該做什麼，該完成什麼。

唯獨我，我是幸福小鎮唯一的異類，我拿起我的吉他，狠狠地砸向那一口大鐘。

噹——

一聲響亮的鐘聲，提醒全世界都該看向我這裡。

「他瘋了嗎！」

「天啊……這這這……他這是在幹什麼?!」

我繼續猛砸，歡呼！吉他上的弦全斷，琴弦彈打在我的臉上，添了許多道傷痕，而我被所有人當作怪物一樣看著，但不重要，因為……

我的幸福分——一百分。

幾聲鐘聲落下，我朝著全世界吶喊。

「各位聽我說。」

「幸福小鎮?去他媽的。」

說完，我往鐘樓外一躍而下，摔得粉身碎骨，與我同葬的，還有我的吉他。

不，還有我的選擇。

我死後，世界並沒有改變。人們只為我的死閒話了三天，三天之後什麼都沒留下，只有一朵突然在我所死之處盛開的玫瑰花，在一片白雪覆蓋的土地上，唯一一抹豔麗。

我屬於世界，世界不屬於我。

如果我想做自己，那麼我盡力成為自己。

如果我想隨波逐流，那麼我盡力讓自己熱愛。

死亡不是終點，死亡無法改變。如果累了的話，休息一下。

在夢裡，棲息著我們的幸福。

在現實，我們需要幸福作為寄託。

所以，請活下去。

作者小後記

其實這個結局很早之前就想好了。是個很殘酷的結局，但現實就是如此殘酷，我的「醒悟」並不代表世界會因我而改變，寫下這個番外並不是悲觀與消極，相反地，我是以積極的態度提筆寫下。

我寫得很開心。世界是複雜的，是天不遂人願。我們無論是選擇做自己還是做他人，還是做他人想要的人，都是我們的選擇，一切也都是最好的安排。世界是殘酷的，死亡無法改變。完全幸福的世界不存在，因為人們總會以為自己未曾踏上的道路鋪滿鮮花，然而實際上每一條路都很美，只是走在路上看久了，膩了。但不管是怎麼選擇，是成為木偶，還是成為自己。都請為自己的生活找到一抹「幸福」作為寄託，活下去。

活下去的人才擁有種花和看花的能力。

番外二　長兄如父

自言晃走出門已經過了兩個月。

副本消失後，言晃一個人思考了很久。等他走出那扇門後，發現世界還是那個樣子，有好事也有壞事，不變的是有人依舊熱愛生活，有人選擇改變生活。

江毅在地震事件之後，撐了沒幾年，最終還是選擇了自殺，他始終過不去心裡那道坎。

江蘿在江毅的葬禮上哭得撕心裂肺，但這次，她並沒有失去希望，而是很快地振作起來，因為她知道，有個人在未來等她。

憑藉如天才般的駭客技術，江蘿在網路上賺了一大筆錢，甚至買下了一棟豪宅。得到言晃的消息後，她第一時間趕了過去，將人接進了豪宅。

江蘿雙手抱在胸前，滿臉驕傲。「知道你小蘿姐的厲害了吧？跟著蘿姐混，三天吃九頓！頓頓帶肉，餐餐吃香喝辣。對了，你現在還是還沒有身分證明。我先安排一下，等過段時間我帶你去把證件補全。」

言晃推了推黑框眼鏡，給江蘿豎起大拇指，真心誇讚說：「小蘿姐周到。」

江蘿紅了臉，扭捏了一會兒問：「對了，我們需要確定好親屬關係，畢竟我還小……」

言晃挑眉。「父女關係？也行，妳不嫌我占便宜，我都可以。」

江蘿氣到爆炸。「言晃！」

「是兄妹關係啦！兄妹！你再占我便宜，小心我哪天把你攆出家門！我才是這個家的主人！」

言晃大笑。「好好好，知道了。」

半個月後，言晃和江蘿正在看電視，突然收到了江蘿班導的電話。

「你好，請問你是江蘿的家長嗎？」

「我是。」

「太好了，終於聯絡上你了。我是江蘿的班導，是這樣的，江蘿同學……」

班導嚴肅地說了將近半小時，一直在說江蘿過於早熟，缺少天真，成績雖然相當好，但是不合群，希望家長可以多關心一下孩子。

言晃保證一定會和江蘿好好談一談。

班導覺得言晃是個值得信任的家長，語氣輕鬆了很多。「請問你是江蘿的父親嗎？聽你的聲音，好像很年輕？之前一直沒人陪她來家長會，也聯絡不上家長，問她，她總說家長很忙，沒空。」

言晃哭笑不得地解釋是兄妹，說父親確實很忙，讓老師以後有事情可以找他。

「原來如此，長兄如父，她有你這樣負責任的哥哥也是一件幸事。」

言晃掛斷電話後，才看向江蘿。「妳看，連妳老師也覺得我們是父女呢。」

江蘿氣得渾身發抖。

她就是吃了年齡的虧！

番外三　王牌業務

言晃覺得自己身為一個大人，需要自力更生，於是在身分資訊齊全之後，他便準備開始認真工作了。

言晃也不打算換工作，他之前在一家房仲公司做業務，因為口才了得、氣質溫和、長相清秀，所以很多人都願意找他買房。也因此，他工作不過兩年，直接晉升為公司的銷售冠軍，底薪也變成了每月八萬多元，加上獎金，每個月到手至少也有六位數。

這一次，他還是毫不猶豫地選擇了向原來待過的那家公司投遞簡歷，畢竟和裡面的人共事超過兩年，也熟悉一些。

雖然學歷勉勉強強，但由於形象和氣質出眾，筆試能力也不錯，所以言晃順利透過了面試，第二天就正式上崗。

現在的人買房需求已經不如以往了，但燕市不一樣。燕市是大城市，教學資源豐富，醫療也很進步，生活條件相對便利，所以吸引了很多想搬來燕市定居的外地人。

第二天，言晃穿著西裝，精神抖擻地去公司上班。他站在接待中心，周圍全是自家公司的建案模型和概念圖，趁著現在時間還早，客人還沒上門，他又將這些建案的優點默背了一遍。但讓他萬萬沒想到的是，來訪的第一個客人竟是一位熟人。

這位客人身穿休閒裝，蓬鬆的頭髮讓他看上去比實際年齡要小很多，眼睛始終是瞇瞇笑著，看起來乖巧又親切。此時的他，全身上下已經完全找不出一點以前的瘋狂樣子。另一人則是氣場強大，妝容精緻而豔麗，金色的大波浪捲髮隨著她的走動微微飄動，她是最近才轉型成功，憑藉一部探討道德與人倫題材的電影一夕暴紅，成為影壇新星。

這兩位正是林七和林娜。

言晃實在是不想理他們，轉身就想走，畢竟這倆人——特別是林七，就好像狗皮膏藥，又黏人又煩人，要是被他黏上，可不容易甩掉。

結果言晃前腳剛邁出去一步，就被主管喊住。「言晃！你在幹嘛？客人來了，而且兩位都指名要找你！」

緊接著林七的聲音也傳了過來，輕飄飄的，卻帶著幾分不懷好意：「為什麼要走呀？是不想看到我們嗎？欸……言晃，我可是很想你的，林娜也很想你呢，就這麼不想和我們敘敘舊嗎？」

言晃頓時感到有股晦氣上身，明知那是屎坑還必須笑著往上踩的感覺，偏偏此時主管還在旁邊盯著，他只能轉身對著兩人揚起一個營業用的微笑。「兩位貴客午安。」

主管笑著點頭，似乎很滿意言晃的服務態度。「記得好好介紹給兩位客人。」

「我明白。」

待主管走後，言晃這才沒好氣地問：「你們來幹什麼？」

「當然是買房了。」林七上下打量著他，「第一次見你穿西裝，感覺像是在賣保險的人。」

言晃直接忽略林七，來到林娜面前。「大明星，很樂意為妳服務。請問妳有哪些買房需求？」

林七：「……」

林娜隨意看了兩眼說：「我要求不多，但是以下幾點必須得做到……」

她從購屋和付款的方式，說到社區環境、房型和格局，再到鄰居背景等，細數下來，有二十幾條，算是極為挑剔的客戶了。

一旁的林七補充：「我要一個房間，裡面全部貼滿言晃的照片，可以嗎？」

林娜相當嫌棄地瞥了他一眼。「你是變態嗎？」

言晃對著林娜狠狠地點頭同意，終於有人幫他說出口，不過臉上還是笑著對林七說：「很抱歉，先生，我只是一介房仲，裝潢的部分與我無關，而且我只為真正的買家服務，看你的財產狀況似乎無法支付頭期款。所以很抱歉，你的要求不在我的服務範圍中喔。」

林七嗤笑一聲。「顧客就是上帝，你不怕我去客訴嗎？」

言晃笑了笑，毫不在意地說：「林娜這筆一旦成交，我半年的業績就達標了，你可以隨意檢舉。」

林七不甘心地咬緊牙關，又貼向林娜。「林娜，妳看他這麼不情不願，我們別給他湊業績了，好不好？」

林娜一陣惡寒，伸手推開林七，看向言晃，斬釘截鐵地說：「今天這一筆交易，我送也得送給你。」

不為其他，就為了讓林七不舒服。

「好。」言晃和林娜對視一眼，達成共識。

言晃隨即帶林娜看房，結果不到中午，直接成交了一筆高達五億元的買賣。言晃也因此在到職第一天便成了公司的銷售冠軍和傳奇。

雖然他什麼都沒做。

番外四　墓園

多虧林娜這筆訂單，言晃的薪水漲了不少。手裡有了錢，言晃找了一天週末，請半天假，帶著江蘿到花店買了一束蒲公英和十來束的鮮花，然後搭計程車去了墓園。

言晃和江蘿先去祭拜了江毅和那些孩子們，言晃和江毅說了一會兒話，隨後把時間留給江蘿，讓她獨自陪著江毅，而他則拿著蒲公英前往謝鑫的墳前。

沒了副本的影響，謝鑫徹底被人遺忘，墳前格外荒涼。這實在令人苦澀又難受。

言晃嘆了口氣，將蒲公英放到他的墓碑前。「小……謝鑫，你好啊，你現在應該不認識我，那我先自我介紹一下，我是言晃，你可以叫我言老師……」

言晃嘮嘮叨叨和他說了好久，眼見天色漸晚，江蘿也走了過來，他這才起身。剛打算離開，背後卻傳來聲音。

「等等！」

言晃轉身，發現喚住他的是謝鑫的父母，他們的手中還牽著一個兩、三歲的孩子。

言晃有些詫異。「兩位有什麼事嗎？」

謝父問：「你剛剛是在祭拜我們家鑫鑫嗎？」

言晃笑了笑。「是的，我叫言晃，是曾經教過謝鑫的老師。謝鑫是個很優秀的孩子，我對他的印象很深，只是沒想到……會變成今天這樣。」

謝父和謝母臉上露出慚愧之色。

「這事情……怪我們。」謝母有些哽咽，「是我們把他逼得太緊了……不過現在說什麼都沒用了……謝謝言老師一直掛念著我們家鑫鑫。來，小由，和言老師說再見。」

「小由？」言晃看向兩人牽著的小孩。

謝母解釋說：「對，小由，謝由，自由的由……我們已經失去一個孩子了，所以這次，一切就交給孩子自己選擇。只要他好好活著，不為非作歹，我們也就知足了。」

言晃錯愕一下，很快就溫柔地笑了起來。「是嗎？謝鑫知道了一定會很開心的。」

言晃牽著江蘿離開了墓園。他走得很慢，偶爾有一陣風吹過，輕撫臉頰，很舒服。

即使沒有副本的影響，也總有人在熱愛生活，總有人在改變生活的路上前行。即使沒有所謂「能力」的干預，也有人會慢慢完善自我，然後成為更好的自己！

「小蘿，找林七他們，今晚聚餐！」

「好啊，吃什麼？」

「什麼都好。」

小劇場一　江蘿日記

二〇X二年九月二九日　星期X　陰

爸爸永遠離開了我，我哭了很久很久，但我並沒有感到頹廢。我隱約感覺到……未來有一個人在等我。

二〇X二年十一月三〇日　星期X　晴

那種感覺越來越強烈了，我也慢慢想起了他的名字——言晃。

言晃……他快回來了，他很快就要回來了！

二〇X二年十二月二九日　星期X　小雪

他回來了！

很多人來到了這裡……我們看到了那一扇憑空出現的門，那一瞬間，所有消失的記憶都回來了！

我顫抖著伸手，打開了那扇憑空出現的門。我興奮地朝裡面喊了一聲：「言晃，歡迎回家。」

可是喊完，我又開始擔心——言晃還有當初的記憶嗎？如果他沒有，我們又該怎麼辦呢？

二〇X三年一月二日 星期X 晴

今晚是跨年夜，新的一年又到了！

白天我和言晃出去購物，然後我發現了言晃的另一個能力——砍價！一百二十多元一斤的豬肉被言晃砍到四十元一斤！還有一件我特別喜歡但是很貴的裙子，三千元他砍成了八百元！

不愧是欺詐者！就是厲害！

什麼?!他跟我說老闆看我是小孩，故意賣貴的？太壞了！這不是欺負小孩嗎?!不過整趟購物行程我還是很開心。

等等！為什麼我家的跨年夜，肖塵修來也就算了，畢竟我們是好朋友，但是林七、林娜、劉玲、菲洛這些「塔羅」人怎麼也來了？我們很熟嗎？對了，那位穿西裝坐輪椅的帥哥，你又是哪位啊？

啊？他是「百道」的會長墨為？老肖，你沒騙我吧？不對不對，這不是重點！我就想知道，為什麼跨個年，亂七八糟的人都來了？你們是沒有自己的家嗎？

算了算了，第一次過這麼熱鬧的春節，感覺還不錯。

而且，大家都比以前更開心了。

二〇X三年三月二七日 星期X 多雲

言晃是全天下最壞、最蠢的人！

為了給他一個生日驚喜，我辛辛苦苦跑去學烘焙，只不過是把生日蛋糕做得造型噁心了一點、味道詭異了一點，他……他竟然當著那麼多人的面，只吃了一口就吐了！吐了！

丟臉事小，主要是一個宇宙無敵美少女的心意就這麼被糟蹋了，我絕對絕對絕對不會再送他生日禮物！

二〇X三年三月二八日 星期X 晴

算了，看在他最後把我做的蛋糕全吃光了的份上，我還是再準備一份生日禮物吧！

不過，話說回來，他為什麼也會有生日啊？

不管了，他說是就是吧。

好希望時間能這樣停下來，大家都在，一切都在變好，如果時間停不下來……那就祝大家越來越好。

言晃生日快樂！

晚安，全世界。

二〇X三年三月二九日 星期X 晴

已閱。（字跡工整漂亮）

小劇場二　墨為

墨為是副本中第二大勢力「百道」的會長，現實生活可謂是人生贏家。

他出身豪門，在豪門鬥爭中被人設計，導致雙腿癱瘓。按照醫生的說法，他這一輩子只能待在輪椅之上。

所有人都覺得他不再具備威脅性，於是忽視他、欺辱他。他將所有遭遇過的痛苦咬牙忍下，隱藏在幕後運籌帷幄，終於在三十歲時，他徹底掌控集團，成為最終贏家。

他向來信奉一個理念——集天下之力，成天下之事。

擅長化敵為友，化友為己，無形之間就讓他人掉入了他的圈套中。

他從高樓俯瞰整座城市，已經到達人生巔峰的他並不滿足於當下。於是他逐漸渴望掌控世間的一切，想成為這個巨大棋盤的執棋人。

強烈的願望被副本捕捉，因此他進入了副本世界，創立了公會「百道」。至於他的勢力低於「塔羅」……沒辦法，國王那個人實在是太神祕了，他確實比不過！

但是大過年的跑去人家家裡蹭飯？

胡說，哪裡是蹭飯？那是在跟真正的執棋人交流感情！

而且他還送了一卡車的學測考題呢！

雖然江蘿當場發飆，但言晃笑意加深。「真是有心了。」

墨為也笑著說：「哪裡哪裡，孩子的事更重要，以後有需求隨時找我。」

一旁跟隨他而來的隨扈抽出隨身攜帶的手帕，拭了拭眼角不存在的淚痕，語氣欣慰地說：「少爺……少爺好久都沒這麼笑過了！」

小劇場三　副本

這是很普通的一天，江蘿突然問言晃：「言晃，我想問你一個問題。」

言晃喝了口咖啡，輕點了下頭。「妳說。」

「既然你的本體是主世界的神，那麼副本是從什麼時候出現，又為什麼而出現呢？」

言晃笑了笑，拿起筆在一張白紙上一邊畫，一邊給江蘿解釋。

「自文明誕生的那一刻起，副本就有了雛形；自生物開始脫離原始欲望，也就是我們所熟知的吃飽穿暖，不再有生存憂慮，開始追求精神富足起，副本也就慢慢形成。直到某一生物的願望膨脹到最大，開始為了實現自己的願望不擇手段卻又無能為力時，我就會感應到，並給他一個機會，讓他進入副本，實現他的願望，或者用欲望來形容更合適。至於代價，則是他可以付出的一切。

「最開始的副本只是一些小小的試煉，直到後來副本中出現了一些就算死亡仍無法完成最終願望的生物。它們強大的執念成了枷鎖，讓它們不願進入輪迴，渴求我拯救它們，但我無法給出它們想要的答案，於是我選擇讓生者與死者在副本中相遇，互相做一場交易。」言晃繼續說，「生者犧牲一切實現願望，死者在無數次的反覆折磨中求尋解脫，這就是副本出現的原因。」

江蘿聽完後恍然大悟。

「所以副本本質上就是一個交易平台，而你是這個平台的老闆？」

言晃笑了一下，伸手抬了抬自己的鏡框。

很好，一時間竟然沒辦法反駁。

「世間的一切行動本就是交換，行動的本質就是選擇，生物出於本能選擇當下最好的答案。」

江蘿點點頭。「請繼續。」

言晃沉默一瞬。

「因為生物天生具備趨利避害性。譬如面前有一把刀，妳伸手不小心摸到刀尖，妳的神經會告訴妳那很危險，令妳迅速撤回。因此伸手或不伸手，本來就是一種選擇。如果有人承諾妳，只要握住刀尖就給妳某種物品，那麼妳就會斟酌，斟酌如何選擇。可是無論如何選擇，妳都會有付出，也會有收穫。當收穫的結果出現時，妳就會慶幸；當付出的代價出現時，妳就會後悔。」

「但價值並不僅僅是具體的物質，更多的時候可能只是一種情緒。無論如何，當生物做出選擇的一瞬間，就已經證明那選擇在當下是最佳解答。」

言晃頓了一下。

「所以一切的一切，都是最好的安排。」

（全書完）

作者的話

啊！啊！啊！完結了！我燃燒殆盡了！我完結了！我寫了一輩子了！

這本書其實寫得用心，中間停止連載也很抱歉，但還是艱苦地寫完了。

這本書一開始的想法就不是去拯救七情六欲，而是接受七情六欲，將七情六欲掌握在自己手中，將命運把握在自己手中（所以書中副本的很多解決方式不會脫離現實）。

有人說言晃越來越像人了，我看到這個評論真的落淚！因為這本書我想表達的就是人性，言晃是一個從「神」到「人」的角色。神並不全能，人並非無力，只有自己的故事才是自己的！有人說到底要怎樣的結局才能配得上言晃這一路上的顛沛流離，我想說的是，OE！必須是OE！

HE顯得太完美，反而不像人生；BE顯得太空虛，彷彿經歷的一切都是不值得的。唯有OE，唯有門背後的那句「歡迎回家」，才是真實的！家庭是人的根，言晃真正的成為人，才有那句「歡迎回家」。還有就是一個比較有趣的問題，如果這一次的新輪迴是不存在副本的世界，那麼言晃是否會拯救小扶沐他們，又是否會遇到小蘿？

我覺得一定會。

因為言晃雖然是人，但他可是手握劇本的男人！開放式結局，新的輪迴，言晃有無限可能！

最後謝謝大家容忍我，我下次一定好好做人。沒做到當我沒說。

最後，「今夜無神」系列完結撒花！

國家圖書館出版品預行編目資料

今夜無神 3 / 季南一著—初版—台北市：奇幻基地出版；城邦文化事業股份有限公司出版：英屬蓋曼群島商家庭傳媒股份有限公司城邦分公司發行，；2025.06
面：公分.
ISBN 978-626-7436-88-2 (第 3 冊：平裝)

857.7　　114004354

ISBN 978-626-7436-88-2
Printed in Taiwan.

城邦讀書花園
www.cite.com.tw

今夜無神 3（完結篇）

原著書名／今夜無神
作　　者／季南一
企劃選書人／王雪莉
責任編輯／高雅婷
發 行 人／何飛鵬
總 編 輯／王雪莉
業務協理／范光杰
行銷企劃主任／陳姿億
資深版權專員／許儀盈
版權行政暨數位業務專員／陳玉鈴
法律顧問／元禾法律事務所　王子文律師
出版／奇幻基地出版
城邦文化事業股份有限公司
台北市南港區昆陽街16 號 4 樓
電話：(02)25007008　　傳真：(02)25027676
網址：www.ffoundation.com.tw
e-mail：ffoundation@cite.com.tw
發行／英屬蓋曼群島商家庭傳媒股份有限公司城邦分公司
台北市南港區昆陽街 16 號 8 樓
書虫客服服務專線：(02)25007718・(02)25007719
24 小時傳眞服務：(02)25170999・(02)25001991
服務時間：週一至週五09:30-12:00・13:30-17:00
郵撥帳號：19863813　　戶名：書虫股份有限公司
讀者服務信箱 E-mail：service@readingclub.com.tw
歡迎光臨城邦讀書花園 網址：www.cite.com.tw
香港發行所／城邦（香港）出版集團有限公司
香港灣仔駱克道 193 號東超商業中心 1 樓
電話：(852) 2508-6231 傳眞：(852) 2578-9337
馬新發行所／城邦（馬新）出版集團
【Cite(M)Sdn. Bhd.(458372U)】
11, Jalan 30D/146, Desa Tasik,
Sungai Besi, 57000 Kuala Lumpur, Malaysia.
電話： (603) 90578822　　傳眞：(603) 90576622

封面版型設計／蔡佩紋
封面、贈品圖素／雁北堂（北京）文化傳媒有限公司
排　　版／芯澤有限公司
印　　刷／高典印刷有限公司
■2025 年6月3日初版一刷

售價／350元

廣　告　回　函
北區郵政管理登記證
台北廣字第000791號
郵資已付，免貼郵票

115台北市南港區昆陽街16號4樓

英屬蓋曼群島商家庭傳媒股份有限公司城邦分公司 收

請沿虛線對摺，謝謝

奇幻基地

每個人都有一本奇幻文學的啓蒙書

書號：1HI141　　書名：今夜無神 3（完結篇）

|奇幻基地·2025年回函卡贈獎活動|

購買2025年奇幻基地作品（不限年份）五本以上，即可獲得限量隱藏版「山德森之年」燙金藏書票！

電子版活動連結：https://www.surveycake.com/s/ZmGx

註：布蘭登·山德森新書《白沙》首刷版本、《祕密計畫》系列首刷精裝版（共七本），皆附贈限量燙金「山德森之年」藏書票一張！（《祕密計畫》系列平裝版無此贈品）

「山德森之年」限量燙金隱藏版藏書票領取辦法

活動時間：即日起至2025年12月31日前（以郵戳為憑）

參加辦法與集點兌換說明：

1. 2025年度購買奇幻基地出版任一紙書作品（不限出版年份及創作者，限2025年購入）。
2. 於活動期間將回函卡右下角點數寄回本公司，或於指定連結上傳2025年購買作品之紙本發票照片／載具證明／雲端發票／網路書店購買明細（以上擇一，前述證明需顯示購買時間，**連結請見下方**）
3. 寄回五點或五份證明可獲限量隱藏版「山德森之年」燙金藏書票，藏書票數量有限送完為止。
4. 每月25號前填寫表單或收到回函即可於次月收到掛號寄出之隱藏版藏書票。藏書票寄出前將以電子郵件通知。若填寫或資料提供有任何問題負責同仁將以電子郵件方式與您聯繫確認資料。若聯繫未果視同棄權。
5. 若所提供之憑證無法確認出版社、書名，請以實體書照片輔助證明。

特別說明

1. 活動限台澎金馬。本活動有不可抗力原因無法執行時，主辦單位有權決定取消、中止、修改或暫停本活動。
2. 請以正楷書寫回函卡資料，若字跡潦草無法辨識，視同棄權。
3. 單次填寫系統僅可上傳一份檔案，請將憑證統一拍照或截圖成一份圖片或文件。
4. 隱藏版「山德森之年」燙金藏書票一人限索取一次
5. **本活動限定購買紙書參與，懇請多多支持。**

當您同意報名本活動時，您同意【奇幻基地】（城邦文化事業股份有限公司）及城邦媒體出版集團（包括英屬蓋曼群島商家庭傳媒股份有限公司城邦分公司、書虫股份有限公司、墨刻出版股份有限公司、城邦原創股份有限公司），於營運期間及地區內，爲提供訂購、行銷、客户管理或其他合於營業登記項目或章程所定業務需要之目的，以電郵、傳眞、電話、簡訊或其他通知公告方式利用您所提供之資料（資料類別 C001、C011 等各項類別相關資料）。利用對象亦可能包括相關服務的協力機構。如您有依個資法第三條或其他需要協助之處，得致電本公司（(02) 2500-7718）。

個人資料：

姓名：＿＿＿＿＿＿ 性別：＿＿＿＿ 年齡：＿＿＿＿ 職業：＿＿＿＿＿ 電話：＿＿＿＿＿＿

地址：＿＿＿＿＿＿＿＿＿＿＿＿＿＿ Email：＿＿＿＿＿＿＿＿

想對奇幻基地說的話或是建議：＿＿＿＿＿＿＿＿＿＿＿＿＿＿＿＿＿＿

限量燙金藏書票

電子回函表單QRCODE

請剪下右邊點數，集滿五點寄回奇幻基地即可參加抽獎，影印無效。

1
A Year of Sanderson
2025